Donna Leon

Auf Treu und Glauben

Commissario Brunettis neunzehnter Fall

Roman

Aus dem Amerikanischen von Werner Schmitz

Diogenes

Titel des Originals:
›A Question of Belief‹
Das Motto aus: Mozart, *Don Giovanni,*
in der Übersetzung von Hermann Levi,
Theodor Ackermann Verlag, München 1910
Umschlagfoto:

Für Joyce DiDonato

www.diogenes.ch
1800/11/44/1
ISBN 978 3 257 06776 7

L'empio crede con tal frode,
Di nasconder l'empietà.

Hoffe nimmer uns zu täuschen
durch dein schnödes Gaukelspiel.

Don Giovanni

I

Brunetti hielt es nur noch mit letzter Willenskraft am Schreibtisch aus, als Ispettore Vianello bei ihm eintrat. Der Commissario hatte sich einen Bericht über Waffenschmuggel im Veneto zu Gemüte geführt, in dem Venedig nicht ein einziges Mal vorkam, sich dann ein Schreiben vorgenommen, dem zufolge zwei neue Rekruten an die Squadra Mobile überstellt werden sollten, bevor ihm klar wurde, dass sein Name gar nicht auf dem Verteiler stand; und schließlich hatte er noch einen ministeriellen Bescheid zur Neuregelung von Frühpensionierungen überflogen. Mehr war angesichts der Dicke des Dokuments nicht drin gewesen. Das Opus lag vor ihm, während Brunetti aus dem Fenster starrte und hoffte, es würde jemand hereinkommen und ihm einen Eimer kaltes Wasser über den Kopf schütten, oder es würde regnen, oder er fände Einlass in den Himmel und entginge so der stickigen Hitze in seinem Büro und überhaupt dem Elend des Augusts in Venedig.

Und so erschien ihm Vianello, der mit der aktuellen *Gazzetta dello Sport* unterm Arm bei ihm auftauchte, als die Erlösung. »Was ist das denn?«, fragte Brunetti pikiert und zeigte auf die rosafarbene Zeitung. Natürlich kannte er das Blatt, nur war ihm schleierhaft, wie Vianello damit herumlaufen konnte.

Der Inspektor warf einen zerstreuten Blick auf die Zeitung. »Die hat jemand auf der Treppe verloren. Ich wollte sie nachher unten im Bereitschaftsraum abgeben.«

»Ich dachte schon, die gehört dir«, sagte Brunetti grinsend.

»So schlecht ist die auch wieder nicht.« Vianello nahm Platz und warf die Zeitung auf Brunettis Schreibtisch. »Als ich das letzte Mal hineingesehen habe, war ein langer Artikel über die Polomannschaften bei Verona drin.«

»Polo?«

»Offenbar haben wir sieben Polomannschaften in diesem Land, oder auch allein schon in der Gegend von Verona.«

»Mit Ponys und weißer Kleidung und Polohelmen?«, fragte Brunetti belustigt.

Vianello nickte eifrig. »Da waren Fotos dabei. Marchese hier und Conte da, dicke Villen und Palazzi.«

»Bist du sicher, dass dir die Hitze nicht zu Kopf gestiegen ist? Verwechselst du das nicht mit etwas, das du, was weiß ich, in *Chi* gelesen hast?«

»*Chi* lese ich schon gar nicht«, verwahrte sich Vianello.

»Kein Mensch liest *Chi*«, stimmte Brunetti zu, dem noch nie ein bekennender *Chi*-Leser begegnet war. »Der Klatsch wird durch Moskitos übertragen und sickert einem ins Gehirn, wenn man gestochen wird.«

»Und *mir* soll die Hitze zu Kopf gestiegen sein«, meinte Vianello nur.

Die beiden schwiegen, in Schlaffheit vereint, keiner brachte auch nur die Energie auf, wenigstens über die Hitze zu stöhnen. Vianello beugte sich vor, bog einen Arm nach hinten und zupfte an seinem Baumwollhemd, das ihm am Rücken klebte. »Auf dem Festland ist es noch schlimmer«, sagte er schließlich. »In Mestre hatten sie gestern 41 Grad in den Büros nach vorne raus.«

»Ich dachte, die haben eine Klimaanlage?«

»Rom hat sie angewiesen, die nicht einzuschalten, damit es nicht wieder zu einer Überlastung des Netzes kommt wie vor drei Jahren.« Vianello hob die Achseln. »Hier sind wir jedenfalls besser dran als die Kollegen in ihrem Kasten aus Glas und Beton.« Er sah nach den offenen Fenstern, durch die das Licht des Vormittags strömte. Die Vorhänge bewegten sich lustlos, aber immerhin.

»Und die stellen die Klimaanlage wirklich nicht an?«, fragte Brunetti.

»Haben sie jedenfalls behauptet.«

»Würde ich nicht glauben.«

»Ich auch nicht.«

Wieder schwiegen sie, bis Vianello sagte: »Ich wollte dich was fragen.«

Brunetti sah ihn an und nickte: Das war einfacher, als etwas zu sagen.

Vianello strich mit einer Hand über die Zeitung und lehnte sich zurück. »Hast du eigentlich schon mal«, fing er an und unterbrach sich, als suche er nach dem richtigen Wort, »dein Horoskop gelesen?«

Brunetti überlegte kurz. »Nicht bewusst.« Auf Vianellos fragenden Blick hin fügte er hinzu: »Das heißt, ich kann mich nicht erinnern, dass ich jemals eigens die Zeitung danach durchgeblättert hätte. Aber wenn sie jemand auf dieser Seite offen liegen lässt, werfe ich schon mal einen Blick darauf.« Vergeblich wartete er auf eine Erklärung. »Warum?«, hakte er schließlich nach.

Vianello rutschte auf seinem Stuhl herum, stand auf, strich seine Hose glatt und setzte sich wieder. »Es geht um meine Tante, die Schwester meiner Mutter. Die letzte, die noch lebt. Anita. Sie liest neuerdings täglich ihr Horoskop. Ob die Voraussage eintrifft oder nicht, ist ihr gleichgültig, da steht ja eh nie was Genaues, oder? ›Sie werden eine Reise unternehmen.‹ Wenn sie am nächsten Tag zum Rialto-Markt geht, um Gemüse einzukaufen: Da hat sie ihre Reise.«

Vianello erwähnte seine Tante nicht zum ersten Mal: Sie war die Lieblingsschwester seiner verstorbenen Mutter und seine Lieblingstante, offenbar, weil sie von allen in der Familie den stärksten Willen besaß. In den fünfziger Jahren hatte sie einen Elektrikerlehrling geheiratet, der wenige Wochen nach der Hochzeit auf der Suche nach Arbeit in Richtung Turin verschwunden war. Sie wartete fast zwei Jahre lang, bis sie ihn wiedersah. Zio Franco hatte Glück gehabt und schließlich bei Fiat Arbeit gefunden, wo man ihm ermöglicht hatte, die Meisterprüfung abzulegen.

Zia Anita zog nach Turin, und sie lebten dort sechs Jahre. Nach der Geburt ihres ersten Sohns zogen sie nach Mestre, wo Zio Franco seinen eigenen Betrieb aufmachte. Die Familie wuchs, der Betrieb wuchs: Beides gedieh prächtig. Erst Ende der Siebziger hängte Zio Franco sein Geschäft an den Nagel und zog zur Überraschung seiner Kinder, die alle auf der *terraferma* aufgewachsen waren, nach Venedig zurück. Gefragt, warum keins ihrer Kinder mit ihnen nach Venedig wollte, hatte Zia Anita geantwortet: »Die haben Benzin im Blut, kein Salzwasser.«

Brunetti wollte sich gern anhören, was Vianello ihm von seiner Tante zu erzählen hatte. Es würde ihn davon abhalten, alle paar Minuten ans Fenster zu treten, um nachzusehen, ob … Ob was? Ob es angefangen hatte zu schneien?

»Seit neuestem sieht sie sich die im Fernsehen an«, sagte Vianello.

»Horoskope?«, fragte Brunetti verblüfft. Er sah nur unregelmäßig fern, gezwungenermaßen, wenn jemand anders in der Familie den Kasten anmachte, und hatte keine Ahnung, was es dort alles zu sehen gab.

»Ja. Oder vielmehr diese Kartenleger und Wahrsager, die behaupten, sie können deine Probleme lösen.«

»Kartenleger?«, konnte er nur wiederholen. »Im Fernsehen?«

»Ja. Da rufen Leute an, und dann liest jemand die Karten für sie und erklärt ihnen, wovor sie sich hüten sollen, oder verspricht ihnen Beistand, wenn sie krank sind. So habe ich es jedenfalls von meinen Cousins gehört.«

»Pass auf, dass du nicht die Treppe runterfällst? Hüte dich vor einem großen dunkelhaarigen Fremden?«, fragte Brunetti.

Vianello zuckte die Achseln. »Keine Ahnung. Ich habe es selbst nie gesehen. Kommt mir lächerlich vor.«

»Nein, nicht lächerlich, Lorenzo«, erklärte Brunetti. »Seltsam, mag sein, aber nicht lächerlich.« Und nach kurzem Nachdenken: »Vielleicht auch gar nicht mal so seltsam.«

»Warum?«

»Weil sie eine alte Frau ist«, sagte Brunetti. »Wir neigen zu der Annahme – wenn Paolo oder Nadia jetzt hier wären, würden sie sagen, ich sei voreingenommen –, dass alte Frauen leichtgläubig sind.«

»Hat man sie aus diesem Grund nicht auch als Hexen verteufelt?«, fragte Vianello.

Brunetti hatte zwar einmal große Teile des *Hexenham-*

mers gelesen, aber trotzdem nie begriffen, warum damals ausgerechnet alte Frauen verbrannt worden waren. Vielleicht, weil viele Männer dumm und böse sind, oder aber alte Frauen schwach und ohne Fürsprecher.

Vianello wandte seine Aufmerksamkeit dem Fenster und dem Licht zu. Brunetti spürte, der Ispettore wollte sich nicht drängen lassen; früher oder später würde er von allein mit seinem Anliegen herausrücken. Fürs Erste ließ Brunetti ihn das Licht studieren und nutzte die Gelegenheit, seinen Freund zu beobachten. Vianello vertrug Hitze ohnedies nicht gut, schien aber in diesem Sommer noch mehr darunter zu leiden als sonst. Sein verschwitztes Haar war dünner, als Brunetti es in Erinnerung hatte. Und sein Gesicht wirkte aufgequollen, besonders um die Augen.

Vianello riss Brunetti aus seinen Betrachtungen: »Meinst du, alte Frauen sind wirklich gutgläubiger?«

Brunetti dachte darüber nach. »Ich weiß es nicht. Du meinst, gutgläubiger als unsereiner?«

Vianello nickte und wandte sich wieder dem Fenster zu, als wollte er die Vorhänge zwingen, sich ein wenig mehr zu bewegen.

»Nach dem, was du mir im Lauf der Jahre von ihr erzählt hast, scheint sie mir gar nicht der Typ für so etwas zu sein«, sagte Brunetti schließlich.

»Stimmt schon. Deswegen ist es ja so beunruhigend. Sie war immer der klügste Kopf der Familie. Mein Onkel Franco ist ein guter Mensch, und er war ein sehr fleißiger Arbeiter, aber er wäre nie von sich aus auf die Idee gekommen, seinen eigenen Betrieb aufzumachen. Mal davon abgesehen, dass er gar nicht die Fähigkeiten dazu besaß. Das ging alles von ihr aus; sie hat ihm auch die Bücher geführt, bis er in den Ruhestand ging und sie wieder hierhergezogen sind.«

»Hört sich nicht nach einer Frau an, die morgens als Erstes nachschaut, was es im Haus des Wassermanns Neues gibt«, bemerkte Brunetti.

»Genau das begreife ich nicht«, sagte Vianello und hob ratlos die Hände. »Manche Leute haben ihre Rituale. Was weiß ich, zum Beispiel, dass sie erst das Haus verlassen, wenn sie wissen, wie viel Grad es draußen sind oder welche berühmten Leute an diesem Tag Geburtstag haben. Manche von ihnen hielt man immer für völlig normal, und eines Tages erfährt man, dass sie nur in Urlaub fahren, wenn ihr Horoskop ihnen sagt, es spreche nichts dagegen, eine Reise zu machen.« Vianello zuckte die Schultern. »Kann mir keinen Reim darauf machen.«

»Ich weiß immer noch nicht, was du von mir wissen möchtest, Lorenzo«, sagte Brunetti.

»Das weiß ich auch nicht«, gab Vianello grinsend zu. »Die letzten Male, als ich sie besucht habe – ich bemühe mich, mindestens einmal die Woche bei ihr reinzuschauen –, lagen da überall diese verrückten Zeitschriften herum: *Dein Horoskop. Die Weisheit der Alten*. Solche Sachen.«

»Hast du sie darauf angesprochen?«

Vianello winkte ab. »Ich wusste nicht, wie.« Er sah Brunetti an und fuhr fort: »Außerdem wäre es ihr wohl nicht recht gewesen.«

»Wieso glaubst du das?«

Vianello zog ein Taschentuch heraus und fuhr sich über die Stirn: »Sie hat mitbekommen, dass ich mir die Zeitschriften angesehen habe – dass sie mir aufgefallen waren. Aber sie hat nichts gesagt. Keine scherzhafte Bemerkung, keine Ausrede, wie die, dass eins ihrer Kinder sie dort liegen gelassen habe oder dass eine ihrer Freundinnen sie bei ihr vergessen habe. Das hätte man nachvollziehen können. Wären das Zeitschriften übers Jagen oder Angeln oder über Motorräder gewesen, hätte sich auch jeder gewundert. Aber sie tat – ich weiß auch nicht – geradezu heimlichtuerisch. Das ist ja das Beunruhigende.« Er sah Brunetti fragend an. »Du hättest etwas gesagt, oder?«

»Du meinst, zu ihr?«

»Ja. Wenn sie deine Tante wäre.«

»Vielleicht. Vielleicht auch nicht. Und dein Onkel? Kannst du den nicht fragen?«

»Möglich wäre es schon, aber Zio Franco ist ein typischer Vertreter seiner Generation: Wenn du etwas ansprechen willst, machen sie bloß Witze, klopfen dir auf den Rücken und bieten dir was zu trinken an. Er ist der beste Mensch der Welt, interessiert sich aber im Grunde für gar nichts.«

»Auch nicht für sie?«

Vianello überlegte. »Vermutlich nicht.« Wieder schwieg er. »Jedenfalls nicht so, dass irgendwer es mitbekommen würde. Die Männer seiner Generation haben sich nie für ihre Familien interessiert, finde ich.«

Brunetti schüttelte den Kopf, was Zustimmung und Bedauern zugleich ausdrücken sollte. Nein, sie interessierten sich wirklich für nichts, weder für ihre Frauen noch für ihre Kinder, höchstens für ihre Freunde und Kollegen. Er hatte über diesen Unterschied schon oft nachgedacht. Hing das mit mangelndem Feingefühl zusammen? Eher war es wohl eine Frage der Erziehung: Auf jeden Fall kannte er viele

Männer, die es immer noch für ein Zeichen von Schwäche hielten, an so zarten Dingen wie Gefühlen auch nur das geringste Interesse zu bekunden.

Er konnte sich nicht erinnern, wann er sich das erste Mal gefragt hatte, ob sein Vater seine Mutter liebe, oder ihn und seinen Bruder. Brunetti hatte das immer angenommen, wie Kinder es eben tun. Aber was hatte es damals doch für seltsame Gefühlsäußerungen gegeben: tagelanges Schweigen; gelegentliche Wutausbrüche; und nur ein paar wenige Augenblicke, in denen der Vater ihnen offen seine Zuneigung bekundete.

Brunettis Vater war sicher kein Mann gewesen, dem man sich anvertraute. Ein Mann seiner Zeit, ein einfacher Mann ohne viel Kultur. Ob der Schein trog? Er versuchte sich zu erinnern, wie die Väter seiner Freunde sich benommen hatten, aber es fiel ihm nichts ein.

»Meinst du, wir lieben unsere Kinder mehr?«, fragte er Vianello.

»Mehr als wer? Und wer ist wir?«, fragte der Inspektor.

»Männer. Unsere Generation. Mehr, als unsere Väter es getan haben.«

»Ich weiß nicht. Wirklich.« Vianello drehte sich um, zupfte mehrmals an seinem Hemd und fuhr sich mit dem Taschentuch über den Nacken. »Vielleicht haben wir nur andere Benimmregeln. Oder man hat andere Erwartungen an uns.« Er lehnte sich zurück. »Ich weiß es nicht.«

»Was ist nun mit deiner Tante?«, fragte Brunetti. »Warum hast du davon angefangen?«

»Vielleicht will ich nur wissen, wie sich das anhört, wenn ich es ausspreche, vielleicht hilft es mir irgendwie, zu entscheiden, ob ich mir Sorgen um sie machen muss oder nicht.«

»Ich würde mir erst Sorgen machen, wenn sie anfängt, dir aus der Hand zu lesen, Lorenzo«, versuchte Brunetti ihn aufzuheitern.

Vianello sah ihn bekümmert an. »Wird nicht mehr lange dauern, fürchte ich.« Es klang nicht wie ein Scherz. »Was meinst du, können wir bei dieser Hitze einen Kaffee vertragen?«

»Warum nicht?«

2

Hinter der Theke der Bar am Ponte dei Greci stand Bambola, der Senegalese, der Sergio seit einem Jahr zur Hand ging. Brunetti und Vianello waren es gewohnt, dass Sergio persönlich dort stand, untersetzt und ungerührt – er, der im Lauf der Zeit so viele Polizeigeheimnisse mitgehört – und für sich behalten – hatte, dass ein Erpresser jahrzehntelang davon hätte leben können. Die Mitarbeiter der Questura nahmen Sergio kaum noch wahr, so vertraut war ihnen sein alltäglicher Anblick.

Von Bambola konnte man das nicht gerade behaupten. Der Afrikaner trug eine lange beige Dschellaba und einen weißen Turban. Groß und schlank, das dunkle Gesicht strahlend vor Gesundheit, glich Bambola eher einem Leuchtturm, so sehr reflektierte sein Turban das Licht, das durch die großen, auf den Canale hinausgehenden Fenster hereinschien. Er trug nie eine Schürze, und doch waren seine Dschellabas immer makellos.

Brunetti wunderte sich, wie viel heller als sonst es in der Bar war, und sah sich um, ob Bambola etwa an einem so gleißenden Tag wie diesem das Licht angemacht hatte. Aber es waren die Fenster. Nicht nur waren sie sauberer, als er sie jemals gesehen hatte, sondern auch die Plakate und Aufkleber, die für Eis, Limonade und diverse Biersorten warben, waren allesamt entfernt worden, eine Neuerung, die doppelt so viel Licht wie vorher in den Raum strömen ließ. Auf dem Fensterbrett lagen keine alten Zeitschriften und Zeitungen mehr, und auch die schmuddligen Speisekarten, die dort jahrelang gelegen hatten, waren verschwunden. Stattdessen war die Fensterbank mit einem weißen Tuch bedeckt, auf dem eine dunkelblaue Vase mit rosa Strohblumen stand.

Brunetti fiel auf, dass der ramponierte Plastikkasten, in dem seit Menschengedenken Kuchen und Brioches feilgeboten wurden, durch eine dreigeschossige Glasvitrine ersetzt worden war. Das Angebot hatte zu seiner Erleichterung aber nicht gewechselt: Sergio mochte kein Ausbund an Sauberkeit sein, aber von Kuchen und von *tramezzini* verstand er was.

»Altstadtsanierung?«, flachste er Bambola an.

Zur Antwort blitzte unter dem strahlend weißen Turban wie ein zweiter kleiner Spot eine Reihe blitzblanker Zähne auf. »*Sì*, Commissario«, sagte Bambola. »Sergio liegt mit einer Sommergrippe im Bett, er hat mich gebeten, für ihn einzuspringen.« Er nahm einen Lappen, mindestens so weiß wie sein Turban, wischte damit über die Bar und fragte, was er ihnen bringen dürfe.

»Zwei Kaffee, bitte«, sagte Brunetti.

Der Senegalese wandte sich der Maschine zu, und Brunetti machte sich unwillkürlich auf das vertraute Scheppern und Hämmern gefasst, mit dem Sergio das verbrauchte Kaffeepulver aus dem Siebträger schlug, ihn mit frischem Pulver füllte und wieder in die Maschine einsetzte. Die Geräusche kamen, aber gedämpft, und als er zu der Maschine hinübersah, war der Holzbalken, auf dem Sergio seit Jahrzehnten das Sieb ausgeklopft hatte, mit einem Gummipolster versehen, das den Lärm dämpfte. Und zum ersten Mal, seit Brunetti in diese Bar kam, war der bisher von Schmutz und Kaffeeflecken bedeckte Name des Herstellers der Maschine, »Gaggia«, zu sehen.

»Ob Sergio den Laden wiedererkennt, wenn er zurückkommt?«, fragte Vianello den Barmann.

»Ich denke doch, Ispettore. Hoffentlich gefällt es ihm.«

»Die Vitrine?«, fragte Vianello und wies mit dem Kinn nach der Auslage.

»Hat mir ein Freund besorgt«, erklärte Bambola und wischte liebevoll mit einem Handtuch darüber. »Die hält die Sachen sogar warm.«

Brunetti und Vianello warfen sich keine vielsagenden Blicke zu, aber das Schweigen, mit dem sie auf die Erklärung des Barmanns reagierten, sprach Bände. »Hat er mir gekauft, Ispettore«, sagte Bambola mit belegter Stimme und mit sorgfältiger Betonung auf dem letzten Wort. »Ich kann Ihnen die Quittung zeigen.«

»Er hat Ihnen einen guten Dienst erwiesen«, sagte Vianello lächelnd. »Viel besser als das alte Plastikding mit dem Sprung an der Seite.«

»Sergio dachte, das merkt keiner«, sagte Bambola wieder munter.

»Ha!«, machte Vianello. »Hier möchte man doch gleich zugreifen.« Und schon ließ er seinen Worten Taten folgen: Er klappte die Vitrine auf, nahm eine Serviette und angelte eine mit Creme gefüllte Brioche aus dem oberen Fach. Als er hineinbiss, stäubte ihm Puderzucker auf Kinn und Hemd. »Aber die müssen bleiben, Bambola«, sagte er und schleckte sich den Zuckerbart weg.

Der Barmann stellte zwei Kaffee auf den Tresen, daneben für Vianello einen kleinen Keramikteller.

»Keine Pappteller. Gut«, bemerkte Vianello und legte die angebissene Brioche ab.

»Das wäre unvernünftig, Ispettore«, sagte Bambola. »Ökologischer Wahnsinn. So viel Pappe für Teller, die man ein einziges Mal benutzt und dann wegwirft.«

»Oder recycelt«, meinte Brunetti.

Bambola ging mit einem Achselzucken darüber hinweg – die übliche Reaktion. Niemand in der Stadt wusste, was mit dem Müll geschah, den sie alle so sorgfältig trennten: Brunetti blieb nur die Hoffnung.

»Das beschäftigt Sie?«, fragte Vianello. Um Verwirrung zu vermeiden, stellte er klar: »Recycling?«

»Ja«, sagte Bambola.

»Warum?«, fragte Vianello. Bevor der Barmann antworten konnte, kamen zwei Männer herein und bestellten Kaffee und Mineralwasser. Sie verzogen sich ans andere Ende des Tresens.

Als sie versorgt waren und Bambola zurückkam, hakte Vianello noch einmal nach. »Interessiert Sie das, weil Sergio damit Geld sparen kann? Wenn er keine Pappteller benutzt?«

Bambola nahm ihre Tassen und Untertassen, tauchte sie kurz ins Waschbecken und stellte sie in die Spülmaschine.

»Ich bin Ingenieur, Ispettore«, erklärte er schließlich. »Also interessiert mich das schon von Berufs wegen. Der Kreislauf von Konsum und Produktion.«

»Ich dachte mir, dass Sie studiert haben«, sagte Vianello. »Aber ich wusste nicht, wie ich Sie danach fragen sollte.« Er wartete, um zu sehen, wie Bambola das aufnahm, und fragte dann: »Worauf haben Sie sich spezialisiert?«

»Hydraulik. Wasseraufbereitung. Solche Sachen.«

»Verstehe.« Vianello nahm Kleingeld aus seiner Tasche und zahlte für sie beide.

»Wenn Sie Sergio sehen«, sagte Brunetti beim Hinausgehen, »grüßen Sie ihn bitte, und wünschen Sie ihm gute Besserung.«

»Mach ich, Commissario«, sagte Bambola und wandte sich den beiden Männern am Ende des Tresens zu.

Brunetti hatte erwartet, Vianello werde noch einmal von seiner Tante anfangen, aber das Bedürfnis, über sie zu reden, war anscheinend in der Questura zurückgeblieben, und Brunetti, der dieses Gespräch ohnehin nicht unbedingt fortsetzen wollte, rührte nicht daran.

Draußen traf sie die Sonne wie ein Peitschenschlag, und sie blieben unwillkürlich stehen. Bis zur Questura waren es nur zwei Minuten zu Fuß, aber während sie in der Bar gestanden hatten, schien sich die Strecke in der Hitze ausgedehnt zu haben, und es kam ihnen vor, als müssten sie durch die halbe Stadt. Die Sonne brannte auf den Gehweg am Kanal. Touristen saßen unter Schirmen vor der Trattoria auf der anderen Seite der Brücke. Brunetti sah kurz hinüber: Nichts rührte sich. Konnte es sein, dass die Hitze sie ausgetrocknet hatte, und da waren nur noch leere Hülsen, wie tote Heuschrecken? Dann aber trug ein Kellner ein großes Glas mit einer dunklen Flüssigkeit zu einem der Tische, und der Gast drehte langsam den Kopf danach um.

Sie brachen auf. Gewässer verbreiteten Kühle, sollte man meinen, doch die unbewegte dunkelgrüne Oberfläche des Kanals schien das Licht und die Hitze nur mit doppelter

Kraft zurückzuwerfen. Statt Linderung kam von dort nur Feuchtigkeit. Sie schleppten sich weiter.

»Ich hatte keine Ahnung, dass er Ingenieur ist«, sagte Vianello.

»Ich auch nicht.«

»Mit Spezialgebiet Hydraulik«, fügte Vianello mit unverhohlener Bewunderung hinzu. Bis zum Eingang der Questura waren es nur noch wenige Schritte. Der Wachposten hatte sich verständlicherweise nach drinnen verzogen.

Brunetti fuhr sich mit dem Hemdsärmel übers Gesicht und fragte sich, wie er so dumm gewesen sein konnte, an diesem Tag ein Hemd mit langen Ärmeln anzuziehen. »Wie lange ist er schon hier?«, fragte er auf dem Weg zur Treppe.

»Weiß nicht mehr genau. Drei, vier Jahre. Vermutlich die meiste Zeit als Illegaler, bis er seine Papiere bekam. Wenn ich damals in Uniform reingekommen bin, hat er sich immer verdrückt.« Vianello dachte mit einem Lächeln daran zurück. »So ein großer Bursche. Bemerkenswert, wie er im Handumdrehen verschwinden konnte, als hätte er sich in Luft aufgelöst.«

»Das tu ich auch gleich«, sagte Brunetti.

»Was?«

»Mich in Luft auflösen.«

»Hoffen wir, dass er es nicht tut«, sagte Vianello.

»Wer? Bambola?«

»Ja. Sergio kann doch nicht die ganze Zeit im Laden stehen. Und du musst zugeben, es sieht dort jetzt besser aus. Schon nach einem Tag.«

»Seine Frau war krank«, sagte Brunetti. »Gut, dass er ihn gefunden hat.«

»Blöder Job, so als Barbesitzer«, sagte Vianello. »Den ganzen Tag Bereitschaftsdienst, nie weiß man, welchen Ärger vielleicht nicht schon der nächste Kunde mitbringt, und immer muss man höflich sein.«

»Genau wie bei uns«, sagte Brunetti.

Vianello verschwand lachend in Richtung Bereitschaftsraum, und Brunetti musste den Aufstieg in den zweiten Stock allein in Angriff nehmen.

3

Zwei Tage später saß Brunetti am Schreibtisch und fragte sich, ob sich mit den Kriminellen in der Stadt nicht eine Art Abkommen treffen ließe. Konnte man sie dazu bewegen, die Leute bis zum Ende der Hitzeperiode in Ruhe zu lassen? Doch an wen sollte man sich wenden? Das Verbrechen hatte sich zu sehr diversifiziert und war zu international geworden, als dass verlässliche Vereinbarungen noch möglich gewesen wären. Früher, als jeder Ort seine eigenen Verbrecher hatte, als diese stadtbekannt und geradezu ein Teil des sozialen Gefüges waren, hätte es vielleicht funktioniert, und die Verbrecher, von der erbarmungslosen Hitze ebenso geschlaucht wie die Polizei, wären womöglich zur Zusammenarbeit bereit gewesen. »Wenigstens bis zum ersten September«, sagte er laut.

Auf die Papiere auf seinem Schreibtisch konnte er sich bei der Hitze nicht konzentrieren, und so gab sich Brunetti weiter seinen müßigen Überlegungen hin. Wie könnte man die Rumänen dazu bringen, ihre Taschendiebstähle einzustellen, die Zigeuner, ihre Kinder auf Einbruchstour zu schicken? Und dabei ging es nur um Venedig. Auf dem Festland wären viel schwierigere Dinge einzufordern: Die Moldawier dürften keine dreizehnjährigen Mädchen mehr verkaufen, die Albaner keine Drogen. Wie groß aber war die Chance, italienische Männer – Männer wie ihn und Vianello – von jungen Prostituierten und billigen Drogen abzubringen?

Er spürte ein leises Kitzeln, während ihm der Schweiß an

allen möglichen Körperstellen über die Haut rann. In Neuseeland, hatte er gehört, trugen die Geschäftsleute bei so heißem Wetter Shorts und kurzärmelige Hemden. Und hatten die Japaner nicht beschlossen, in der schlimmsten Sommerhitze die Jacketts abzulegen? Er nahm sein Taschentuch und wischte an der Innenseite seines Kragens entlang. Bei so einer Witterung schlugen sich die Leute im Streit um einen Parkplatz tot. Oder wegen irgendeiner ungehaltenen Äußerung.

Seine Gedanken schweiften ab zu Paola, der er versprochen hatte, am Abend mit ihr über ihren gemeinsamen Urlaub zu reden. Er, ein Venezianer, würde sich und seine Familie zu Touristen machen, freilich zu Touristen, die Venedig verließen – um Platz für die Millionen zu schaffen, die man dieses Jahr erwartete. Letztes Jahr waren es zwanzig Millionen. Gott sei uns allen gnädig.

Er hörte ein Geräusch an der Tür, blickte auf und sah Signorina Elettra wie von einem Scheinwerfer angestrahlt in dem grellen Licht, das durch seine Fenster fiel. Konnte das sein? War es möglich, dass nach über einem Jahrzehnt, in dem die Sekretärin seines Vorgesetzten seine Tage mit der Makellosigkeit ihrer Erscheinung verschönert hatte, sogar sie von der Hitze in Mitleidenschaft gezogen worden war? Da war doch nicht etwa eine Falte links an ihrer weißen Leinenbluse?

Brunetti blinzelte, schloss kurz die Augen, und als er sie wieder aufmachte, erkannte er seine Täuschung: Was er für eine Falte gehalten hatte, war nur ein Schatten vom einfallenden Licht. Signorina Elettra blieb an der Tür stehen und drehte den Kopf zur Seite, und im selben Augenblick trat neben ihr noch jemand über die Schwelle.

»Guten Morgen, Dottore«, sagte sie. Der Mann neben ihr grüßte lächelnd: »*Ciao*, Guido.«

Brusca ließ sich während der Arbeitszeit außerhalb seines Büros so selten blicken wie ein Dachs außerhalb seines Baus bei Tageslicht. Brusca, der im Rathaus arbeitete, hatte Brunetti immer an dieses Tier erinnert: dichte dunkle Haare, aber weiße Schläfen; ein untersetzter Körper auf kurzen Beinen; unglaubliche Zähigkeit, wenn ein Thema sein Interesse geweckt hatte.

»Ich habe Toni auf der Treppe getroffen«, sagte Signorina Elettra; Brunetti hatte keine Ahnung gehabt, dass die beiden sich kannten. »Also dachte ich, ich zeige ihm den Weg zu Ihrem Büro.« Sie machte einen Schritt zurück und schenkte dem Besucher ein Lächeln erster Güte. Daraus konnte man zweierlei schließen; entweder war Brusca ein guter Freund von ihr, oder aber als Frau von unerschöpflicher und instinktiver Durchtriebenheit wusste sie: Der Mann war Leiter der städtischen Personalverwaltung und konnte somit potentiell von Nutzen sein.

Brusca nickte ihr freundlich zu und ging zu Brunettis Schreibtisch rüber, wobei er sich in dem Zimmer umsah. »Jedenfalls hast du mehr Licht als ich«, sagte er anerkennend. Brunetti bemerkte, dass Brusca eine Aktentasche mitgebracht hatte.

Der Commissario kam um seinen Schreibtisch herum, nahm Bruscas Hand und klopfte ihm ein paarmal auf die Schulter. Dann nickte er Signorina Elettra zu, die ihn mit einem Lächeln bedachte, wenn auch nicht mit einem erster Güte, und das Büro verließ.

Brunetti bot seinem Freund einen der Stühle vor seinem

Schreibtisch an und setzte sich auf den anderen. Er wartete, dass Toni zur Sache kam: Brusca war bestimmt nicht gekommen, um über die jeweiligen Vorzüge ihrer Büros zu reden. Toni war kein Mann, der Zeit und Energie verschwendete, wenn er einen Plan verfolgte oder etwas wissen wollte; das wusste Brunetti noch aus ihrer gemeinsamen Zeit in der *scuola media*. Die beste Taktik war immer gewesen, einfach abzuwarten, und genau das hatte Brunetti jetzt vor.

Brusca legte zügig los: »Ich wollte dich etwas fragen, Guido.« Er zog eine durchsichtige Plastikhülle aus seiner Aktentasche und nahm ein paar Bögen Papier heraus.

Er stellte die Aktentasche auf den Boden, hielt die Papiere im Schoß und sah seinen Freund an. »Im Rathaus sprechen viele Leute mit mir«, sagte er. »Und manchmal erzählen sie mir Dinge, die mich neugierig machen, und dann höre ich mich um. Und da ich in einem Büro im Parterre und mit nur einem Fenster sitze, und da mein Job mir erlaubt, neugierig zu sein, was die Leute so treiben – und da ich immer sehr höflich und sehr gründlich bin –, antwortet man in der Regel gern auf meine Fragen.«

»Auch wenn es um Dinge geht, die dich beruflich eigentlich nichts angehen?«, fragte Brunetti, der schon ahnte, warum Brusca seinen Freund, den Polizisten, aufgesucht hatte.

»Durchaus.«

»Und so etwas hast du hier?«, fragte Brunetti und wies auf die Papiere. Wie Brusca zog auch er es vor, keine Zeit zu verschwenden.

Brusca reichte sie ihm hinüber. »Sieh's dir an«, sagte er.

Das erste Blatt trug den Briefkopf des Tribunale di Venezia. Darunter auf der linken Seite vier Spalten mit den Überschriften: »Aktenzeichen, Datum, Richter, Gerichtssaal«, rechts davon neben einem dicken senkrechten Strich ein Kasten, über dem »Ergebnis« stand. Brunetti schob das Blatt zur Seite und fand darunter drei weitere, ähnliche. Die Kopien waren von unterschiedlicher Qualität: Eine war so unscharf, dass sie kaum lesbar war. Rechts unten trug jede Seite einen Datumsstempel nebst Unterschrift, und daneben prangte der Stempel des Justizministeriums. Verschiedene Daten, immer dieselbe Unterschrift. Zweimal war das Siegel des Justizministeriums so nachlässig gestempelt, dass es nicht vollständig aufs Papier geraten war. Brunetti kam es vor, als habe er sein ganzes Leben mit solchen Dokumenten verbracht. Wie viele mochte er selbst abgestempelt und weitergeleitet haben?

Aber das hier war nicht die Art von Gerichtsdokumenten, die er in Zusammenhang mit seinen Ermittlungen zu lesen gewohnt war, weder die üblichen Transkripte von Zeugenaussagen oder Plädoyers am Ende eines Prozesses noch Kopien der schließlich ergangenen Urteile. Die hier waren nur zum internen Gebrauch bestimmt, und wenn er das richtig verstand, ging es um dem Urteil vorausgehende Termine. Ein Muster konnte er nicht erkennen.

Er sah Brusca an, der keine Miene verzog. Brunetti wandte seine Aufmerksamkeit wieder den Papieren zu. Er suchte nach Übereinstimmungen und stellte fest, dass man viele der aufgeführten Sitzungen ohne Verhandlung aufgeschoben oder vertagt hatte, und dann fiel ihm auf, dass die meisten dieser Fälle derselben Richterin zugeteilt waren. Er kannte ihren Namen und hatte keine gute Meinung von ihr, obwohl er auf Nachfrage keinen Grund dafür hätte angeben können. Was man eben so hörte oder mitbekam, ein gewisser Tonfall, wenn ihr Name im Gespräch genannt wurde. Und hatte nicht vor Jahren einmal ein Informant eine Bemerkung fallen lassen? Nein, nicht direkt, nur eine Andeutung, und die bezog sich nicht auf sie selbst, sondern auf jemanden aus ihrer Familie. Der Name des Justizangestellten, der die Papiere unterschrieben hatte, sagte ihm nichts.

Er sah von den Papieren auf. »Ich vermute, diese Aufschübe bringen einer der beiden Prozessparteien einen Vorteil und Richterin Coltellini ist daran nicht unbeteiligt.«

Brusca nickte ermunternd und wies mit dem Kinn auf die Papiere, als fordere er einen vielversprechenden Schüler zum Weiterdenken auf.

»Wenn das heißt, dass ich hier noch mehr vermuten soll, dann vielleicht, dass die Person, die das abgezeichnet hat, ebenfalls nicht unbeteiligt ist.«

»Araldo Fontana«, sagte Brusca. »Vom Tribunale. 1975 hat er dort angefangen, zehn Jahre später wurde er zum obersten Gerichtsdiener befördert, und das ist er bis heute. Nach Plan wird er am 10. April 2014 in den Ruhestand gehen.«

»Farbe seiner Unterwäsche?«, fragte Brunetti trocken.

»Sehr komisch, sehr komisch, Guido.«

»Na schön. Vergiss die Unterwäsche, und erzähl mir von ihm.«

»Als oberster Gerichtsdiener hat er dafür zu sorgen, dass Akten termingerecht bearbeitet und weitergeleitet werden.«

»Und ›bearbeitet und weitergeleitet‹ bedeutet …?«

Brusca lehnte sich zurück, schlug die Beine übereinander und winkte mit der Hand unsichtbare Akten durch. »Es gibt ein zentrales Aktenarchiv. Werden während einer Anhörung oder Verhandlung Unterlagen gebraucht, sorgen die Gerichtsdiener dafür, dass sie in den richtigen Sitzungssaal gebracht werden, damit der Richter sich erforderlichenfalls Einblick verschaffen kann. Nach der Sitzung legen die Gerichtsdiener die Dokumente dann wieder ab und holen sie zum nächsten Termin wieder hervor. Erst nach dem Urteilsspruch kommen alle Prozessunterlagen ins Depot.«

»Aber?«

»Aber manchmal gehen Unterlagen verloren oder werden nicht zugestellt, und wenn sie nicht da sind, sieht der Richter sich gezwungen, den Termin ausfallen zu lassen und einen neuen anzuberaumen. Und wenn dann gerade ein Feiertag in der Nähe ist, wird der Richter ihn wohl auf die Zeit nach dem Feiertag verlegen, in jedem Fall aber muss er einen freien Termin im Gerichtskalender finden, und somit kann es zu langen Verzögerungen kommen.«

Brunetti nickte: So hatte er sich das ungefähr vorgestellt. »Dann verrate mir«, sagte er, »denn dir zu lauschen, das ist, als habe man sein Ohr am Puls der Gerüchteküche, was geht hier vor?«

Brusca deutete ein Lächeln an, aus dem keine Belustigung sprach, sondern mit dem er vielmehr vor der Natur kapitulierte, wie sie nun einmal war, nicht wie irgendwer sie gern hätte. »Bevor ich davon anfange, was da vielleicht vor sich gehen könnte, muss ich etwas vorausschicken.« Er schwieg lange genug, um sicher zu sein, dass er Brunettis volle Aufmerksamkeit besaß, und fuhr dann fort: »Fontana ist ein äußerst korrekter Mensch. Das klingt altmodisch, ich weiß, aber er ist eben auch ein altmodischer Mensch. Er könnte eher zur Generation unserer Eltern gehören: So reden die Leute von ihm. Er kommt täglich mit Schlips und Kragen zur Arbeit, tut seine Pflicht, ist zu jedermann höflich. Ich habe in all diesen Jahren nie etwas Negatives über ihn gehört, und in der Regel landet so etwas immer bei mir. Früher oder später bekomme ich so gut wie alles mit. Über Fontana aber nie ein schlechtes Wort, außer dass er farblos und schüchtern ist.«

Brunetti hatte den Eindruck, Brusca sei fertig, also fragte er: »Und warum steht dann sein Name auf diesen Dokumenten? Und warum hältst du es für angebracht, mir das zu zeigen?« Dann fiel ihm noch ein: »Und wie bist du überhaupt an diese Papiere gelangt?«

Brusca senkte den Blick, dann sah er Brunetti an, dann die Wand, dann wieder Brunetti. »Die hat mir jemand gegeben, der beim Tribunale arbeitet.«

»Zu welchem Zweck?«

Brusca zuckte die Achseln. »Vielleicht, damit die Information durch die Mauern des Tribunale dringt.«

»Das ist offenbar gelungen«, sagte Brunetti, ohne dabei zu lächeln. »Sagst du mir, von wem du das hast?«

Brusca ging über die Frage hinweg. »Das spielt keine Rolle, außerdem habe ich ihr versprochen, es keinem zu sagen.«

»Verstehe«, sagte Brunetti nur.

Nachdem er vergeblich auf weitere Erklärungen gewartet hatte, bat er: »Erklär mir, was das soll. Oder was das deines Erachtens zu bedeuten hat.«

»Du meinst die Terminverzögerungen?«

»Ja.«

Brunetti lehnte sich weit zurück, verschränkte die Hände hinterm Kopf und betrachtete die Decke.

»Im Falle einer komplizierten Scheidung, wo es um viel Geld geht, kann es für die vermögendere Partei von Vorteil sein, das Verfahren zu verschleppen, um Vermögenswerte verschwinden zu lassen.« Brusca kam einer Zwischenfrage Brunettis zuvor: »Werden die Akten am Tag der Verhandlung in den falschen Gerichtssaal gebracht oder gar nicht zugestellt, kann der Richter die Verhandlung immer wieder vertagen, bis alle notwendigen Dokumente verfügbar sind.«

»Ich glaube, allmählich sehe ich klarer«, sagte Brunetti.

»Denk an die Gerichte, in denen du gewesen bist, Guido, und denk an die Aktenberge, die sich dort an den Wänden stapeln. Das sieht man in jedem Gerichtsgebäude.«

»Wird das nicht alles im Computer gespeichert?«, fragte Brunetti plötzlich, als ihm die Rundschreiben des Justizministeriums einfielen.

»Das braucht seine Zeit, Guido.«

»Und das heißt?«

»Das heißt, dass es Jahre dauert. Ich arbeite in der Personalabteilung, daher weiß ich, dass für diese Arbeit genau zwei Leute eingeteilt wurden: Die werden Jahre brauchen, wenn nicht Jahrzehnte. Manche von den Akten, die sie abtippen müssen, gehen bis in die fünfziger und sechziger Jahre zurück.«

»Die Zustellung der Akten liegt in Fontanas Verantwortung?«

»Ja.«

»Und die Richterin?«

»Angeblich war sie eine Zeitlang die Geliebte dieses Duckmäusers.«

»Aber der ist doch nur ein kleiner Beamter, Herrgott noch mal. Und sie ist Richterin. Außerdem muss er doch zwanzig Jahre älter sein als sie.«

»Ach, Guido«, sagte Brusca. Er beugte sich vor und tippte ihm mit einem Finger ans Knie. »Ich wusste gar nicht, dass du so in alten Vorstellungen befangen bist. Klassenzugehörigkeit, Altersunterschiede – was sind das für Vorurteile? Du kannst nur an Liebe, Liebe, Liebe denken. Oder an Sex, Sex, Sex.«

»Woran sollte ich denn stattdessen denken?«, fragte Brunetti und gab sich Mühe, neugierig und nicht beleidigt zu klingen.

»Bei Fontana«, räumte Brusca ein, »könnte man vielleicht an Liebe, Liebe, Liebe denken, zumindest nach dem, was ich gehört habe. Aber bei der Richterin wäre man besser beraten, an Geld, Geld, Geld zu denken.« Brusca seufzte und fuhr dann sachlich fort: »Ich glaube, sehr viele Leute sind mehr an Geld interessiert als an Liebe. Oder an Sex.«

Diese Spekulationen weiterzuverfolgen war verlockend, doch Brunetti war mehr an Informationen interessiert und fragte daher: »Und Richterin Coltellini gehört auch dazu?«

Brusca ließ alle Scherze sein und sah ihn düster an. »Sie stammt von gierigen Leuten ab, Guido.« Er verstummte und sagte dann, als sei er soeben auf die Lösung eines Rätsels gestoßen: »Schon merkwürdig. Wenn wir annehmen, dass die Liebe zur Musik oder ein Talent zum Malen sich vererben können – warum dann nicht auch Gier?« Als Brunetti dazu schwieg, fragte er: »Hast du je darüber nachgedacht, Guido?«

»Ja«, antwortete Brunetti, und so war es auch.

»Aha«, ließ Brusca sich vernehmen und kam vom Allgemeinen auf das Besondere: »Ihr Großvater war ein raffgieriger Mensch, und ihr Vater ist es noch heute. Sie hat das von den beiden gewissermaßen ehrlich erworben. Wäre die nicht schon tot, würde sie ihre eigene Mutter verkaufen.«

»Bist du schon mal mit ihr aneinandergeraten?«

»Nein, niemals«, sagte Brusca, aufrichtig erstaunt über die Frage. »Wie gesagt, ich hocke bloß in meinem winzigen Büro im Rathaus und führe die Personalakten: Wann die Leute eingestellt werden, wie viel sie verdienen, wann sie in Pension gehen. Ich mache meinen Job, die Leute reden mit mir, erzählen mir dies und das, und gelegentlich muss ich einen Anruf tätigen und eine Frage stellen. Um etwas zu klären. Und manchmal kann ich über eine Auskunft nur staunen, und dann erzählen sie mir mehr davon, oder sie erzählen mir was anderes. Im Lauf der Jahre hat es sich eingebürgert, mir alles anzuvertrauen.«

»Sogar solche Dokumente«, sagte Brunetti.

Brusca nickte, aber er nickte so sachlich, dass Brunetti fragte: »Weil du reinen Herzens und frommen Sinnes bist?«

Brusca lachte, und die Stimmung im Raum lockerte sich. »Nein. Weil meine Fragen meist so alltäglich und banal sind, dass es den Leuten gar nicht einfällt, mir etwas vorzumachen.«

»Die Technik würde ich auch gern beherrschen«, sagte Brunetti.

4

Sie verabschiedeten sich freundlich voneinander, wenn auch das unbehagliche Gefühl zurückblieb, dass Brusca mit keinem Wort erklärt hatte, warum er gekommen war oder was Brunetti mit den Informationen, die er ihm gegeben hatte, anfangen sollte. Brusca hatte deutlich gemacht, dass Richterin Coltellini von der Gier nach Geld getrieben wurde, woraus man leicht schließen konnte, dass sie von Leuten dafür bezahlt wurde, deren Prozesse zu verschleppen. Aber dass dieser Schluss leicht zu ziehen war, machte ihn noch nicht wahr, und erst recht gab es keine gerichtsverwertbaren Beweise.

Was mochte Fontana dazu bewegen, sich an dieser Sache zu beteiligen? Liebe, Liebe, Liebe schien Brunetti kein hinreichendes Motiv für einen Mann, der als »äußerst korrekt« beschrieben wurde, sich korrumpieren zu lassen, aber brauchte es überhaupt ein zwingendes Motiv?

Nach so vielen Jahren im Dienst empörte sich Brunetti nur noch selten, wenn ihm neue Enthüllungen über die Geschicklichkeit, mit der seine Mitbürger sich an den Gesetzen vorbeimogelten, zu Ohren kamen. Manche Fälle – auch wenn er das niemandem gegenüber zugab – nötigten ihm unfreiwillig Bewunderung für die Raffinesse ab, mit der da vorgegangen wurde, besonders wenn es Gesetze betraf, die er selbst für ungerecht hielt, oder Sachverhalte, die in seinen Augen der reine Wahnsinn waren. Wenn Ampeln vorsätzlich so programmiert wurden, dass sie schneller als gesetzlich vorgeschrieben umsprangen, damit sich die Polizei die zusätzlichen Bußgelder mit den Leuten teilen konnte, die die Zeitschalter einstellten – wer außer einem Irren konnte es da noch für ein Verbrechen halten, Polizisten zu bestechen? Wenn Scharen von verurteilten Kriminellen im Parlament saßen – wer konnte da noch an den Rechtsstaat glauben?

Dass die dunklen Machenschaften der Richterin Coltellini Brunetti schockierten, ließ sich nicht gerade sagen; überrascht war er, das schon, aber auch nur, weil es sich um eine Frau handelte. Selbst wenn er seine Überzeugung, dass Frauen weniger kriminell als Männer seien, mit Statistiken untermauern konnte, war er doch eher durch seine Erziehung und seine Lebenserfahrung zu dieser Ansicht gelangt. Was er für die richtige Ordnung der Dinge hielt, wurde – wenn Bruscas Annahme sich als zutreffend erweisen sollte – gründlich über den Haufen geworfen.

Bruscas Andeutungen ließen ihn nicht los. Er breitete die Papiere auf seinem Schreibtisch aus und ging sie noch einmal durch. Dabei richtete er seine Aufmerksamkeit auf den Namen Coltellini, der auf jeder der vier Seiten mehrmals vorkam und insgesamt sechs verschiedene Aktenzeichen betraf. Brunetti holte ein paar farbige Textmarker aus seinem Schreibtisch. Dann machte er sich an die erste Seite und markierte mit dem grünen Stift ihren Namen bis zum Ende der Liste überall da, wo er mit dem ersten Fall in Zusammenhang stand, so dass alle diesbezüglichen Verhandlungstermine mit derselben Farbe gekennzeichnet waren. Für den nächsten Fall nahm er den rosa Stift. Für den dritten den gelben; für den vierten den orangefarbenen; die Nummer des fünften musste er mit Bleistift einkreisen, und für den letzten Fall nahm er einen roten Kugelschreiber.

Mit Grün hatte sie nur dreimal zu tun gehabt: das zweite Mal an dem Tag, der in der »Ergebnis«-Spalte des ersten Termins stand, das dritte Mal an dem Tag, der beim zweiten Mal im Ergebnisfeld eingetragen war: Und trotzdem hatte der Prozess sich über zwei Jahre hingezogen. Der rosa Fall war zwar durchweg zu den jeweils angesetzten Terminen verhandelt worden, jedoch lagen die insgesamt sechs Verhandlungstage immer mindestens ein halbes Jahr auseinander. Brunetti hätte gern gewusst, worum es in dem Fall gegangen war. Wieso hatte man drei Jahre bis zur Entscheidung gebraucht?

Die gelbe Spur war ergiebiger. Die erste Verhandlung vor über zwei Jahren war kommentarlos um sechs Monate vertagt worden, und an dem betreffenden Termin hatte man wiederum ohne Angabe von Gründen einen neuen mehr als fünf Monate später anberaumt. Im »Ergebnis«-Kasten neben dem dritten Verhandlungstag stand ein neues Datum, diesmal sechs Monate später, sowie die Anmerkung: »Unterlagen fehlen«. Die nächste Verschiebung, wieder um sechs Monate, wurde mit »Krankheit« erklärt, nur wer da krank war, stand nicht dabei. Dieser nächste Termin am zwanzigsten Dezember schien nur dazu gedient zu haben, die Angelegenheit um weitere vier Monate zu verschleppen, diesmal mit der Anmerkung »Feiertage« in der letzten Spalte. Der neue Termin in der zweiten Aprilhälfte ließ Brunetti vermuten, er sei absichtlich in die Osterferien gelegt worden, doch zu seiner Überraschung war Richterin Coltellini zu der Verhandlung erschienen, jedoch nur, um einen neuen Termin –

sieben Monate später – festzusetzen, »zwecks Anhörung neuer Zeugen«.

Brunetti fragte sich, woher in einem Prozess, der schon fast drei Jahre lang die Gerichte beschäftigte, plötzlich neue Zeugen auftauchen könnten – wobei »beschäftigen« wohl etwas übertrieben war. Kein Wunder, dass die Leute Angst hatten, in die Fänge dieses Kraken zu geraten: Abgesehen von einer schweren Erkrankung konnte einem in der Tat nichts Schlimmeres passieren, als in einen Prozess verwickelt zu werden.

Zu seiner abermaligen Überraschung hatte die Richterin den orangefarbenen Fall in weniger als einem Jahr abgeschlossen, während die mit Bleistift und rotem Kugelschreiber markierten Fälle sich wiederum zäh und mühsam dahinschleppten, beide seit über zwei Jahren.

Er suchte in seinem Schreibtisch nach dem Telefonverzeichnis und wählte schließlich die Nummer von Bruscas *telefonino*.

»Ja?«, fragte Brusca so ruhig, als sei er noch in Brunettis Büro. Brunetti kannte diese Seelenruhe an ihm seit dem Geschichtsunterricht in der *scuola media*. In all den Jahren hatte er nie erlebt, dass sein Freund sich über irgendein Verhalten überrascht gezeigt hätte, ganz gleich, wie niederträchtig es sein mochte; als Beamter der Stadtverwaltung war er wohl einiges gewohnt.

»Ich habe mir diese Papiere einmal genauer angesehen«, sagte Brunetti. »Hast du sie auch schon anderen gezeigt?«

»Wieso sollte ich?«, fragte Brusca, und plötzlich klang er so ernst wie Brunetti.

»Wenn das stimmt, sollte es unterbunden werden«, sagte

Brunetti. Dass es absurd war, auf Bestrafung zu hoffen, war ihm bewusst.

»Ja, da hast du recht«, sagte Brusca, um einen Tonfall bemüht, als debattierten sie über die Qualität einer Fußballmannschaft und nicht über die Korruptheit der Justiz. »Aber das wird kaum möglich sein«, fügte er hinzu.

»Warum hast du mir das dann gegeben?« Brunetti war jetzt deutlich irritiert.

Brusca hüllte sich längere Zeit in Schweigen, bevor er sagte: »Ich dachte, du hast vielleicht eine Idee, was man unternehmen könnte. Und ich hatte gehofft, du reagierst mit Empörung.«

»Das wäre zu viel gesagt«, sagte Brunetti.

»Na schön, na schön, also keine Empörung. Dann eben Hoffnung. Vielleicht ist es das, was ich an dir bewundere: dass du immer noch hoffen kannst, alles könnte sich zum Guten wenden und der Augiasstall ausgemistet werden.«

»Du sagst es selbst, das wird kaum möglich sein«, räumte Brunetti ein. Dann kam er, wieder freundschaftlich gestimmt, auf den ursprünglichen Zweck seines Anrufs zurück: »Also, warum hast du mir diese Papiere gegeben?«

»Ich hatte gehofft, du könntest was unternehmen«, wiederholte Brusca. Und in einem Tonfall, der Brunetti ein wenig zu unbekümmert vorkam, fügte er hinzu: »Außerdem ist es immer schön, wenn man einem von denen ein bisschen einheizen kann.«

»Ich werde sehen, was sich machen lässt«, sagte Brunetti, auch wenn er sich wenig Chancen ausrechnete.

Brusca empfahl sich hastig.

Brunetti stützte den linken Ellbogen auf den Schreibtisch

und rieb sich mit dem Daumennagel über die Unterlippe. Das Hemd klebte ihm feucht unter den Armen und am Rücken. Er ging ans Fenster und sah auf den Kanal hinunter, das Wasser schwarz im grellen Tageslicht. Vom Campo San Lorenzo war alles Leben weggebrannt; sogar die Katzen, die sonst das vor der Kirchenmauer eingerichtete Katzendomizil bevölkerten, waren verschwunden; er fragte sich, ob sie die Stadt verlassen hatten, um Ferien zu machen.

Er geriet ins Träumen und dachte an Katzen, die Urlaub in den Bergen machten oder am Meer, verschickt vom Tierschutzverein. Brunetti hasste die *»animalisti«*, hasste sie, weil sie sich für die ekelhaften, von Krankheitskeimen verseuchten Tauben einsetzten, hasste sie, weil sie sämtliche streunenden Katzen der Stadt versorgten – zum Entzücken der ständig wachsenden Rattenpopulation. Und wo er schon mal bei Tieren war, fügte er seiner Liste von Leuten, die er hasste, auch noch die hinzu, die es unterließen, hinter ihren Hunden sauberzumachen; wenn es nach ihm ginge, würde er denen so saftige Bußgelder aufbrummen, dass …

»Commissario?«, riss ihn eine Stimme aus seinen wilden Spekulationen über die Höhe der Bußgelder, die er verhängen würde, und die Maßnahmen, die dazu erforderlich wären.

»Ja, Signorina?«, sagte er und drehte sich um. »Was gibt es?«

»Ich habe eben Vianello gesehen. Im Bereitschaftsraum, er hat telefoniert. Ich glaube, es geht ihm nicht gut.«

»Ist ihm schlecht?«, fragte Brunetti und dachte daran, was die Hitze alles mit einem anstellen konnte.

Signorina Elettra kam ein paar Schritte in sein Büro herein. »Das weiß ich nicht, Signore. Ich glaube nicht. Er war irgendwie durcheinander, wollte sich aber nichts anmerken lassen.« Brunetti war daran gewöhnt, dass sie gut aussah; heute stellte er verwundert fest, dass sie immer noch cool wirkte. Statt weiter nach Vianello zu fragen, platzte er heraus: »Finden Sie es nicht heiß?«

»Entschuldigung, Signore?«

»Die Hitze. Die Temperatur. Ist es nicht heiß? Ihnen, meine ich. Finden Sie es nicht heiß?« Es fehlte nicht viel, und er hätte ihr ein Bild von der Sonne gemalt, um sich zu erklären.

»Nein, nicht besonders, Signore. Es sind doch nur 30 Grad.«

»Und das ist nicht heiß?«

»Für mich nicht, nein.«

»Warum?«

Er sah sie mit der Antwort zögern. Schließlich sagte sie: »Ich bin in Sizilien aufgewachsen, Signore. Also hat mein Körper sich wohl an die Hitze gewöhnt. Mein Thermostat wurde entsprechend programmiert. Könnte man sagen.«

»In Sizilien?«

»Ja.«

»Wie denn das?«

»Oh, mein Vater war dort ein paar Jahre tätig«, sagte sie so leichthin, dass er es für ratsam hielt, genauso leichthin das Thema zu wechseln.

In geschäftlichem Ton fragte er: »Wissen Sie denn, mit wem er gesprochen hat?«

»Nein, Signore, aber es war jemand, den er so gut kannte, dass er ihn mit *›tu‹* angeredet hat. Und er schien mehr zuzuhören, als selbst zu sprechen.«

Brunetti nahm ein paar von den Papieren, die sie ihm in der Frühe gebracht hatte, faltete sie in der Mitte zusammen und sagte: »Die wollte ich ihm zeigen.« Er wartete, dass sie ging, weil er es für wenig vorteilhaft hielt, wenn Vianello sie zusammen die Treppe herunterkommen sah, als hätte Elettra aus der Schule geplaudert.

Bevor sie sich zur Tür umdrehte, sagte sie: »Er hat mich nicht gesehen, Commissario.« Und dann war sie weg. Als er sein Büro verließ, war sie bereits die Treppe hinunter verschwunden.

Brunetti ging langsam nach unten. Im Bereitschaftsraum sah er Vianello an seinem Schreibtisch, halb abgewandt, immer noch am Telefon, doch Brunetti erkannte sofort, was Signorina Elettra gemeint hatte. Der Ispettore saß tief über den Hörer gebeugt, seine freie Hand rollte einen Bleistift auf der Tischplatte hin und her. Aus dieser Entfernung sah es aus, als habe er die Augen geschlossen.

Brunetti beobachtete, wie der Inspektor mechanisch und ohne ein Wort zu sagen den Bleistift auf dem Tisch herumrollte. Vianello verzog die Lippen, entspannte sie wieder. Der Bleistift blieb ständig in Bewegung. Schließlich nahm er den Hörer vom Ohr, langsam und mit großer Anstrengung, als ziehe ein magnetisches Kraftfeld ihn an sein Ohr zurück. Er hielt ihn mindestens zehn Sekunden lang vor sich in der Hand, und Brunetti hörte eine Stimme aus der Leitung schallen: weiblich, alt, zänkisch. Vianello machte die Augen auf und fixierte die Tischplatte. Dann legte er auf, langsam und vorsichtig, als sei der Hörer die Person selbst, deren Stimme noch immer ins Zimmer drang.

Der Inspektor blieb lange so sitzen, den Blick auf das

Telefon geheftet. Schließlich fuhr er sich mit seinem Taschentuch über die Stirn, steckte es wieder ein und stand auf. Als er sich der Tür zuwandte, hatte Brunetti ein unbeteiligtes Gesicht aufgesetzt und kam seinem Mitarbeiter mit den Papieren in der Hand entgegen.

Bevor Brunetti von den Papieren anfangen konnte, sagte Vianello: »Gehen wir zur Brücke. Ich brauche einen Drink.«

Brunetti faltete die Papiere wieder zusammen, und da er kein Jackett trug, faltete er sie noch kleiner zusammen und steckte sie in die hintere Hosentasche.

Als sie aus der Questura ins Freie traten, stellte Brunetti fest, dass seine Sonnenbrille noch oben in seiner Jackentasche war. Unwillkürlich hob er die linke Hand, um seine Augen vor dem grellen Licht zu schützen. »Könnte mir denken, so fühlt man sich bei einer Gegenüberstellung«, sagte er. Blinzelnd wartete er, dass seine Augen sich an das Gleißen gewöhnten; als sie dann losgingen, behielt er die Hand über den Augen.

In der Bar stand Bambola hinter der Theke, seine Dschellaba so frisch wie ein Dokument, das noch niemand in Händen gehalten hatte.

Es war nach elf, also bestellten sie einen *spritz*. Vianello bat Bambola, große Gläser zu nehmen und viel Eis hineinzutun. Als die Drinks kamen, trug Vianello sie zu dem Tisch mit den Sitzbänken, der am weitesten vom Eingang entfernt war. In der Nische war es stickig, aber Brunetti hatte längst vor der Hitze kapituliert: Schlimmer konnte es nicht werden, immerhin waren sie dort ungestört.

Als sie einander gegenüber Platz genommen hatten, gab

Brunetti es auf, so zu tun, als habe er von dem Telefonat nichts mitbekommen. »Deine Tante?«, fragte er.

Vianello nippte an seinem Drink, nahm einen größeren Schluck und stellte das beschlagene Glas auf den Tisch zurück. »Ja.«

»Du siehst besorgt aus«, sagte Brunetti.

»Das bin ich auch«, gestand Vianello und wölbte beide Hände um sein Glas, wie man es sonst mit heißen Getränken macht. »Und ich weiß nicht mehr weiter.«

»Wie das?«

»Am liebsten würde ich sie anschreien, aber das bringe ich nicht fertig. Das wäre die normale Reaktion, wenn Leute so etwas tun.« Er sah Brunetti an und wandte den Blick rasch wieder ab.

»Wenn Leute *was* tun?«, fragte Brunetti.

Ihre Blicke trafen sich kurz, aber dann sah Vianello wieder sein Glas an und sagte: »Verrückt werden. Den Verstand verlieren.« Er nahm das Glas zwischen beide Hände und stellte es mehrmals auf die Tischplatte, so dass dort ein Muster aus Ringen entstand, dann schob er das Glas darauf hin und her und löschte sie alle aus.

»Was hat sie getan?«

»Noch hat sie gar nichts getan«, sagte Vianello. »Aber bald. Wie gesagt, Zia Anita hat einen starken Willen, und wenn sie sich etwas in den Kopf gesetzt hat, ist sie nicht mehr aufzuhalten.«

»Was hat sie denn vor?«, fragte Brunetti und nahm nun endlich auch einen Schluck. Inzwischen war der Drink so wässrig, dass er fast keinen Geschmack mehr hatte; aber kalt war er, und das reichte.

»Sie will das Geschäft verkaufen.«

»Ich denke, das gehört deinem Onkel.«

»Das dachte ich auch. Er hat es aber nur geführt – und jetzt führen seine Söhne es.«

»Erklär mir das.«

»Rein juristisch gehört alles ihr. Als er das Geschäft aufgemacht hat, das Gebäude mit der Werkstatt und den Büros gekauft hat, riet man ihm, es aus steuerlichen Gründen auf den Namen seiner Frau einzutragen. Später könnten sie es dann auf die Jungen übertragen.« Vianello stöhnte.

»Aber das ist nicht geschehen?«

Vianello schüttelte den Kopf, leerte seinen Drink und ging Nachschub für sie beide holen, ohne Brunetti zu fragen, ob er noch durstig sei. Brunetti trank aus und schob das Glas in die Ecke.

Vianello kam bald zurück, aber diesmal nur mit Mineralwasser und Eis. Brunetti nahm dankbar ein Glas; das schmelzende Eis hatte den *spritz* ruiniert, den Campari verwässert und dem Prosecco jeden Geschmack entzogen.

»Warum will sie es verkaufen?«, fragte er.

»Weil sie Geld braucht«, sagte Vianello und trank einen Schluck Wasser.

»Komm schon, Lorenzo. Entweder rückst du jetzt raus mit der Sprache, oder wir machen uns wieder an die Arbeit.«

Vianello stellte beide Ellbogen auf den Tisch und nahm sein Kinn in die Hände. Schließlich sagte er: »Die Antwort steht in den Sternen.«

5

»*Gesù Bambino*«, flüsterte Brunetti. »Etwa wegen dieser Zeitschriften?«

»Das ist noch nicht alles«, antwortete Vianello bedrückt. Er schob die rechte Hand in den offenen Kragen seines Hemds und strich sich über den Hals. »Gott, wie ich diese Hitze hasse. Man kann ihr einfach nicht entkommen.«

Brunetti ließ sich nicht ablenken. Er nahm noch einen Schluck Wasser. Er und Vianello standen einander in nichts nach, beide kannten sie aus ihren vielen Vernehmungen von Zeugen und Verdächtigen alle Tricks. Ein Muster an Gleichmut, lehnte er sich mit verschränkten Armen zurück.

Vianello tat es ihm nach. »Mit den Horoskopen hat es angefangen. Dann kam die Radiosendung am Morgen hinzu, und schließlich hat sie diese Privatsender entdeckt, wo jemand sitzt und einem die Karten legt.« Er ballte seine rechte Hand zur Faust und schlug auf den Tisch, aber nur leicht, um seine Wut anzudeuten. »Eine Freundin hat ihr von diesen Sendungen erzählt, wie sehr den Leuten geholfen wird, die da anrufen.«

»Ist deine Tante auf solche Hilfe angewiesen?«, platzte es aus Brunetti heraus. Nach allem, was Vianello im Lauf der Jahre von ihr erzählt hatte, war sie ihm immer wie ein Fels in der Brandung vorgekommen.

In Vianello flackerte Ungeduld auf. So hatte Brunetti ihn noch nie gesehen. »Das wollte ich gerade erklären, Guido«, knurrte er. Offenbar selbst über seinen Tonfall erschrocken, öffnete Vianello die Faust und legte zum Zeichen der Entspannung den Arm lang ausgestreckt auf die Sitzlehne der Bank.

Brunetti lächelte, sagte aber nichts.

Vianello fuhr fort: »Ihr haben die guten Ratschläge Eindruck gemacht. Sie hielt diese Kartenleger für vernünftige Leute. Und hat ihren Kindern davon erzählt.« Er unterbrach sich, als erwarte er Zwischenfragen, doch Brunetti schwieg.

»So habe ich es erfahren«, fuhr der Inspektor fort. »Von meinem Cousin Loredano, als er vor ein paar Monaten einmal leichthin bemerkte, seine Mutter interessiere sich seit neuestem für Sterndeutung. Als höre sie neuerdings Radio Maria oder lese irgendwelche Gartenzeitschriften. Er dachte sich nicht viel dabei, aber einen Monat später rief mich meine Cousine Marta an und sagte, sie mache sich Sorgen um ihre Mutter, die nur noch von Horoskopen rede und diesen ganzen Quatsch offenbar allen Ernstes glaube. Marta wusste nicht mehr ein noch aus.« Vianello leerte sein Glas und stellte es auf den Tisch. »Ich konnte ihr auch nicht helfen. Sie war sehr besorgt, aber Loredano meinte, es werde sich schon legen, und das dachte ich auch, jedenfalls wollte ich es glauben.« Er sah Brunetti an und zog sarkastisch einen Mundwinkel hoch. »Ich nehme an, wir alle wollten keine Probleme. Also taten wir so, als wäre nichts.«

Leute betraten lärmend die Bar, aber die beiden achteten nicht darauf. Vianello fuhr fort: »Vor vier Wochen dann erzählte mir Loredano am Telefon, Zia Anita habe dreitausend Euro vom Firmenkonto abgehoben, ohne ihm ein Wort zu sagen.«

Als Brunetti auch dazu schwieg, berichtete Vianello weiter: »Loredano sah sich daraufhin die Kontobewegungen an und stellte fest, dass sie schon seit Monaten Geld abhob: mal fünfhundert, mal dreihundert, mal sechshundert. Als er sie danach fragte, sagte Zia Anita nur, schließlich sei das ihr Geld, sie könne damit machen, was sie wolle, es sei notwendig und für einen guten Zweck, sie tue es seinem Vater zuliebe.«

Brunetti wusste, alte Frauen hatten oft das Bedürfnis, ihr Geld für einen guten Zweck auszugeben, wovon meist die Kirche profitierte. Er selbst mochte anders über die Kirche denken, doch edle Spender hielten mit ihren guten Taten normalerweise nicht hinter dem Berg. Anders Vianellos Tante, was zu wilden Spekulationen über den Empfänger des Geldes verleitete.

»›Für einen guten Zweck‹«, wiederholte Brunetti ruhig. »›Seinem Vater zuliebe.‹«

»Mehr hat sie nicht gesagt«, antwortete Vianello.

»Wissen deine Cousins, um wie viel Geld es in etwa geht?«

»Einschließlich der dreitausend sind es bis jetzt ungefähr siebentausend. Aber sie hat ja auch eigenes Geld, und was sie damit macht, kann kein Mensch wissen.«

»War es das, worüber du eben mit ihr gesprochen hast?«, fragte Brunetti.

»Ich habe zugehört, nicht gesprochen«, sagte Vianello verdrossen. »Sie hat angerufen, um sich bei mir darüber zu beschweren, dass Loredano sie belästigt.«

»Sie *belästigt*?«

Vianello konnte darüber nicht lachen. »So sieht sie das

jetzt: Sie glaubt sich im Recht, und es ärgert sie, dass ihre Kinder sie zurückzuhalten versuchen.«

»Hilf mir auf die Sprünge, Lorenzo. Wie viele Kinder sind es noch mal?«

»Marta und Loredano sind die älteren. Und Luca und Paolo die beiden jüngeren. Die drei Jungen – eigentlich schon Männer – führen das Geschäft.«

»Und dein Onkel? Was macht der?«, fragte Brunetti.

Vianello hob unwillkürlich die Hände gen Himmel. »Wie gesagt: Der kümmert sich nicht weiter. Hat er noch nie getan, und jetzt, wo er älter und nicht mehr ganz gesund ist, ist es noch schlimmer. Loredano hat versucht, mit ihm zu reden und ihm die Lage zu erklären, aber er hat nur gesagt, seine Frau habe ihr eigenes Geld und könne damit machen, was sie wolle. Von ihm aus auch mit seinem. Wahrscheinlich hält er es für einen Beweis seiner Männlichkeit, wenn seine Frau mit Geld um sich werfen kann: Das zeigt, wie gut er für sie sorgt.«

»Auch wenn er nicht mehr arbeitet?«

»Gerade dann. Wo er sich auch sonst nicht mehr recht nützlich machen kann.«

»Gott, ganz schön kompliziert, oder?«, sagte Brunetti und stützte beide Ellbogen auf den Tisch. »Hat denn niemand eine Ahnung, was sie damit macht?«

Vianello schüttelte den Kopf. »Keiner weiß was Genaues. Aber wenn sie sagt, es sei für einen guten Zweck, dann verschenkt sie es womöglich.« Diesmal unternahm er keinen Versuch, seinen Zorn zu verbergen, und schlug heftig auf den Tisch. »Das Dumme daran ist, dass ich ihr nicht einmal wirklich böse sein kann. Natürlich kann sie mit ihrem Geld machen, was sie will. Um das Geschäft aufzubauen, hat sie jahrelang geschuftet wie ein Tier und nie eine Lira dafür bekommen. Auch als es dann besser lief, hat sie weiter die Büroarbeiten erledigt. Und ist nie dafür bezahlt worden.«

Brunetti nickte.

»Das Geld steht ihr zu. Sowohl juristisch als auch … moralisch, falls man das so nennen kann.«

Brunetti sah das auch so.

»Aber …«, fing der Inspektor an und brach gleich wieder ab.

Brunetti versuchte den Satz für ihn zu beenden: »Aber ihre Familie hat ein Recht darauf, zu erfahren, was sie damit anstellt?«

»So könnte man sagen, ja. Mir gefällt das nicht, aber so ist es wohl. Nicht etwa, weil das Geld ihnen gehört. Das tut es nicht. Es gehört ihr. Das Beunruhigende ist nur, dass sie etwas zu verbergen hat.«

»Was haben deine Cousins jetzt vor?«, fragte Brunetti.

Vianello senkte den Blick. »Sie gehen ihr nach«, sagte er.

»Wie bitte?«

Vianello sah auf und erklärte trocken: »Ich glaube, die haben zu viele Krimis gesehen, oder so was. Sie haben mit dem Bankdirektor gesprochen. Der kennt die Familie seit dreißig Jahren. Hat alle ihre Bankgeschäfte erledigt.«

Vianello starrte seine Hände an, als sei einer der Finger der Bankdirektor und als wolle er sehen, wie der sich verhielt.

»Was haben sie ihm erzählt?«

»Von den Abhebungen, und dass sie ihnen verschweigt, wohin das Geld fließt.«

»Und?«

»Er hat gesagt, wenn sie das nächste Mal etwas abhebt, gibt er Loredano telefonisch Bescheid und verwickelt sie in ein Gespräch, um sie möglichst lange in der Bank festzuhalten.«

»Bis jemand von der Familie da ist und ihr nachschleichen kann?«, fragte Brunetti verblüfft. »Wollen sie Räuber und Gendarm spielen?«

Vianello schüttelte den Kopf und starrte weiter seine Finger an. »Wenn es so einfach wäre.«

»Das ist nicht einfach«, sagte Brunetti. »Das ist verrückt.«

»Das habe ich auch gedacht«, sagte Vianello. »Genau das habe ich zu ihnen gesagt.«

»Und?«

»Und jetzt wollen sie, dass ich das mache.«

Brunetti war sprachlos. Er sah seinen Freund an, der weiter seine Hände studierte. Schließlich sagte er: »Das ist noch verrückter.«

»Habe ich auch gesagt.«

»Lorenzo«, sagte Brunetti, »ich habe keine Lust, dir jeden Wurm einzeln aus der Nase zu ziehen. Was hast du vor?«

»Darüber habe ich vorhin nachgedacht, während ich ihr zugehört habe – wie ich herausfinden könnte, was sie treibt –, aber mir ist nur eine einzige Möglichkeit eingefallen, und da müsstest du mich unterstützen. Sozusagen.«

»Wie meinst du das?«

»Ich brauche dein Einverständnis.«

»Wozu?«

»Dass ein paar von unseren Leuten mir helfen.«

»Deiner Tante nachzuspionieren?«

»Ja. Ich nehme an, Pucetti wäre dabei, wenn ich ihn darum

bitten würde.« Vianello sah Brunetti gespannt an. »Wenn sie es in ihrer Freizeit machen, außerhalb der Arbeitszeit, wäre es ja nicht direkt gegen die Vorschriften.«

»Bloß ein kleiner Stadtbummel, ziellos durch die Gegend spazieren«, fuhr Brunetti auf. »Rein zufällig immer hinter der kleinen alten Dame her, die in ihrer Handtasche das Geld mit sich rumschleppt.« Er war aufrichtig empört. Wie weit war es mit der Polizei gekommen?

»Guido«, sagte Vianello ruhig. »Ich weiß, wie sich das anhört, aber anders lässt sich nicht herausfinden, was sie mit dem Geld macht.«

»Und wenn sie euch einen Bären aufgebunden hat und mit dem Geld ins Kasino geht, um es an die einarmigen Banditen zu verfüttern?«, fragte Brunetti.

Zu seiner Überraschung nahm Vianello den Einwurf ernst. »Dann können wir das Kasino auffordern, ihr den Zutritt zu verwehren.«

Brunetti fing sich wieder und fragte: »Und wenn sie irgendwo reingeht und ohne das Geld wieder rauskommt? Was dann? Willst du das Gebäude im Sturm nehmen?«

»Nein«, sagte Vianello beherrscht. »Aber vielleicht lässt sich feststellen, ob noch andere kleine alte Damen mit Geld in der Handtasche dort hingehen.«

Brunetti war sprachlos vor Verblüffung. »Mensch, Mensch, Mensch«, sagte er nur. »Das hältst du für möglich?«

»Ich weiß nicht, was ich für möglich halte«, sagte Vianello. »Aber meine Tante ist nicht dumm, also muss derjenige, der ihr das Geld abluchst – falls sie das Geld nicht im Kasino verspielt –, ziemlich durchtrieben sein und nimmt womöglich auch noch andere aus.«

Brunetti wand sich von der Bank, ging zur Theke, kam mit zwei weiteren Gläsern Wasser zurück und nahm wieder Platz.

»Es gäbe einen offiziellen Weg«, sagte er.

»Wie?«

»Leitet Scarpa nicht die Ausbildung der neuen Beamten?«

»Schon, aber ich verstehe nicht…«

»Und zu den Dingen, die sie lernen sollen, falls sie keine Venezianer sind, gehört doch auch, Verdächtigen durch die Stadt zu folgen.«

Kein bisschen begriffsstutzig, spann Vianello den Faden weiter. »Und da Scarpa kein Venezianer ist, hat er keine Ahnung, wie man das macht.«

»Weshalb«, ergänzte Brunetti, »er diesen Teil der Schulung den Venezianern überlassen muss.«

Vianello prostete ihm mit seinem Wasser zu. »Ich weiß, man sollte nicht mit Wasser anstoßen, aber trotzdem…« Er nahm einen Schluck.

»Wir brauchen also nur«, sagte Vianello jovial im Plural, »Signorina Elettra zu bitten, die richtigen Venezianer zum Auskundschaften einzuteilen. Scarpa wird das egal sein: Dem sind wir alle gleichermaßen suspekt.«

Vianello winkte Bambola und rief: »Bringen Sie uns bitte zwei Gläser Prosecco?«

6

Es war nicht nur zu heiß, zum Mittagessen durch die Stadt zu gehen; es war sogar zu heiß, um überhaupt an Essen zu denken. Brunetti ging mit Vianello zur Questura zurück und sagte, er werde mit Signorina Elettra den Einsatzplan für den Stadtkundeunterricht absprechen, doch als er ihr Büro betrat, war sie nicht da. Er ging in seins zurück und rief Paola an, die geradezu erleichtert schien, dass er über Mittag nicht nach Hause kommen wollte.

»Ich bringe vor Sonnenuntergang keinen Bissen hinunter«, sagte sie.

»Ramadan?«, fragte Brunetti aufgeräumt.

Sie lachte. »Nein! Aber ab Mittag scheint die Sonne ins Wohnzimmer, also muss ich mich die meiste Zeit in meinem Arbeitszimmer verkriechen. Bei der Hitze kann ich nur drin bleiben und lesen.«

Schon das ganze Semester lang hatte Paola die Ferien herbeigesehnt und sich darauf gefreut, nur noch in ihrem Arbeitszimmer zu sitzen und zu lesen. »Ach, du Ärmste«, heuchelte Brunetti Mitleid.

»Guido«, flötete sie, »ein Lügner macht dem anderen nichts vor. Aber danke für das Mitgefühl.«

»Also dann, bis zum Sonnenuntergang«, erwiderte er nur und legte auf.

Das Reden übers Essen hatte in Brunetti so etwas wie Hunger geweckt, aber nicht genug, um das Gebäude auf der Suche nach Nahrung zu verlassen. Er zog eine Schreibtischschublade nach der anderen auf, fand aber nur eine halbvolle Tüte Pistazien, die er längst vergessen hatte, ein Päckchen Maischips und einen Schokoriegel mit Haselnüssen vom letzten Winter.

Er knackte eine Pistazie – und biss auf eine gummiartige Substanz. Er spuckte das Ding in seine Hand und warf es mit dem Rest der Tüte in den Papierkorb. Verglichen damit waren die Chips ausgezeichnet. Bei dieser Hitze, sagte er sich, sollte man viel Salz zu sich nehmen. Diese Menge hier genügte selbst am Äquator.

Der Schokoriegel war mit einer dünnen weißen Schicht überzogen, so ähnlich wie Kupfer mit Grünspan. Er nahm sein Taschentuch und wischte den Riegel so lange ab, bis er wieder nach Schokolade aussah: dunkle Schokolade mit Haselnüssen. Die mochte er am liebsten. Er flüsterte »Nachtisch« und biss ein Stück ab. Einwandfrei, so zart und cremig, wie er frisch gekauft vor sechs Monaten gewesen sein musste. Brunetti wunderte sich darüber, während er den Riegel verzehrte, dann senkte er den Kopf und spähte in den Tiefen der Schublade umher, ob da noch einer wäre, doch er hatte kein Glück.

Er sah auf die Uhr, immer noch Mittagspause. Das hieß, er könnte ungestört den Computer im Bereitschaftsraum benutzen. Als er dort ankam, stand Riverre an dem Schreibtisch, den er sich mit Sergente Alvise teilte, und zog sich gerade seine Uniformjacke an.

»Sie gehen essen, Riverre?«, fragte Brunetti.

»Ja, Signore.« Riverre wollte salutieren, was aber mit einem Arm halb im Ärmel völlig danebenging.

Brunetti folgte dem Pfad der Gewohnheit und sah darüber hinweg. »Könnten Sie auf dem Rückweg bei Sergio vorbeigehen und mir ein paar *tramezzini* mitbringen?«

Riverre lächelte. »Selbstverständlich, Commissario. Möchten Sie etwas Bestimmtes?« Als Brunetti zögerte, schlug Riverre vor: »Mit Krabben? Mit Ei?«

Genau die beiden würden bei dieser Hitze am ehesten schlecht werden, aber Brunetti sagte nur: »Nein, vielleicht Tomate und Schinken.«

»Wie viele, Signore? Vier? Fünf?«

Großer Gott, wofür hielt der ihn? »Nein danke, Riverre. Zwei sollten reichen.« Als er sein Portemonnaie aus der Tasche ziehen wollte, hob Riverre beide Hände wie ein Christ beim Anblick des Teufels. »Nicht doch, Signore. Wo denken Sie hin.« Er ging zur Tür und rief über die Schulter zurück: »Ich bringe auch etwas Mineralwasser mit, Signore. Bei der Hitze muss man viel trinken.«

Brunetti dankte Riverres entschwindendem Rücken und dachte bei sich: Kinder und Narren sagen immer die Wahrheit.

Der Internetbrowser des Computers war noch an, und Brunetti tippte mit vier Fingern *»oroscopo«* in die Suchmaschine.

Als Riverre gut eine Stunde später zurückkam, saß Brunetti immer noch am Computer, jetzt allerdings beträchtlich klüger als zuvor. Eine Seite hatte zur andern geführt, er war vom Hölzchen aufs Stöckchen gekommen und hatte in dieser kurzen Zeit eine Welt des Glaubens oder Aberglaubens bereist, die derart von Scharlatanen bevölkert war, dass einem Hören und Sehen verging. »Horoskop« hatte ihn zu »Weissagung« geführt, von dort ging es weiter zu »Kartenleger«, von dort zu »Hellseher«, »Handlinienleser« und einem endlosen Verzeichnis von Ratgebern in allen möglichen Lebenslagen. Er fand auch eine lange Liste mit interaktiven Seiten, auf denen man gegen Bezahlung in Echtzeit Kontakt zu »Astralberatern« aufnehmen konnte.

Manche widmeten sich geschäftlichen oder finanziellen Belangen; andere befassten sich mit Liebesdingen; oder es ging um Schwierigkeiten bei der Arbeit oder mit Kollegen; wiederum andere versprachen Hilfe bei der Kontaktaufnahme mit verstorbenen Verwandten und Freunden. Oder Haustieren. Einige boten astrale Unterstützung für Leute an, die abnehmen, die mit dem Rauchen aufhören oder vermeiden wollten, sich in den Falschen zu verlieben. Seltsamerweise fand Brunetti trotz gezielter Suche niemanden, der astrale Hilfe gegen Drogensucht anbot, abgesehen von einer Seite, die Eltern aufzuklären versprach, welches ihrer Kinder am ehesten gefährdet war: Das könne man alles den Sternen entnehmen.

Brunetti hatte Jura studiert, und auch wenn er weder das Staatsexamen gemacht noch jemals als Jurist gearbeitet hatte, widmete er der Sprache der Juristen, ihren Vorzügen und Tücken, seit Jahrzehnten große Aufmerksamkeit. Bei seiner Arbeit stieß er immer wieder auf absichtlich irreführende Behauptungen und Vertragsformulierungen und hatte so im Lauf der Zeit die Fähigkeit entwickelt, Lügen zu entlarven, ganz gleich, wie raffiniert sie getarnt waren und wie erfolgreich die Sprache, in die sie verpackt waren, jegliche Haftung für falsche Angaben oder Versprechungen ausschloss.

Was er hier im Internet las, stammte von Experten: Sie

machten Hoffnung, ohne Versprechen abzugeben, die spitzfindige Zeitgenossen als verbindlich interpretieren könnten; sie nährten Gewissheit, sicherten aber nie etwas Konkretes zu; sie verhießen Seelenfrieden und verlangten dafür Glauben.

Und Bezahlung? Krasse Profitgier? Wollten sie Geld für ihre Dienste? Schon die Frage war absurd. Wahrscheinlich sogar beleidigend für die Leute, die ihre Dienste zu Nutz und Frommen der geplagten Menschheit anboten. Was bedeuteten schon neunzig Cent die Minute für einen Menschen in Not, wenn er am anderen Ende einer Telefonleitung Hilfe bekam? Die Chance, direkt mit einem Profi zu reden, der dazu ausgebildet war, die Probleme und Kümmernisse eines Menschen zu verstehen, der dick / dünn / geschieden / unverheiratet / verliebt / nicht verliebt / einsam / in einer unglücklichen Beziehung gefangen war – diese Chance sollte einem nicht neunzig Cent die Minute wert sein? Außerdem bestand in manchen Fällen die Möglichkeit, mit seinem Anruf live ins Fernsehen geschaltet zu werden, wodurch man seinen Namen und sein Problem einer breiten Öffentlichkeit bekannt machen und allgemeines Mitgefühl und Verständnis für sich und seinen Kummer erhoffen durfte.

Brunetti konnte so viel Einfallsreichtum nur bewundern. Er rechnete das mal durch. Bei neunzig Cent die Minute kostete ein zehnminütiges Gespräch neun Euro, eine Stunde vierundfünfzig. Angenommen, zehn Leute nahmen die Anrufe entgegen, oder zwanzig, oder hundert; und angenommen, die Telefone waren rund um die Uhr besetzt. Zehn Minuten? Von wegen! Wann hatte man schon Gelegenheit, mit einem einfühlsamen Zuhörer zu sprechen, dem man seine gekränkte, verkannte Seele bis ins Kleinste offenbaren konnte? Im Übrigen hieß es in den Anzeigen, die Telefone seien mit »ausgebildeten Fachleuten« besetzt. Ausgebildet zum Zuhören waren die garantiert, aber Brunetti vermutete stark, der Zweck ihres Zuhörens könnte in etwas anderem bestehen als Beistand für die Geplagten und Beladenen. Wer konnte schon der Verlockung widerstehen, endlos von seinem faszinierenden Ich zu erzählen? Wer war immun gegen anteilnehmende Fragen oder den mitfühlend geäußerten Wunsch, den Anrufer noch genauer kennenlernen zu wollen?

Brunetti galt in der Questura als geschickter Vernehmungsbeamter, dem es nicht selten gelang, selbst mit den abgebrühtesten Knastbrüdern ins Gespräch zu kommen. Die Wahrheit behielt er für sich: dass er nicht auf Gespräche aus war, sondern auf Monologe. Sitzen, einen interessierten Eindruck machen, gelegentlich eine Frage stellen, selbst nur so wenig wie möglich reden, Anteilnahme bekunden an dem, was gesagt wurde, und gegenüber demjenigen, der es sagte – und nur wenige Häftlinge oder Verdächtige konnten dem Drang widerstehen, die Stille mit ihren eigenen Worten auszufüllen. Auch einige seiner Kollegen beherrschten diese Taktik, allen voran Vianello.

Je einfühlsamer man sich bei einer Vernehmung gab, desto eher heischte der Verdächtige um Verständnis und begann seine Motive auseinanderzusetzen, wobei er wie von allein jede Menge Erklärungen mitlieferte. Bei den meisten Verhören ging es Brunetti hauptsächlich darum, herauszufinden, was der andere getan hatte, und ihm ein Geständnis zu entlocken, während sein Gegenüber Brunettis Verständnis und Mitgefühl zu gewinnen suchte.

Genau wie die Leute im Gespräch mit Brunetti selten die juristischen Konsequenzen bedachten, so verschwendeten diejenigen, die mit den ausgebildeten Fachleuten in den Callcentern redeten, vermutlich keinen Gedanken an die ökonomischen Konsequenzen ihrer Geschwätzigkeit.

»Hier sind die *tramezzini*, Signore«, hörte er Riverre sagen. Brunetti drehte sich um, kam aber nicht dazu, ihm zu danken, weil Riverre mit einem Blick auf den Bildschirm bemerkte: »Ach, Sie holen sich auch Rat, Commissario?«

Brunetti war um eine Antwort verlegen. Er nahm die Papiertüte mit den Sandwichs und den zwei Halbliterflaschen Mineralwasser und stellte sie neben den Computer. Erst dann meinte er beiläufig: »Was heißt schon Rat holen? Ab und zu sehe ich mal nach, ob es was Neues gibt.« Im selben Augenblick beschloss er, seine Mahlzeit im Bereitschaftsraum einzunehmen, und nahm ein Sandwich aus der Tüte. Tomate und Schinken. Er wickelte es aus der Serviette und biss hinein.

Kauend wies er mit dem *tramezzino* auf den Bildschirm und fragte: »Haben Sie einen bestimmten Favoriten, Riverre?«

Riverre zog seine Jacke aus, trat zur Seite, um sie über den Stuhl an seinem Schreibtisch zu hängen, und kam zu Brunetti zurück. »Na ja, Favorit ist vielleicht zu viel gesagt, Signore, aber es gibt da eine Frau – in Turin, glaube ich –, die spricht über Kinder und was für Probleme die haben können. Oder die ihre Eltern mit ihnen haben können.«

»Bei der heutigen Jugend«, sagte Brunetti nur, »ist das sicher eine gute Sache.«

»Finde ich auch, Signore. Meine Frau hat sie ein paarmal

angerufen und gefragt, was wir mit Gianpaolo machen sollen.«

»Der müsste jetzt zwölf sein, oder?«, riet Brunetti ins Blaue hinein.

»Vierzehn, Signore. Gerade geworden. Und er ist kein kleiner Junge mehr, also können wir ihn auch nicht mehr so behandeln.«

»Das hat sie Ihnen gesagt, diese Frau aus Turin?«, fragte Brunetti, der jetzt mit dem ersten *tramezzino* fertig war und eine Wasserflasche aus der Tüte nahm. Mit Kohlensäure. Gut. Er schraubte sie auf und bot sie Riverre an, aber der schüttelte den Kopf. »Nein, Signore. Das hat meine Mutter gesagt.«

»Und die Frau in Turin? Was sagt die?«

»Hat uns einen Kurs angeboten. Zehn Stunden, die meine Frau und ich zusammen bei ihr nehmen können.«

»In Turin?«, fragte Brunetti, ohne seine Verblüffung verbergen zu können.

»O nein, Signore.« Riverre lachte leise. »Wir gehen mit der Zeit, meine Frau und ich. Wir sind online und brauchen uns nur anzumelden, dann bekommen wir den Kurs auf den Computer. Das arbeiten wir dann durch und machen die Prüfungen. Die schicken einem alles per E-Mail – Aufgaben und Prüfungen und Lehrmaterial –, man schickt ihnen die Antworten zurück und bekommt dann Noten und Kommentare.«

»Verstehe«, sagte Brunetti und nahm einen Schluck Wasser. »Ganz schön ausgeklügelt.«

Riverre lächelte geschmeichelt. »Die Sache ist nur, Signore, zurzeit können wir uns das nicht leisten, wo der Urlaub vor der Tür steht. Nächste Woche geht's nach Elba. Wir zelten, aber für drei Personen ist es trotzdem nicht billig.«

»Ach«, sagte Brunetti freundlich interessiert, »was kostet denn dieser Kurs?«

»Dreihundert Euro«, antwortete Riverre und sah Brunetti erwartungsvoll an. Als sein Vorgesetzter die Augenbrauen hochzog, ergänzte er: »Da sind alle Prüfungen und die Benotung mit drin, müssen Sie wissen.«

»Hm«, machte Brunetti und nickte; dann nahm er das andere Sandwich aus der Tüte. »Nicht ganz billig, wie?«

»Stimmt«, sagte Riverre und schüttelte traurig den Kopf. »Aber es geht um unseren Jungen, wir wollen nur das Beste für ihn. Das ist doch irgendwie natürlich, meinen Sie nicht?«

»Aber ja, das denke ich schon«, sagte Brunetti und nahm einen Bissen. »Schließlich ist er ein guter Junge.«

Riverre lächelte, legte nachdenklich die Stirn in Falten, lächelte wieder. »Ja, das sehe ich auch so, Signore. In der Schule kommt er gut voran. Da gibt es keine Probleme.«

»Dann könnten Sie mit diesem Kurs vielleicht noch etwas warten.« Brunetti war mit dem zweiten Sandwich fertig, bedauerte, dass er sich nur zwei hatte mitbringen lassen, und trank die Flasche aus.

»Wo kommt die Flasche hin?«, fragte er und sah sich um.

»Neben der Tür, Signore. Der blaue Eimer.«

Brunetti ging zu den Plastikeimern und warf die Flasche in den blauen, die Tüte und die Servietten in den gelben. »Wie ich sehe, ist Signorina Elettra auch hier tätig geworden«, sagte er.

Riverre lachte. »Als sie damit anfing, dachte ich zuerst, sie würde das mit Gewalt durchsetzen müssen, aber inzwischen haben wir uns daran gewöhnt.« Und als verkünde er eine Wahrheit, über die er lange nachgedacht hatte, fügte er hinzu: »Eigentlich eine Schande, dass sie hier nicht das Sagen hat, oder, Signore?«

»Sie meinen, in der Questura?«, fragte Brunetti. »Unser aller Vorgesetzte?«

»Ja, Signore. Wollen Sie behaupten, Sie hätten das noch nie gedacht?«

Brunetti öffnete die zweite Wasserflasche und trank in großen Schlucken. »Meine Tochter hat eine iranische Klassenkameradin: ein reizendes Mädchen«, sagte er. Riverre, der eine Antwort auf seine Frage erwartet haben mochte, sah ihn verwirrt an.

»Wenn sie ihre besondere Zufriedenheit mit etwas ausdrücken will, sagt sie immer: ›Mehr als, mehr als, allzu sehr.‹« Er nahm noch einen Schluck.

»Ich glaube, ich kann Ihnen nicht folgen, Signore.« Riverre war immer noch ratlos.

»Das scheint mir die einzig mögliche Antwort darauf zu sein, ob es eine Schande ist: ›Mehr als, mehr als, allzu sehr.‹« Er schraubte die Flasche zu, dankte Riverre fürs Mitbringen und ging nach oben, um Signorina Elettra zu bitten, den Einsatzplan zu ändern.

7

In den nächsten Tagen schien es, als habe eine kosmische Regierung Brunettis Wunsch erhört und mit den Mächten der Finsternis ein Stillhalteabkommen geschlossen, denn das Verbrechen nahm eine Auszeit in Venedig. Die Rumänen, die auf den Brücken Kümmelblättchen spielten, waren entweder in die Ferien nach Hause gefahren oder hatten ihre Aktivitäten an die Strände verlagert. Die Zahl der Einbrüche ging zurück. Die Bettler reagierten auf eine amtliche Verordnung, die sie unter Androhung empfindlicher Strafen aus der Stadt verbannte, und verschwanden für mindestens ein oder zwei Tage, bevor sie wieder zur Arbeit erschienen. Die Taschendiebe blieben selbstverständlich auf dem Posten: Sie konnten nur in den schwachen Monaten November und Februar Urlaub machen. Dass Hitze die Menschen zu Gewalttaten trieb, konnte man in diesem Jahr nicht behaupten. Vielleicht war es ja auch ab einer bestimmten Temperatur und Luftfeuchtigkeit einfach zu anstrengend, andere zu erwürgen oder zu verstümmeln.

Woran auch immer es liegen mochte, Brunetti war froh über die Flaute. Er nutzte einen Teil seiner freien Zeit, um sich weitere Internetangebote spiritueller oder astraler Hilfe anzusehen. Dank seiner Vertrautheit mit den griechischen und römischen Historikern nahm er das Bedürfnis der Menschen, Orakel zu befragen oder die Botschaften der Götter zu enträtseln, als gegeben hin. Ob man dazu die Leber eines frisch geschlachteten Huhns oder die Flugbewegungen eines Vogelschwarms begutachtete, war gleichgültig: Die Zeichen dienten denjenigen, die sie zu deuten verstanden. Fehlte nur noch derjenige, der einem die Deutung abkaufte. Cumae oder Lourdes; Diana von Ephesus oder die Jungfrau von Fatima: Alle hatten eine sibyllinische Botschaft im Angebot.

Die Frauen in Brunettis Familie hatten den Rosenkranz gebetet. Wenn er als Kind am Freitagnachmittag von der Schule nach Hause kam, knieten sie oft im Wohnzimmer auf dem Boden und murmelten ihre Beschwörungsformeln. Damals wie heute noch, zwei Generationen später, erschienen ihm solche Bräuche und der Glaube, der sie beseelte, als selbstverständlicher Bestandteil des menschlichen Lebens. Und ob jemand an den wohltätigen Einfluss der Madonna glaubte oder an die Fähigkeit eines Menschen, Kontakt mit den Seelen der Toten aufzunehmen, machte für ihn keinen großen Unterschied.

Da er noch nie mit einem Fall zu tun gehabt hatte, bei dem es um falsch verstandenen Glauben ging – falls tatsächlich etwas dieser Art hinter dem seltsamen Verhalten von Vianellos Tante steckte –, kannte Brunetti sich mit den betreffenden Gesetzen nicht aus. Italien hatte eine Staatsreligion; folglich neigten die Gesetze zu einer gewissen Toleranz gegenüber der Kirche und deren Würdenträgern. Wucher, Komplizenschaft mit der Mafia, Missbrauch von Minderjährigen, Betrug und Erpressung: Solche Vorwürfe lösten sich ihnen gegenüber immer bald in Luft auf, als habe sie jemand mit dem Weihwasserwedel zerstreut.

Auf jenen Webseiten allerdings wurde der Staatsreligion Konkurrenz gemacht, und so konnte es durchaus sein, dass die Gesetze die Aktivitäten dieser Leute etwas kritischer betrachteten. Was aber, wenn ihre Versprechungen gleich viel galten wie die der Kirche? Wo lag dann die Wahrheit? – Das Telefon riss Brunetti aus seinen Grübeleien.

Er nahm ab, froh über die Unterbrechung.

»Ich bin's, Guido«, sagte Vianello. »Eben hat mir Loredano Bescheid gesagt. Der Bankdirektor hat angerufen: Meine Tante ist jetzt bei ihm. Sie hat dreitausend Euro abgehoben. Er hat sie zu sich nach oben in sein Büro gebeten, sie soll ein paar Papiere unterschreiben.«

»Wer ist auf Streife?«

»Pucetti und eine von den Neuen, sie sind schon zur Via Garibaldi unterwegs.«

Brunetti ging im Kopf die Via Garibaldi auf der einen Seite hinunter, dann auf der anderen zurück. »Banco di Padova?«

»Ja. Neben der Apotheke.«

»Hat er gesagt, wie lange er sie bei sich behalten kann?«

»Zehn Minuten. Er will sich nach der Familie erkundigen, das wird sie für eine Weile beschäftigen.«

»Wo bist du jetzt?«, fragte Brunetti.

»Auf Murano. Jemand hat versucht, einer Frau die Handtasche zu entreißen, er wurde von Zeugen verfolgt und in den Kanal geworfen. Wir mussten rüber und ihn rausfischen.«

»Ich geh mir das mal ansehen«, sagte Brunetti und wollte schon einhängen, als er Vianello noch sagen hörte: »Sie trägt eine grüne Bluse.«

In Gedanken bei dem Anruf, überfiel ihn die Hitze, als er aus der Questura ins Freie kam. Sie schlug wie eine Woge über ihm zusammen, sekundenlang glaubte er in dem feuchten Element keine Luft zu bekommen. Er blieb stehen, trat in den kläglichen Schatten der Türlaibung zurück und zückte seine Sonnenbrille. Die dämpfte das Licht, gegen die Temperatur aber war sie machtlos. Sein Jackett aus leichter blauer Baumwolle klebte an ihm wie ein isländischer Pullover.

Hitze und Licht waren so unvermittelt über ihn hergefallen, dass Brunetti erst kurz nachdenken musste, ehe ihm wieder einfiel, warum er nach draußen gegangen war und wo entlang es zur Via Garibaldi ging.

»Der helle Wahn«, murmelte er vor sich hin, während er die Brücke überquerte. Unwillkürlich senkte er den Blick vor dem gleißenden Licht und überließ es seinen Füßen, den Weg zu finden. Er schlängelte sich durch die Gassen, ohne bewusst darauf zu achten, wohin er ging. Seine Füße trugen ihn über eine zweite Brücke, dann nach rechts, und als er schließlich die breite Via Garibaldi erreicht hatte, wünschte er, er wäre in der Questura geblieben. Ihr Plattenbelag buk seit Stunden in der Sonne – der Hitze, die davon aufstieg, fühlte er sich ausgeliefert. Eingeklemmt zwischen der gnadenlosen Sonne und der Hitzestrahlung von unten, wusste Brunetti nicht mehr, wie er sich schützen sollte. Eine Frau schob sich an ihm vorbei und sagte heftiger als nötig »*Con permesso*«, aber schließlich stand er ja auch reglos mitten auf der breiten Straße und versperrte ihr den Weg aus der *calle*. Ihre Bemerkung riss ihn aus seinen Betrachtungen, er trat in den Eingang der *calle* zurück, wo es wenigstens ein bisschen Schatten gab.

Nach einigen Sekunden wagte er sich in die Via Garibaldi und die Hitze hinaus. Die Bank war rechts von ihm; dahinter versteckten sich ein paar Tische unter den Schirmen vor einer Bar. An einem davon saßen Pucetti und eine junge Frau, die über etwas lachte, was der junge Beamte gerade sagte. Sie hatte helles Haar, kurz geschnitten wie ein Junge, aber ihr enges weißes T-Shirt machte diesen Vergleich zunichte. Beide trugen Sonnenbrillen und Pucetti ein schwarzes T-Shirt, das nicht weniger eng war als das des Mädchens, nur ohne die gleiche Wirkung.

Brunetti zog sich in die *calle* zurück, zählte bis dreißig und trat wieder in die Sonne. Pucetti und die junge Frau standen gerade auf. Brunetti bemerkte, dass sie einen sehr kurzen Rock trug, der ihre braungebrannten Beine zur Geltung brachte; beide hatten Sandalen an. Vor der Bank – zwischen ihm und den beiden jungen Polizisten – stand eine ältere Frau, in Gedanken versunken, als berechne sie, wie jeder Venezianer, den kürzesten Weg zu ihrem nächsten Ziel. Sie sah zum Himmel auf, als sei dort die Temperatur abzulesen. Sie trug eine weite Baumwollhose und eine hellgrüne Bluse mit langen Ärmeln. An den Füßen hatte sie flache braune Pumps. Sie besaß die kräftige Statur von Frauen, die viele Kinder bekommen haben und ihr ganzes Leben lang in Bewegung gewesen sind. Von ihrer Schulter hing eine braune Ledertasche, deren Riemen sie fest mit beiden Händen umklammerte. Sie wandte sich nach links, in Richtung *embarcadero* und Riva degli Schiavoni. Sie ging etwas nach vorn gebeugt und schien ihr rechtes Bein zu schonen.

Gleichzeitig mit ihr setzte sich das attraktive junge Pärchen, das der Bootshaltestelle schon etwas näher war, in Bewegung und schlenderte ihr voraus. Pucetti legte seiner Gefährtin einen Arm um die Schultern, aber das war wohl zu warm, also begnügten sie sich mit Händchenhalten. Am Schaufenster eines Sportartikelladens blieben sie stehen, und die alte Frau ging an ihnen vorbei, ohne auf sie zu achten. Sie folgten ihr langsam, und Brunetti folgte den dreien.

Am Ende der Via Garibaldi ging die alte Frau zum *embarcadero* und nahm auf der Bank am Wasser Platz. Das Pärchen blieb am Kiosk stehen, wo der junge Mann eine *Men's Health* kaufte. Von links kam eine Nummer zwei, und die alte Frau erhob sich. Ohne jede Eile zogen die jungen Leute ihre IMOB-Karten durch und schritten über den Steg aufs Boot. Als die Leinen losgemacht wurden und das Boot abzulegen begann, ging Brunetti gerade noch rechtzeitig an Bord, bevor die Schranke zugezogen wurde.

Die alte Frau saß in der Kabine, auf einem Gangplatz in der ersten Reihe, so nah wie möglich an der offenen Tür, durch die ein wenig Luft einströmen mochte. Pucetti hatte seine Zeitschrift auf der hölzernen Ablage hinter der Lotsenkabine ausgebreitet, er zeigte auf ein graues Leinenjackett und fragte seine Begleiterin, was sie davon hielt. Er selbst wandte den Passagieren den Rücken zu, während sie, die ihm gegenüberstand, die alte Frau im Blick behalten konnte.

Brunetti stellte sich neben Pucetti. Die junge Frau sah zu ihm auf und nahm fast unmerklich Haltung an; Pucetti konzentrierte sich weiter auf das Jackett und sagte: »Habe mir gedacht, dass Vianello Ihnen Bescheid sagt, Signore.«

»Ja, das hat er.«

»Sollen wir so weitermachen: Wir folgen ihr, und Sie folgen uns?«

»Scheint mir das Beste«, sagte Brunetti.

Das Boot legte bei San Zaccaria an, Pucetti blätterte in der

Zeitschrift und zog seine Gefährtin näher, um ihr etwas zu zeigen. Einige Seiten weiter fuhren sie unter der Accademia-Brücke hindurch, dann kam San Samuele, und schließlich hörte Brunetti die Kollegin sagen: »Sie steht auf.«

Pucetti schlug die Zeitschrift zu, beugte sich zur Seite und gab der jungen Frau einen Kuss auf die Schläfe. Sie schmiegte ihren Kopf an seinen und sagte etwas, dann lösten sie sich voneinander, und als sie bei San Tomà ausstiegen, ließen sie einige Passagiere zwischen sich und der alten Frau mit der braunen Schultertasche durch; der Mann im blauen Baumwolljackett folgte mit etwas Abstand.

Am Ende der *calle* bog die alte Frau nach rechts, dann nach links auf den *campo*, den sie diagonal überquerte, um hinten rechts in einer kleinen Gasse zu verschwinden, die zur Frari-Kirche zurückführte. Ihre Verfolger trennten sich stillschweigend; Brunetti nahm die *calle* weiter rechts, um sicherzugehen, dass sie die Frau in dem Gassengewirr nicht aus den Augen verlören.

Als Brunetti in die Calle Passion einbiegen wollte, sah er die alte Frau plötzlich vor sich; sie stand vor einer Haustür auf der rechten Seite und drückte die Klingel. Er ging geradeaus am Eingang der *calle* vorbei, blieb stehen, machte kehrt und sah eben noch einen Fuß in der Tür verschwinden. Er schlenderte an der Tür vorbei und prägte sich die Hausnummer ein.

Als er auf den Campo dei Frari hinauskam, bog das Pärchen gerade in die *calle* ein.

»Nummer zweitausendneunhundertneunundachtzig«, sagte Brunetti beiläufig. Die Kollegin sah ihn an, als sei er einer dieser Internetzauberer, deren Seiten er studiert hatte;

Pucetti meinte lächelnd: »Davon werde ich noch meinen Enkeln erzählen, Signore.«

Brunetti war sich unschlüssig, ob seine Leistung durch diese Bemerkung auf- oder abgewertet werden sollte, und meinte nur wegwerfend: »Ich war eben zufällig am richtigen Ort.« Pucetti nickte, während die junge Frau ihn immer noch bewundernd ansah.

»Was jetzt, Signore?«

»Sie beide gehen auf dem *campo* etwas trinken, und ich sehe mich bei dem Makler am Campo San Tomà nach einer neuen Wohnung um.«

»Heißer Job, Commissario«, sagte das Mädchen teilnahmsvoll.

Brunetti dankte nickend für ihr Mitgefühl.

Zum Glück hatte er daran gedacht, sein *telefonino* mitzunehmen, und so verabredeten sie, in Kontakt zu bleiben. Er ging zum *campo* zurück und stellte sich vor das Schaufenster des Maklerbüros. Zu dieser Nachmittagsstunde stand die Sonne direkt hinter ihm und brannte sich jetzt langsam durch seine Kleidung. Die Hitze war so intensiv, dass er sich fühlte wie der heilige Laurentius auf dem Grill, sich seitlich stellte und erst die eine, dann die andere Schulter braten ließ.

Der einzige Vorteil seines Postens bestand darin, dass der Einfallswinkel des Lichts das Schaufenster zu einem riesigen Spiegel machte, in dem er wenig später eine alte Frau mit einer braunen Tasche über der Schulter herannahen sah. Jetzt aber hielt sie nicht mehr krampfhaft die Riemen umklammert, und die Tasche baumelte unbeachtet an ihrer Seite. Sie kam auf Brunetti zu, der das Foto einer Mansardenwohnung in Santa Croce betrachtete, sechzig Quadratmeter, die für eine läppische halbe Million Euro zu haben waren. »Der helle Wahn«, flüsterte er.

Die Frau hielt sich rechts und bog dann links in die *calle*, die zum *embarcadero* führte. Brunetti wählte Pucettis Nummer und sagte, als der sich meldete: »Sie geht zur Bootshaltestelle zurück. Wie wär's, wenn Sie und Ihre Freundin sich vor Nummer zweitausendneunhundertneunundachtzig einmal ausführlich in die Arme nehmen würden?«

»Ich werde ihr diesen Vorschlag augenblicklich unterbreiten, Signore«, sagte Pucetti und legte auf. Brunetti verließ das Schaufenster und ging die *calle* hinunter, die zum Goldoni-Haus führte, wo er wenigstens im Schatten warten konnte. Minuten später erschienen Pucetti und die junge Frau, aber nicht mehr Hand in Hand.

»S. Gorini, Signore«, sagte Pucetti. »Zu der Hausnummer gehört nur dieser eine Name.«

»Dann gehen wir in die Questura zurück?«, schlug Brunetti vor.

»Wir sind noch auf Streife, Signore«, sagte Pucetti.

»Ich finde, wir sind jetzt lange genug bei dieser Hitze irgendwelchen Leuten nachgelaufen«, sagte Brunetti. Die beiden nahmen das Gegenteil von Haltung an. Zum ersten Mal lächelte Brunetti das Mädchen an. »Dann wollen wir mal sehen, ob Sie einem *commissario di polizia* unbemerkt zur Questura folgen können.«

8

Die junge Kollegin hieß Bettina Trevisoi. Der Respekt, den sie seinen Fähigkeiten entgegenbrachte, mochte Brunetti beflügelt haben, jedenfalls versuchte er zunächst einmal allein, etwas über S. Gorini herauszufinden. Als Erstes sah er im Telefonbuch nach und stellte fest, dass das S für Stefano stand. Doch selbst der vollständige Name führte bei Google auf Umwegen zu jeder Menge junger Mädchen, die ihre Dienste anboten. Brunetti, der selbst eines zu Hause hatte, verspürte keinerlei Bedürfnis nach einem zweiten und widerstand diesen Cyber-Verlockungen, so verführerisch sie auf andere auch wirken mochten.

Wo konnte man sonst noch etwas über eine Person herausbekommen, wenn Google nicht ergiebig war? Man musste doch feststellen können, ob Gorini als Mieter oder Eigentümer in dieser Wohnung lebte: Wahrscheinlich war das irgendwo im Rathaus zu erfahren. Wenn er der Eigentümer war, gab es vielleicht eine Hypothek, und über die könnte man seine Bank und dort dann seine Vermögensverhältnisse ermitteln. Ferner sollte man herausbringen können, ob die Stadt ihm irgendwelche Zulassungen erteilt hatte oder ob er einen Reisepass besaß. Dateien von Fluggesellschaften konnten Auskunft darüber geben, wie oft er verreiste, und ob nur innerhalb Italiens oder auch ins Ausland. Wenn er eine Bahncard hatte, musste eine Liste der Zugverbindungen existieren, die er gebucht hatte. Seine Telefonrechnungen, sowohl für den Hausanschluss als auch für sein *telefonino*, konnten eine Ahnung von seinen Freunden und Geschäftspartnern vermitteln. Außerdem würde sich zeigen, ob er unter dieser Adresse irgendwelche Geschäfte abwickelte. Auch Kreditkartenabrechnungen erwiesen sich nicht selten als Fundgrube.

Er saß vor dem Computer, ließ den Ansturm all dieser Möglichkeiten an sich vorüberziehen und staunte, wie mühelos ein Mensch, der nur die elementarsten Dienstleistungen des modernen Lebens in Anspruch nahm, von allen Seiten durchleuchtet werden konnte und wie dies jegliche Privatsphäre vernichtete.

Vor allem aber staunte er über sein Unvermögen, auch nur einer einzigen seiner Ideen wirksam nachzugehen. Er wusste, alle diese Informationen mussten irgendwo in seinem Computer verborgen sein, aber er hatte keine Ahnung, wie er drankommen konnte. Er wandte sich an Pucetti; die angehende Polizistin stand neben ihm. »Wir verschwenden nur unsere Zeit, wenn wir ihn ohne Hilfe unter die Lupe nehmen wollen«, sagte Brunetti und benutzte den Plural mit Bedacht.

Er beobachtete, wie Pucetti sich eine Entgegnung verkniff. Der junge Beamte hatte in den letzten Jahren von Signorina Elettra viel darüber gelernt, wie man die Straßensperren auf der Informationsautobahn umgehen konnte. Nach einem Blick auf die junge Frau an seiner Seite – Brunetti hörte geradezu das Aufstöhnen seiner Männlichkeit – zwang Pucetti sich zu einem Nicken. »Vielleicht sollten wir lieber Signorina Elettra bitten, einmal nachzusehen«, stimmte Pucetti schließlich zu.

Zufrieden mit der Reaktion des jungen Polizisten und eingedenk der Tatsache, dass Trevisoi eine attraktive junge Frau war, stand Brunetti auf und bot den Stuhl Pucetti an. »Besser, wenn zwei Leute da mal nachsehen«, sagte Brunetti. Und zu Trevisoi: »Pucetti ist einer unserer Experten für Informationsbeschaffung.«

»Informationsbeschaffung, Signore?«, sagte sie so unschuldig, dass Brunetti der Verdacht kam, hinter diesen dunklen Augen stecke vielleicht mehr, als er ursprünglich angenommen hatte.

»Bespitzelung«, räumte er ein. »Pucetti ist sehr gut darin, aber Signorina Elettra ist noch besser.«

»Signorina Elettra ist die Beste«, sagte Pucetti und weckte den Bildschirm aus seinem Ruhezustand.

Auf dem Weg zu ihrem Büro nahm Brunetti sich vor, ihr nichts von Pucettis rühmenden Worten zu sagen. Als er eintrat, kam Signorina Elettra gerade aus dem Büro ihres Vorgesetzten, Vice-Questore Giuseppe Patta. Heute trug sie ein schwarzes T-Shirt, eine bequeme schwarze Leinenhose und gelbe Converse-Sportschuhe, keine Socken. Sie begrüßte ihn mit einem Lächeln. »Schauen Sie mal das hier«, sagte sie, drehte ihren Stuhl und zeigte auf den Bildschirm ihres Computers. Ihr Haar, vielleicht ein Zugeständnis an die Hitze, war mit einem grünen Band nach hinten zusammengebunden.

Er stellte sich hinter sie und folgte ihrem Blick. Der Bildschirm zeigte eine Seite aus einem Katalog für Computer, säuberlich aufgereiht einer neben dem anderen; für Brunetti sahen sie alle identisch aus. Ob man ihm, fragte er sich, endlich einen zum eigenen Gebrauch in seinem Büro bestellen wollte? Warum sonst sollte sie ihm so etwas zeigen? Ihr Einfühlungsvermögen rührte ihn.

»Sehr schön«, sagte er mit neutraler Stimme, aus der jede Spur von persönlicher Gier sorgfältig getilgt war.

»Nicht wahr? Manche davon sind fast so gut wie meiner.« Sie zeigte auf einen der abgebildeten Computer und nannte ein paar Zahlen wie »2,33« und »1333«, die Brunetti verstand, und ein paar Ausdrücke wie »Megahertz« und »Gigabyte«, die er nicht verstand.

»Und jetzt sehen Sie mal das«, sagte sie und scrollte zur Preisliste für die abgebildeten Modelle runter. »Sehen Sie den Preis für den hier?«, fragte sie und zeigte auf den dritten Eintrag.

»Eintausendvierhundert Euro«, las er. Als von ihr nur ein bestätigendes »Hm« kam, fragte er: »Ist das ein guter Preis?« Ihm schmeichelte der Gedanke, dass das Justizministerium bereit sein könnte, so viel für ihn auszugeben, aber seine Bescheidenheit hieß ihn schweigen.

»Das ist ein sehr guter Preis«, sagte sie. Sie betätigte ein paar Tasten; das Bild verschwand, an seiner Stelle erschien eine lange Liste von Namen und Zahlen. »Und jetzt sehen Sie hier«, sagte sie und zeigte auf einen Posten in der Liste.

»Ist das der gleiche Computer?«, fragte er und sah sich die Modellbezeichnung und die Nummer an.

»Ja.«

Brunettis Blick wanderte zu der Zahl am rechten Rand. »Zweitausendzweihundert?«, fragte er.

Sie nickte kommentarlos.

»Von wem stammt der erste Preis?«

»Von einer Online-Firma in Deutschland. Die Computer

werden komplett italienisch installiert ausgeliefert, mit italienischer Tastatur.«

»Und die teuren?«, fragte er.

»Die teuren sind bereits bezahlt«, sagte sie. »Was ich Ihnen gezeigt habe, ist die Bestellung.«

»Aber das ist doch verrückt«, sagte Brunetti und kopierte unbewusst Ausdrucksweise und Tonfall seiner Mutter, wenn sie sich über die Fischpreise beklagte.

Wortlos scrollte Signorina Elettra zum Anfang der Liste hoch und zeigte ihm, wer der Auftraggeber war: das Innenministerium.

»Die zahlen achthundert Euro mehr?«, fragte er und wusste selbst nicht, ob er sich wundern oder sich aufregen sollte, oder beides.

Sie nickte.

»Wie viele haben die gekauft?«

»Vierhundert.«

Er brauchte nur Sekunden. »Das sind dreihundertzwanzigtausend Euro mehr«, sagte er. Sie schwieg. »Haben diese Leute nie etwas von Mengenrabatt gehört? Der Preis müsste doch günstiger werden, wenn man große Stückzahlen kauft?«

»Anscheinend gelten für Einkäufe der Regierung andere Regeln, Signore«, antwortete sie.

Brunetti trat einen Schritt vom Computer zurück und ging zur Vorderseite ihres Schreibtischs herum. »Wer ist in einem solchen Fall der Einkäufer? Ich meine, wer genau ist dafür zuständig?«

»Irgendein Bürokrat in Rom, nehme ich an, Signore.«

»Schaut dem denn niemand auf die Finger? Vergleicht Preise und Angebote?«

»Oh«, sagte sie betont gleichgültig, »ganz bestimmt.«

Brunetti ließ sich Zeit zum Nachdenken. Dass jemand ein Produkt bestellen konnte, das achthundert Euro mehr kostete als ein identisches, musste ja nicht zwangsläufig bedeuten, dass ein anderer sich an dem hohen Preis stoßen würde, besonders wenn es um Regierungsgelder ging, die da ausgegeben wurden, und nur zwei Leute von der Ausschreibung wussten.

»Interessiert das denn niemanden?«, hörte Brunetti sich fragen.

»Irgendwen bestimmt, Commissario«, antwortete sie und schloss mit geradezu militanter Munterkeit die Frage an: »Weswegen wollten Sie mich sprechen?«

Er berichtete kurz von Vianellos Tante und dem vielen Geld, das sie in letzter Zeit abgehoben hatte, nannte ihr Namen und Adresse von Stefano Gorini und bat sie, wenn ihre Zeit es zulasse, etwas über ihn herauszufinden.

Signorina Elettra notierte sich die Angaben und fragte: »Ist das die Tante, die mit dem Elektriker verheiratet ist?«

»Ehemaliger Elektriker«, korrigierte Brunetti. »Ja.«

Sie bedachte ihn mit einem nüchternen Blick und schüttelte den Kopf. »Ich finde, das ist wie bei einem Priester oder Arzt«, sagte sie.

»Pardon?«

»Wenn man Elektriker ist, Signore. Wenn man einmal damit angefangen hat, hat man so etwas wie eine moralische Verpflichtung, damit weiterzumachen.« Sie ließ ihm Zeit zum Nachdenken, und als er nicht darauf antwortete, sagte sie: »Nichts ist schlimmer als Dunkelheit.«

Aus langer Erfahrung als Bewohner einer Stadt, in der die

Elektroinstallationen vieler Häuser seit fünfzig oder sechzig Jahren nicht mehr erneuert worden waren, verstand Brunetti sie sofort und konnte nur bekräftigen: »Ja. Nichts ist schlimmer.«

Seine spontane Zustimmung schien sie aufzumuntern. »Ist es dringend?«, fragte sie.

Da ihr Treiben nicht offiziell war, entgegnete Brunetti: »Nein, nicht so sehr.«

»Dann schaue ich morgen mal nach, Signore.«

Bevor er ging, wies er auf ihren Computer und meinte noch: »Wenn Sie schon mal dabei sind, könnten Sie nachsehen, was sich über einen Gerichtsdiener namens Araldo Fontana herausfinden lässt?« Von der Richterin Coltellini sagte er nichts, nicht weil er Hemmungen hatte, eine Zivilangestellte in die Ermittlungen einzuweihen – solche kindischen Bedenken hatte er schon vor langer Zeit abgelegt –, sondern weil er sie nicht mit einem dritten Namen belasten wollte. Und für Fontana interessierte er sich nur noch mehr, weil Brusca ihn so offensichtlich verteidigt hatte.

Eine Frage konnte er sich dennoch nicht verkneifen: »Wie sind Sie an die Information über die Computer gelangt, Signorina?«

»Oh, das ist alles öffentlich, Signore. Man muss nur wissen, wo man zu suchen hat.«

»Und Sie angeln einfach so auf gut Glück in den Dateien herum?«

»Richtig«, sagte sie lächelnd. »So könnte man das nennen. ›Angeln‹. Das gefällt mir.«

»Und Sie wissen vorher nie, was Sie an Land ziehen, nehme ich an.«

»Nie«, bestätigte sie. Sie zeigte auf den Notizzettel mit den Namen, die sie für ihn überprüfen sollte. »Im Übrigen hält mich das in Übung für so interessante Recherchen wie diese.«

»Ist Ihre Arbeit sonst denn nicht interessant, Signorina?«, fragte er.

»Nein, vieles davon leider nicht, Dottore.« Sie stützte ihr Kinn in die Hand und verzog resigniert den Mund. »Es ist ein hartes Los, dass so viele Leute, für die ich arbeite, so außerordentlich schwer von Begriff sind.«

»Ein solches Los haben viele zu tragen, Signorina«, sagte Brunetti und verließ ihr Büro.

9

Als er am nächsten Tag zur Arbeit kam, hatte Brunetti sich damit abgefunden, dass er nicht so bald einen eigenen Computer bekommen würde; nicht so leicht konnte er sich mit der Hitze abfinden, die ihm in seinem Büro entgegenschlug. Am Abend zuvor hatte die Familie besprochen, wo sie ihren jährlichen Urlaub verbringen sollten, und Brunetti hatte um Verständnis dafür gebeten, dass er aufgrund seiner Arbeitsbelastung lange nicht gewusst habe, wann er freibekommen würde. Den Vorschlag, ans Meer zu fahren, hatte er sofort verworfen: nicht im August, wenn im Wasser, auf den Straßen und in den Restaurants Millionen von Leuten unterwegs waren. »Und auf keinen Fall nach Apulien, da sind vierzig Grad im Schatten, und es gibt nur gepanschtes Olivenöl«, hatte er auch noch gesagt.

Rückblickend gestand er sich ein, dass er vielleicht etwas zu stur gewesen war. Er hatte seine Wünsche nur deshalb so zäh verteidigen können, weil es Paola ziemlich gleichgültig war, wohin sie fuhren: Ihre einzige Sorge war, welche Bücher sie mitnehmen sollte und ob es dort, wo auch immer sie Ferien machten, ein ruhiges Plätzchen gab, wo sie im Schatten liegen und lesen konnte.

Andere Männer hatten Frauen, die sie anflehten, mit ihnen tanzen zu gehen, um die Welt zu reisen, bis spätnachts aufzubleiben und leichtsinnige Dinge zu tun. Brunetti war es gelungen, eine Frau zu heiraten, die sich darauf freute, um zehn Uhr abends mit Henry James ins Bett zu gehen. Falls nicht gar, getrieben von einer wilden Leidenschaft, die sie ihrem Mann tugendhaft verschwieg, mit Henry James und seinem Bruder.

Wie der Präsident einer Bananenrepublik hatte Brunetti eine demokratische Wahl vorgeschlagen und dann seinen Antrag über alle abweichenden Meinungen der Opposition hinweg durchgesetzt. Ein Cousin von ihm hatte in Südtirol, oberhalb von Glurns, ein Bauernhaus geerbt und es Brunetti als Feriendomizil angeboten, solange er selbst mit seiner Familie in Apulien war. »Gepanschtes Olivenöl bei brütender Hitze«, murmelte Brunetti, was seine Dankbarkeit für das Angebot keineswegs schmälerte. Nun würden die Brunettis also für zwei Wochen in die Berge fahren; enorme Erleichterung durchströmte ihn allein schon bei der Vorstellung, unter einem dicken Federbett zu schlafen und abends einen Pullover anziehen zu müssen.

Vianello und seine Familie hatten in Kroatien ein Haus am Strand gemietet, wo er bis zum Ende des Monats nichts als schwimmen und angeln wollte. Solange die beiden Urlaub machten, würden auch ihre inoffiziellen Ermittlungen in Sachen Stefano Gorini auf Eis liegen.

Den Vormittag verbrachte Brunetti zunächst am Computer im Bereitschaftsraum, suchte Zugverbindungen nach Bozen heraus und sah sich verschiedene Touristenattraktionen in Südtirol an. Dann ging er in sein Büro und erkundigte sich telefonisch bei einigen Kollegen, ob sie jemals mit Stefano Gorini zu tun gehabt hatten. Die Fahrplanauskunft war ergiebiger gewesen.

Kurz nach halb eins rief er zu Hause an. Paola nahm beim dritten Klingeln ab und sagte: »Falls du in fünfzehn Minuten hier sein kannst, gibt es Prosciutto und Feigen und danach Pasta mit frischer Paprika und Shrimps.«

»Zwanzig«, sagte er und legte auf.

An einem heißen Tag so schnell zu Fuß gehen, das würde ihn umbringen, also lief er zur *riva* und hatte Glück, gleich in eine Nummer zwei einsteigen zu können. Bei San Tomà erwischte er eine Nummer eins, die zwei Minuten später ablegte, und bei San Silvestro stieg er aus. Die Fahrt hatte länger gedauert als ein Fußmarsch, aber dafür war es ihm erspart geblieben, mitten am Tag quer durch die Stadt zu laufen.

Paola und die Kinder saßen am Küchentisch: Die Terrasse war tagsüber ein Backofen und konnte nur nach Sonnenuntergang benutzt werden. Brunetti hängte sein Jackett auf – er hatte noch kurz überlegt, ob er es vorher auswringen sollte –, und setzte sich an den Tisch.

Er sah in die Gesichter und fragte sich, ob die Apathie, die er darin erblickte, eine Folge seines Verhaltens gestern bei der Urlaubsplanung war. Oder war es nur die Hitze? »Wie hast du den Vormittag verbracht?«, fragte er Chiara.

»Ich war bei Livia und habe ein paar von den Teilen anprobiert, die sie fürs neue Schuljahr bekommen hat«, antwortete seine Tochter, während sie sorgfältig den Fettrand von ihrem *prosciutto* abtrennte und ihn auf Raffis Teller legte; offenbar war sie zu dem Schluss gekommen, dass Vegetarier nur das Fett nicht essen dürfen, das Schinkenfleisch aber schon.

»Herbstsachen? Jetzt schon?«, fragte Paola und stellte einen Teller mit *prosciutto* und schwarzen Feigen vor Brunetti hin. Dabei legte sie ihm eine Hand auf die Schulter, so dass er annehmen durfte, wenigstens ein Mitglied der Familie freue sich auf die Ferien.

»Ja«, sagte Chiara, den Mund voll Feigen. »Als wir letzte Woche ihre Schwester in Mailand besucht haben – Marisa, sie studiert an der Bocconi –, sind die beiden mit mir shoppen gegangen. Die Sachen sind dort viel besser als das Zeug hier bei uns. Hier gibt's nur was für Teenies oder alte Frauen.«

Da fuhr seine Tochter nach Mailand, dachte Brunetti, in die Stadt, wo man das Brera-Museum, Leonardos *Letztes Abendmahl* und den größten gotischen Dom Italiens besichtigen konnte – und was tat sie dort? Shoppen. »Hast du was für dich gefunden?«, fragte er und aß eine halbe Feige. Chiara mochte eine Kulturbanausin sein, aber die Feige war der Gipfel der Vollkommenheit.

»*No, papà*, habe ich nicht«, sagte sie mit tragischem Tonfall. »Alles wahnsinnig teuer.« Sie schnitt ein weiteres Stück Schinken zurecht und beförderte den Fettrand auf der Messerspitze zu Raffi hinüber, der nur mit seinem Essen beschäftigt war und sich offensichtlich nicht für Einkaufsgeschichten interessierte.

»Ich hatte mein eigenes Geld mitgenommen, aber *mamma* wäre durchgedreht, wenn ich zweihundert Euro für eine Jeans ausgegeben hätte.«

Paola sah von ihrem Antipasto auf. »Nein, ich wäre nicht durchgedreht, aber ich hätte dich für den Rest des Sommers in ein Arbeitslager geschickt.«

»Wie sollen wir aus der Finanzkrise rauskommen, wenn kein Mensch Geld ausgibt?«, wollte Chiara wissen, ein klarer Beweis dafür, dass sie einen Tag in Gesellschaft einer Studentin an Italiens bester Wirtschaftshochschule verbracht hatte.

»Dadurch, dass wir fleißig arbeiten und unsere Steuern zahlen«, sagte Raffi und zeigte Brunetti damit, dass er dem Marxismus endgültig abgeschworen hatte.

»Wenn es nur so einfach wäre«, sagte Paola.

»Wie meinst du das?«, fragte Raffi.

»Um fleißig zu arbeiten, braucht man einen Job«, erklärte seine Mutter und lächelte ihn über den Tisch hinweg an. »Richtig?« Raffi nickte. »Und um Steuern zu zahlen, braucht man ebenfalls einen Job. Oder einen eigenen Betrieb.«

»Ja, sicher«, sagte Raffi. »Das weiß doch jeder Idiot.«

»Und wie findet man einen Job?«, fragte Paola und kam seiner Antwort zuvor: »Wenn man niemanden kennt oder keinen Anwalt oder Notar zum Vater hat, der einem einen Job verschafft, sobald man mit dem Studium fertig ist?« Wieder ließ sie ihren Sohn nicht zu Wort kommen. »Denk an die älteren Brüder und Schwestern deiner Schulfreunde. Wie viele von ihnen haben einen anständigen Job gefunden? Alle haben sie exquisite Abschlüsse in irgendwelchen exquisiten Fächern gemacht, und alle hocken sie jetzt zu Hause und leben vom Geld ihrer Eltern.« Und bevor ihr Sohn ihr Gefühllosigkeit vorwerfen konnte, sagte sie noch: »Nicht unbedingt, weil sie das wollen, sondern, weil es keine Arbeit für sie gibt. Wenn sie Glück haben, kriegen sie irgendwas zeitlich Befristetes, aber sobald sie fest angestellt werden müssten, werden sie entlassen, und der Nächste wird für sechs Monate angeheuert.«

Großer Gott, dachte Brunetti, wer redete da wie ein Marxist? »Und wie soll man dann einen festen Job bekommen und Steuern zahlen?«, erkundigte er sich freundlich.

Paola holte Luft, beschloss dann aber, das Thema fallen zu lassen. »Ich glaube, das Essen ist fertig«, sagte sie. Und hatte recht: Die Paprika erinnerte ihn in ihrer Süße und Konsistenz an die Feigen. Die Familie, besänftigt von den Freuden des Essens, verbrachte den Rest der Mahlzeit in friedlicher Erörterung der Frage, was man in den Bergen unternehmen könnte.

Nach dem Essen saß Brunetti auf dem Sofa und blätterte im *Gazzettino* herum, aber die leicht verdaulichen Sätze dieser Zeitung halfen ihm auch nicht über das diffuse Unbehagen hinweg, das ihn nach Paolas auffälligem Themenwechsel befallen hatte. Rückzug war keine Taktik, die er von ihr gewohnt war.

Sie kam mit dem Kaffee, reichte ihm eine Tasse und setzte sich ihm gegenüber in einen Sessel. Sie legte ihre Füße auf den Couchtisch und nahm einen Schluck. »Sollte ich noch jemals irgendwann in meinem Leben sagen, wie schön es ist, in der obersten Etage zu wohnen, unterm Dach: Würdest du mich dann bitte in den Backofen stecken und so lange schmoren lassen, bis ich zur Vernunft gekommen bin?«

»Wir könnten uns eine Klimaanlage anschaffen«, sagte er, um sie zu provozieren.

»Damit Chiara auszieht?«, fragte sie. »Auf das Thema reagiert sie allergisch. Der Vater einer Freundin von ihr hat eine einbauen lassen, und seitdem weigert Chiara sich, das Haus zu betreten.«

»Meinst du, wir haben sie zur Fanatikerin gemacht?«, fragte Brunetti.

Paola trank ihren Kaffee aus und stellte Tasse und Untertasse ab. Nach einiger Zeit sagte sie: »Wenn sie schon Fanatikerin sein muss, dann lieber in Sachen Ökologie als wegen irgendwas anderem.«

»Aber findest du ihre Reaktion nicht ein bisschen übertrieben?«, fragte Brunetti.

Paola zuckte die Schultern. »So mag es uns heute erscheinen, im Hier und Jetzt. Aber in zehn oder zwanzig Jahren sieht die Sache vielleicht ganz anders aus, und wir blicken auf die Exzesse unseres Lebens zurück und erkennen, wie verbrecherisch sie waren.« Sie schloss die Augen und lehnte den Kopf zurück.

»Und dann wird sie als Prophetin gelten und nicht mehr als Fanatikerin?«

»Wer weiß?«, sagte Paola mit geschlossenen Augen. »Oft läuft das auf dasselbe hinaus.«

»Warum hast du das Thema gewechselt?«, fragte er.

»Arbeit und Steuern?«, fragte sie.

Er betrachtete ihr Gesicht. Mehr als zwanzig Jahre waren vergangen, seit er sie kennengelernt hatte, aber für ihn war sie nicht gealtert. Eigenwilliges blondes Haar, eine Nase, die für das weibliche Schönheitsideal dieser Epoche vielleicht etwas zu groß war, die Wangenknochen, die seine ersten Küsse angelockt hatten. Er antwortete mit einem Brummen.

»Ich wollte einfach nicht über Steuern debattieren«, sagte sie schließlich.

»Warum?«

»Weil ich finde, dass wir verrückt sind, überhaupt noch

welche zu zahlen. Wenn ich könnte, würde ich damit aufhören.«

Aus langjähriger Erfahrung fragte er: »Ist das eine rhetorische Übertreibung?«

Sie machte die Augen auf und lächelte ihm zu. »Wahrscheinlich. Aber vor ein paar Tagen habe ich zu meiner Überraschung festgestellt, dass ich manches von dem, was die Lega sagt – genau die Sprüche, über die ich mich vor zehn Jahren fürchterlich aufgeregt habe –, inzwischen gar nicht mehr so unvernünftig finde.«

»Wir werden wie unsere Eltern«, sagte Brunetti – eine Bemerkung, die seine Mutter oft gemacht hatte. »Was für Sprüche?«

»Dass unser Steuergeld in den Süden geht und dort auf Nimmerwiedersehen verschwindet. Dass der Norden fleißig arbeitet und seine Steuern bezahlt und nur sehr wenig dafür bekommt. Dass der Vatikan uns predigt, den Einwanderern gegenüber großzügig zu sein, aber selbst keine aufnimmt.«

»Wirst du als Nächstes verlangen, dass man zwischen dem Norden und dem Süden eine Mauer errichtet?«, fragte er.

Sie lachte auf. »Natürlich nicht. Ich wollte bloß nicht so vor den Kindern reden.«

»Du meinst, die ahnen nichts davon?«

»Natürlich ahnen sie etwas«, sagte Paola. »Sie entnehmen es dem, wie wir oder die Eltern ihrer Freunde sich verhalten.«

»Zum Beispiel?«

»Dass wir, wenn wir in einem Restaurant essen, mit dessen Inhaber wir befreundet sind, keine *ricevuta fiscale* bekommen und also keine Steuern gezahlt werden.«

Wie immer, wenn er glaubte, man unterstelle ihm Knauserigkeit, ging Brunetti unwillkürlich in Verteidigungsstellung. »Ich mache das nicht, damit die Rechnung kleiner wird. Das weißt du genau.«

»Darum geht es doch gerade, Guido. Das wäre ja immerhin vernünftig, weil du dadurch Geld sparen würdest. Aber du machst es nicht aus Habgier, sondern aus Prinzip, damit diese unsere widerliche Regierung wenigstens dieses bisschen Geld nicht bekommt und in die eigene Tasche oder die ihrer Freunde steckt.«

Er nickte. Ganz genau darum ging es.

»Und deswegen will ich nicht vor ihnen über Steuern reden. Wenn sie am Ende auch so über die Regierung denken, in Ordnung, aber sie müssen von allein draufkommen: Sie sollten es nicht von uns übernehmen.«

»Auch wenn es, wie du sagst, eine ›widerliche‹ Regierung ist?«

»Sie ist nicht so schlimm wie manche andere«, lenkte sie nach kurzem Zögern ein.

»Ich bin mir nicht sicher, ob das die eloquenteste Verteidigung unserer Regierung ist, die ich je gehört habe«, sagte er.

»Ich versuche sie nicht zu verteidigen«, sagte sie wütend. »Sie ist widerlich, aber immerhin ist sie widerlich auf eine gewaltlose Weise. Falls das einen Unterschied macht.«

Brunetti überlegte kurz, bevor er antwortete: »Ich glaube schon.« Er stemmte sich hoch, ging um den Tisch herum, beugte sich zu ihr runter, gab ihr einen Kuss und sagte, er sei zur üblichen Zeit zum Abendessen wieder da.

10

Brunetti fuhr mit dem Vaporetto zur Questura zurück, zum Gehen war es immer noch zu heiß. Unterwegs dachte er an sein Gespräch mit Paola und die Dinge, die sie den Kindern beim Mittagessen nicht gesagt hatte. Wie oft hatte er nicht schon den Ausdruck »*Governo Ladro*« gehört? Und wie oft hatte er insgeheim zugestimmt: Ja, die Regierung ist ein Dieb? In jüngster Zeit schienen die Herrschenden die letzten Hemmungen überwunden zu haben und versuchten nicht einmal mehr, dem Volk etwas vorzuspielen. Einem seiner früheren Vorgesetzten, dem Justizminister, waren Absprachen mit der Mafia vorgeworfen worden, und ein bloßer Regierungswechsel hatte genügt, um die Sache aus den Zeitungen und, soweit er wusste, auch aus den Gerichtssälen verschwinden zu lassen.

Brunetti war der geborene Zuhörer und hatte diese Fähigkeit noch weiter verfeinert: Die Leute spürten das und taten sich in seiner Gegenwart keinen Zwang an. Immer häufiger hörte er – bei einer Frau, die auf dem Vaporetto neben ihm stand, einem Mann an der Theke einer Bar – heftigen Abscheu heraus gegenüber der Art und Weise, wie sie regiert wurden, und gegenüber den Leuten, die sie regierten. Es spielte keine Rolle, ob die Leute, die mit ihm sprachen, für oder gegen die Politiker gestimmt hatten, die sie beschimpften: Wenn es nach den Leuten ginge, würden sie das ganze Pack in der nächsten Kirche einsperren und in Flammen aufgehen lassen.

Was Brunetti Sorgen machte, war das Gefühl ohnmächtiger Verzweiflung, das solchen Aussagen zugrunde lag. Ihn beunruhigte die Hilflosigkeit, die so viele Leute empfanden, und ihre mangelnde Einsicht in das, was da passiert war, als hätten Aliens die Macht übernommen und ihnen dieses System aufgezwungen. Regierungen kamen, und Regierungen gingen, ob Linke oder Rechte, nie änderte sich etwas. Politiker redeten oft von Wandel, aber nicht ein einziger schien ernsthaft etwas an diesem System verändern zu wollen, das ihren wahren Absichten so zuträglich war.

Als das Boot an der Piazza vorbeifuhr, sah Brunetti die endlosen Schlangen vorm Eingang der Basilika, sogar jetzt, um drei Uhr nachmittags. Was trieb die Menschen dazu, stundenlang in der prallen Sonne zu stehen? Es fiel ihm schwer, sich die Basilika als fremde Attraktion vorzustellen. In seiner Jugend hatten ihn Lehrer und seine Mutter unzählige Male dorthin mitgenommen: Die Lehrer wollten ihren Schülern die Schönheit des Bauwerks nahebringen, und seine Mutter hatte ihm wohl die Wahrheit und Macht ihres Glaubens vor Augen führen wollen. Er versuchte, sich von der Vertrautheit mit der überwältigenden Pracht dieses Kirchenraums freizumachen, und fragte sich, wozu er bereit wäre, wenn er in seinem Leben nur eine einzige Chance hätte, ins Innere der Basilica San Marco zu gelangen. Ob er dafür eine Stunde lang in der Nachmittagssonne anstehen würde.

Er wandte sich nach rechts und fragte den Engel auf dem Glockenturm von San Giorgio gegenüber um Rat. »Ich würde es machen«, sagte Brunetti schließlich und nickte bestätigend, sehr zur Verwirrung von zwei spärlich bekleideten Mädchen, die zwischen ihm und dem Fenster saßen.

Er ging direkt zu Signorina Elettras Büro, in dem es, wie zu erwarten, noch heißer war als am Tag zuvor. Heute trug sie eine gelbe Bluse, schien aber immer noch unberührt von der Hitze.

»Ah, Commissario«, sagte sie, als er eintrat, »ich habe Ihren Signor Gorini gefunden.«

»Die Muse der Ermittelnden«, sagte Brunetti lächelnd.

»Signor Gorini, laut seiner *carta d'identità* vierundvierzig Jahre alt«, sie schob ihm ein Blatt Papier hin, »wurde in Salerno geboren und besuchte dort zwischen dem achtzehnten und zweiundzwanzigsten Lebensjahr das Priesterseminar der Franziskaner.«

Sie sah mit einem triumphierenden Lächeln auf. Brunetti lächelte ebenso triumphierend zurück.

»Danach gibt es eine Lücke von vier Jahren, bis er als klinischer Psychologe in Aversa wieder auftaucht.« Sie sah Brunetti an, ob er ihr folgen konnte. Er nickte aufmunternd.

»Dort heiratete er und bekam einen Sohn, Luigi, der mittlerweile sechzehn ist.« Sie schnippte ein Staubkörnchen von dem Papier und las weiter vor.

»Nachdem er fünf Jahre lang in Aversa praktiziert hatte – wenn man so sagen kann –, stellte sich heraus, dass er weder eine Zulassung noch einen Abschluss als Psychologe hatte beziehungsweise, soweit die örtliche Gesundheitsbehörde das damals ermitteln konnte, überhaupt keinerlei Ausbildung in Psychologie.«

»Was ist aus ihm geworden?«

»Seine Praxis wurde geschlossen, und er wurde zu drei Millionen Lire Strafe verurteilt. Aber die hat Signor Gorini nie bezahlt, weil er sich aus Aversa verdrückt hat.«

»Und seine Frau? Und der Sohn?«

»Wie es aussieht, haben die beiden nie mehr von ihm gehört.«

»Offenbar war er für das Leben im Kloster besser geeignet«, bemerkte Brunetti.

»Eindeutig«, stimmte sie zu und legte das Blatt beiseite. Darunter lagen noch einige.

»Vor acht Jahren wurde er erneut aktenkundig, als sich herausstellte, dass sein Institut in Rapallo, das sich auf die Integration von Flüchtlingen aus Osteuropa in den Arbeitsmarkt spezialisiert hatte, in Wirklichkeit bloß eine Art Unterkunft für Einwanderer war: Er besorgte ihnen Jobs, und solange sie arbeiteten, konnten sie dort wohnen.«

»Was hatte er davon?«

»Sie mussten ihm 60 Prozent ihres Lohns abliefern, hatten dafür aber immerhin ein Dach überm Kopf.«

»Mahlzeiten?«

»Sie scherzen wohl, Dottore. Er wollte ihnen doch auch etwas über das Leben in einer kapitalistischen Gesellschaft beibringen.«

»Jeder ist sich selbst der Nächste«, sagte Brunetti.

»Eine Hand wäscht die andere«, erwiderte sie. »Obwohl man in diesem Fall hoffen möchte, dass es nicht stimmt. Immerhin durften sie in ihrer Unterkunft kochen.«

»Wenigstens etwas«, sagte Brunetti. »Und weiter?«

»Eine der Frauen ist zu den Carabinieri gegangen. Sie war Rumänin, also konnte sie sich verständlich machen. Hat ihnen erzählt, was da ablief, woraufhin sie dem Institut einen Besuch abgestattet haben. Aber Signor Gorini war wieder einmal verschwunden.«

»Ist er die ganze Zeit unter seinem richtigen Namen aufgetreten?«, fragte Brunetti.

»Und ob«, sagte sie. »Anscheinend hat sich niemand daran gestört.«

»Glück für Sie, dass er das getan hat«, sagte er und fügte, als er ihre Reaktion bemerkte, rasch hinzu: »Obwohl ein anderer Name für Sie auch keinen großen Unterschied gemacht hätte. Dann hätten Sie höchstens ein wenig länger gebraucht.«

»Minimal«, sagte sie, und Brunetti glaubte ihr.

»Und seither?«, fragte er.

»Ein paar Jahre lang keine Spur von ihm, dann, vor fünf Jahren, hat er eine Praxis als Homöopath aufgemacht, diesmal in Neapel, aber«, und hier sah sie auf und schüttelte verwundert den Kopf, »nach zwei Jahren hat jemand seine Bewerbungsunterlagen überprüft und dabei festgestellt, dass er niemals Medizin studiert hatte.«

»Und weiter?«

»Die Praxis wurde geschlossen.« Mehr nicht. Vielleicht war es in Neapel kein Verbrechen, ohne Zulassung als Arzt zu praktizieren.

»Vor zwei Jahren«, fuhr sie fort, »wechselte er seinen Wohnsitz zu der Adresse, die Sie mir genannt haben, aber der Mietvertrag ist nicht auf seinen Namen ausgestellt.«

»Sondern auf wen?«

»Eine Frau. Elvira Montini.«

»Und?«

»Sie arbeitet als Laborantin im Ospedale Civile.«

»Vielleicht ist er ehrlich geworden«, meinte Brunetti.

Sie zog die Augenbrauen hoch, sagte aber nichts.

»Haben Sie irgendeinen Hinweis darauf gefunden, was er jetzt macht?«

»Nach meinen Recherchen sieht es so aus, als könnte er ein beschauliches Leben führen und gute Werke tun«, sagte sie.

»Aber Vianellos Tante scheint große Geldbeträge bei ihm abzuliefern«, sagte Brunetti skeptisch. »Oder jedenfalls bei einer der Personen, die in dieser Wohnung leben«, korrigierte er sich. »Der Hauseingang gehört nur zu dieser einen Wohnung.«

»Darum also macht Vianello sich solche Sorgen«, sagte Signorina Elettra. Anteilnahme sprach aus jedem ihrer Worte.

»Das geht schon seit einer ganzen Weile so.«

Brunetti überlegte laut, ob er seine Beziehungen spielen lassen sollte: »Ich könnte Dottor Rizzardi fragen. Er muss die Leute kennen, die im Labor arbeiten.«

Sie hüstelte kaum hörbar, doch für Brunetti war es ein überdeutliches Signal. »Sie haben bereits mit ihm gesprochen?«

»Ja, Signore.« Sie kam seiner Frage zuvor: »Ich habe mir erlaubt, mich bei ihm zu erkundigen.«

»Aha?«, entfuhr es ihm. »Und?«

»Elvira Montini ist die zuverlässigste Person in dem ganzen Betrieb«, antwortete sie. Brunetti wich ihrem Blick aus. »Sie arbeitet dort seit fünfzehn Jahren. Nicht verheiratet, höchstens mit ihrer Arbeit.«

Um sie beide davon abzulenken, wie gut diese Beschreibung, von der Zahl der Jahre einmal abgesehen, auch auf Signorina Elettra passte, fragte Brunetti schnell: »Und wie erklärt sich dann die Anwesenheit von Signor Gorini in ihrem Haus?«

»Gute Frage. Der Arzt hat, als ich nachhakte, ziemlich zurückhaltend reagiert. Als wollte er sie beschützen.«

»Und was haben Sie gemacht?«

»Gelogen, natürlich«, sagte sie gleichmütig. »Ich habe ihm erzählt, meine Schwester kenne eine Frau, die mit ihr im Labor arbeite – was übrigens stimmt –, ich habe sogar ihren Namen genannt. Die Frau hat mit Barbara zusammen Medizin studiert, aber keinen Abschluss gemacht. Ich sagte, sie habe nur Gutes von Signorina Montini erzählt, finde aber, seit ungefähr einem Jahr sei sie irgendwie anders.«

Die Erklärung lieferte sie gleich selbst: »Jede Frau, die zwei Jahre lang mit einem solchen Mann zusammenlebt, muss sich irgendwie verändern, und nicht zum Besseren.«

»Was hat er gesagt?«

»Dass an ihrer Arbeit nach wie vor nichts auszusetzen sei, und dann hat er das Thema gewechselt.«

»Verstehe«, sagte Brunetti. »Möchten Sie Ihre Schwester bitten, mit ihrer Kommilitonin zu reden?«

Signorina Elettra schüttelte heftig den Kopf und senkte den Blick auf die Tischplatte. »Die reden nicht miteinander.« Mehr war ihr nicht zu entlocken.

»Was noch?«, fragte er und wies auf die Papiere, die noch vor ihr lagen.

»Signor Gorini hat ein Konto bei der UniCredit.« Sie reichte ihm einen Ausdruck mit den Kontobewegungen der letzten sechs Monate. Brunetti sah sich die Zahlenkolonnen an, suchte nach einem Muster, fand aber keins. Ein- und Auszahlungen, immer in bar und nie mehr als fünfhundert Euro, Monat für Monat. Der aktuelle Kontostand belief sich auf weniger als zweitausend Euro.

»Irgendein Hinweis darauf, wovon er lebt?«

Sie schüttelte den Kopf. »Vielleicht hat er großzügige Freunde, vielleicht füttert Signorina Montini ihn durch, oder, wer weiß das schon, vielleicht gewinnt er ja beim Roulette oder beim Kartenspiel. Das Geld kommt rein und geht weg, und die ein- und ausgezahlten Beträge sind immer so niedrig, dass sie nicht den leisesten Verdacht erwecken.«

»Kreditkartenabrechnungen?«, fragte Brunetti.

»Anscheinend hat er keine.«

»*Mirabile dictu*«, sagte Brunetti. »Und das im neuen Jahrtausend.«

»Aber er könnte ein *telefonino* haben«, sagte Signorina Elettra. »Das erfahre ich frühestens heute Nachmittag, vielleicht auch erst morgen.«

Sie bemerkte Brunettis Überraschung und erklärte: »Giorgio hat Urlaub.«

»Also müssen Sie jemand anders fragen?«

Die Verblüffung über sein mangelndes Verständnis für Kundentreue stand ihr ins Gesicht geschrieben. »Nein, er will es von Neufundland aus versuchen, weiß aber nicht, ob er mir das heute noch mailen kann. Er sagte, es könnte schwierig werden, sich von dort aus in die Telefongesellschaft einzuklinken.«

»Verstehe«, sagte Brunetti, der nicht mehr mitkam. »Ich überlege, wie wir sein Haus im Auge behalten könnten.«

»Ich habe es mir in *Calli, Campi e Campielli* angesehen, Signore, und danach dürfte es nicht ganz einfach sein. Man müsste rund um die Uhr Leute auf dem Campo dei Frari und San Tomà postieren, und selbst dann könnte man nicht sicher sein, ob die Leute, die in der *calle* ein und aus gehen, genau zu diesem Haus wollen.«

»Wüssten Sie einen von uns, der in der Gegend wohnt?«, fragte er.

»Ich sehe mal nach«, sagte sie und wandte sich ihrem Computer zu. Brunetti nahm an, sie lud die Personalakten der Leute hoch, die in der Questura arbeiteten. Keine zwei Minuten später sagte sie: »Nein, Signore. Im Umkreis von zwei Brücken wohnt dort niemand. – In Anbetracht seiner Vorgeschichte«, fuhr Signorina Elettra fort und legte eine Hand auf die Papiere, um die Aufmerksamkeit auf Gorini zurückzulenken, »ist es eher unwahrscheinlich, mit oder ohne Signorina Montini, dass er hier untätig Däumchen dreht.«

»Und wenn er aus Erfahrung klug geworden ist«, ergänzte Brunetti, »wird er keine Mitarbeiter mehr einstellen und sich auf nichts verlegen, wozu er eine Zulassung oder amtliche Bescheinigungen braucht. Warum also nicht als Wahrsager arbeiten?«

»Das hat ja auch mit Psychologie zu tun, oder?«, fragte Signorina Elettra.

So tröstend es sein mag, wenn die eigenen Vorurteile bestätigt werden – Brunetti sagte jetzt lieber nichts.

Als er sie wieder ansah, hatte Signorina Elettra ihr Kinn in die linke Hand gestützt, die rechte lag auf dem Rand der Tastatur. »Nein«, sagte sie, nachdem sie sich lange mit dem leeren Bildschirm beraten zu haben schien. »Wir haben keine Möglichkeit, das Haus zu überwachen. Und wenn der Vice-Questore dahinterkommt, was wir hier treiben, gibt es Ärger.«

»Fürchten Sie sich davor?«, fragte er.

Sie schnaubte verächtlich. »Nicht meinetwegen. Und auch nicht Ihretwegen. Aber er würde es an Vianello auslassen und an allen anderen Beteiligten, und Scarpa hätte er auch auf seiner Seite. Das ist es nicht wert.«

Sie richtete sich auf und drückte ein paar Tasten. »Hier, sehen Sie ihn sich an.«

Brunetti trat hinter sie, gerade als das Foto eines Mannes in der klassischen Pose des soeben Verhafteten auf dem Bildschirm erschien. »Das ist aus seiner Zeit in Aversa, also fünfzehn Jahre her«, sagte sie. »Ein aktuelleres Bild konnte ich nicht finden.«

»Hat er nie seine *carta d'identità* verlängern lassen?«, fragte Brunetti.

»Doch, aber in Neapel, vor fünf Jahren: Die haben die Akte verlegt.«

»Glauben Sie denen?«, fragte er. Nur der Ort weckte seinen Argwohn, nicht der Sachverhalt selbst: Das kam oft genug vor.

»Ja«, sagte sie. »Ich habe jemand gefragt, den ich kenne. Die haben das Foto nicht in den Computer eingescannt, und die Akte ist nicht mehr aufzufinden.« Sie tippte mit dem Zeigefinger auf den Bildschirm. »Das hier ist alles, was wir haben.«

Das Gesicht, umrahmt von langen Koteletten und einer zotteligen Frisur, wie Gorini sie zur Zeit der Aufnahme getragen haben mochte, war zwar ausdruckslos, aber ansehnlich und ebenmäßig; die dunklen, schräg stehenden Augen und die markanten Wangenknochen erinnerten an einen Tatarenkrieger. Die Nase war lang und ein wenig schief, der

Knochen an der Wurzel verdickt. Der Mund war kräftig, aber wohlgeformt. Insgesamt, musste Brunetti zugeben, eine beeindruckend männliche Erscheinung. Er konnte sich nicht erinnern, diesen Mann jemals in der Stadt gesehen zu haben.

Er zeigte auf das Foto. »Geben Sie bitte einigen von Scarpas Eleven Kopien davon – ohne dem Tenente etwas davon zu sagen.« Er sah, dass sie etwas entgegnen wollte, und erklärte: »Sagen Sie ihnen, es handle sich um ein altes Foto von jemand, der in der Stadt lebt, und sie sollen nur so zur Übung einmal ausprobieren, ob sie ihn aufspüren können.«

Sie lächelte. »Den Tenente an der Nase herumzuführen – und sei es nur ein kleines bisschen – ist mir immer ein Vergnügen.«

11

Bevor er sich verziehen konnte, fragte Signorina Elettra: »Sind Sie noch an Signor Fontana interessiert?«

Fontana? Fontana? Was hatte dieser Name mit Vianellos Tante zu tun? Dann fiel es ihm wieder ein – dieser »äußerst korrekte Mann«. »Ah, ja. Natürlich.«

»Sie sagten ja, dass er Gerichtsdiener am Tribunale ist, das war leicht zu finden. Er arbeitet dort seit fünfunddreißig Jahren, lebt bei seiner Mutter, unverheiratet. Hat nie einen Tag wegen Krankheit versäumt. Er ist nur ein einziges Mal nicht zur Arbeit erschienen, an dem Tag, als sein Vater begraben wurde, vor vierunddreißig Jahren.«

Brunetti hob eine Hand, um ihren Redefluss zu stoppen. »Nie einen Tag versäumt? Abgesehen von dem Tag, als sein Vater begraben wurde? Und Sie sagen, dieser Mann ist Beamter?«

»In der Tat«, sagte sie. »Soll ich Ihnen einen Stuhl holen, Commissario?«

»Nicht nötig«, sagte er mit ersterbender Stimme, stützte sich theatralisch auf ihren Schreibtisch und ließ kraftlos den Kopf hängen: »Wenn ich nur mal kurz so stehen bleiben darf, geht's mir gleich besser.« Nach einem Moment nahm er die Hand vorsichtig hoch und schüttelte mehrmals den Kopf. »Gestern hat Pucetti gesagt, er habe etwas erlebt, wovon er noch seinen Enkeln erzählen werde. Ich glaube, dies ist auch so etwas. In fünfunddreißig Jahren nur ein einziges Mal nicht zur Arbeit erschienen.« Er starrte die Wand an, als wäre die Zahl dort eingebrannt. Dann wurde er schnell wieder ernst. »Was sonst noch?«, fragte er.

»Er und seine Mutter leben in der Nähe von San Leonardo. Bis vor drei Jahren waren sie in Castello, dann sind sie in diese Wohnung in einem Palazzo an der Misericordia umgezogen.«

»Alle Achtung«, horchte Brunetti auf. »Arbeitet die Mutter?«

»Nein. Auch früher nie.«

»Wäre interessant zu wissen, wovon er die Miete bezahlt, nicht wahr?«, fragte Brunetti.

»Das dürfte ihm nicht schwerfallen«, sagte sie zu seiner Überraschung.

»Warum? Ist die Wohnung so klein?«

»Nein, ganz im Gegenteil. Hundertfünfzig Quadratmeter.«

»Und wie schafft er es dann, die Miete zu bezahlen?«

Ihr kleines selbstgefälliges Lächeln hätte ihm eine Warnung sein sollen. »Weil die Miete nur vierhundertfünfzig Euro beträgt«, sagte Signorina Elettra, um dann genüsslich hinzuzufügen: »Jedenfalls legen die monatlichen Überweisungen von seinem Konto diesen Schluss nahe.«

»Für eine Wohnung an der Misericordia? Hundertfünfzig Quadratmeter?«

»Vielleicht haben Sie Ihren Enkeln jetzt noch etwas zu erzählen, Dottore«, sagte sie lächelnd.

Seine Gedanken überschlugen sich. Erpressung? Ein Vertrag, in dem eine niedrigere Miete eingetragen war – Fontana zahlte den Rest in bar, und der Vermieter konnte Steuern sparen? Ein Verwandter?

»An wen gehen die Überweisungen?«, fragte er.

»Marco Puntera.«

Das war der Name eines Geschäftsmanns, der in Mailand mit Immobilien ein Vermögen gemacht hatte und vor sieben oder acht Jahren in seine Heimatstadt Venedig zurückgekehrt war.

Theoretisch, dachte Brunetti, mögen ja alle Menschen gleich sein, aber woher sollte ein Gerichtsdiener einen Mann kennen, der so reich war, wie man es Puntera nachsagte, und wieso bekam er eine Wohnung mit einer so niedrigen Miete?

»Puntera besitzt viele Wohnungen, oder?«, fragte Brunetti.

»Mindestens zwölf, und alle sind vermietet. Und zwei Palazzi am Canal Grande. Ebenfalls vermietet.«

»Zu vergleichbaren Preisen?«, fragte Brunetti.

»Ich hatte noch keine Zeit, das zu überprüfen, Signore. Aber offenbar sind etliche davon an betuchte Ausländer gegangen.« Sie unterbrach sich, als suche sie nach dem richtigen Wort. Schließlich sagte sie: »Er gilt als Zierde der angloamerikanischen Gemeinde.«

»Aber er ist weder Anglo noch Amerikaner«, entfuhr es Brunetti, der mit Punteras jüngerem Bruder in die Grundschule gegangen war.

»Trotzdem gehört er zu diesem erlesenen Zirkel, Signore«, insistierte sie ungerührt. »Dauergast am Pool des Cipriani; Weihnachtslieder in der Englischen Kirche; Party am Independence Day; auf Du und Du mit den Inhabern der vornehmsten Restaurants.«

Für Brunetti hörte sich das wie eine Höllenqual an, die Dante übersehen hatte. »Und so ein Mann vermietet Fontana ein Haus zu Tiefstpreisen?«, fragte er mit ungläubigem Staunen.

»Hat ganz den Anschein.«

»Haben Sie sonst noch etwas herausgefunden?«, fragte er.

»Ich wollte erst von Ihnen hören, Commissario, ob die Verbindung zwischen diesen beiden Ihnen auch so dubios vorkommt wie mir.«

»Eher finde ich sie faszinierend«, sagte Brunetti, der nie genug bekommen konnte von den verblüffenden Beziehungen, die sich zwischen den Leuten in dieser Stadt ergaben. Je ungewöhnlicher die Verbindung, desto reizvollere Möglichkeiten taten sich auf.

»Gut«, sagte sie. »Das dachte ich mir.« Sie holte Luft. »Um Genaueres in Erfahrung zu bringen, müsste ich einige Leute um einen Gefallen bitten, und das würde ich ungern ohne Ihre Zustimmung tun.«

Er sah Signorina Elettra an und fragte: »An was denken Sie?«

Statt darauf zu antworten, erklärte sie unvermittelt: »Freut mich, dass Sie mit dem Dienstplan einverstanden sind, Commissario. Ich werde ihn im Lauf des Tages verteilen.«

»Gut, Signorina. Ich danke Ihnen«, schaltete Brunetti ebenso problemlos um, wandte sich zum Gehen und tat sehr überrascht, als er hinter sich Vice-Questore Giuseppe Patta und dessen Werkzeug Tenente Scarpa erblickte.

»Ah, guten Morgen, Vice-Questore«, sagte Brunetti mit freundlichem Lächeln. Und dann, wie Kopernikus bei der Entdeckung eines kleineren Planeten: »Tenente.«

Patta war schon fast am Zenit seiner sommerlichen Bräune angelangt. Seit Mai ging er täglich im Pool des Hotels Cipriani schwimmen, und inzwischen war er fast so braun wie eine Rosskastanie. Nur noch wenige Wochen, und er hatte auch das geschafft, dann aber würden die Tage kürzer werden und die Sonne ihre brutale Kraft einbüßen. Im Oktober würde der Vice-Questore einem *caffè macchiato* gleichen, in den von Woche zu Woche mehr Milch geschüttet wurde, bis er im Dezember bleich wie ein Cappuccino wäre. Und falls er nicht den Weihnachtsurlaub dazu nutzte, seine Farbe auf den Malediven oder den Seychellen wieder aufzufrischen, lief Patta Gefahr, den Frühlingsbeginn als blasser Schatten seiner sommerlichen Erscheinung zu erleben.

»Signorina Elettra hat mir soeben den neuen Sommerdienstplan erläutert«, sagte Brunetti und nickte Scarpa leutselig lächelnd zu. »Ausgezeichnet, wie dank solcher Innovationen die Möglichkeiten des Personaleinsatzes maximiert werden, Signore.« Patta lächelte, aber Scarpa funkelte Brunetti wütend an. »Ich sehe hier kreatives Organisationstalent und planerische Weitsicht am Werk, wenn ich mir« – und hier senkte er zum Zeichen seiner Ehrfurcht und Bescheidenheit den Blick – »diese Bemerkung gestatten darf.«

»Freut mich, dass Sie das so sehen«, sagte Patta geschmeichelt. »Ich muss gestehen«, und jetzt war es Patta, der sich in den Mantel der Bescheidenheit hüllte, »ohne die praktischen Erfahrungen des Tenente mit unseren Leuten wäre ich nicht ganz so weit gekommen.«

»Es geht doch nichts über Teamarbeit«, strahlte Brunetti.

Signorina Elettra wählte diesen Moment, um sich einzuschalten. »Vorhin kam ein Anruf für Sie vom Cipriani, Vice-Questore. Es ging um Ihren Tisch für morgen Mittag, wenn Sie Kontakt aufnehmen könnten.«

»Danke, Signorina«, sagte Patta und schritt zur Tür seines Büros. »Das erledige ich sofort.« Er folgte seiner wahren Berufung und ließ die drei in Signorina Elettras Büro allein zurück.

Um Zeit zu gewinnen, öffnete Signorina Elettra eine Schublade, nahm die aktuelle Ausgabe der *Vogue* heraus und legte sie aufgeschlagen auf ihre Tastatur.

Brunetti ging einen Schritt auf sie zu, warf einen Blick in die Zeitschrift und fragte: »Halten Sie diese Seitenschlitze in Jacketts für eine gute Idee?«

»Ich bin mir noch nicht schlüssig, Commissario. Was sagt denn Ihre Frau dazu?«

»Jacketts ohne Schlitze gefallen ihr besser. Sie findet sie vorteilhafter für ihre Figur. Vielleicht, weil sie recht groß ist. Aber diese hier ist nicht übel«, sagte er und zeigte auf eine beigefarbene Jacke in der Mitte der linken Seite. »Ich werde sie heute Abend fragen, ob sie mir Näheres dazu sagen kann.«

Sie sah den Tenente fragend an, aber der hatte zum Thema Schlitze im Jackett offenbar nichts beizutragen und verließ das Büro, ohne jedoch die Tür hinter sich zuzumachen.

»Ein Mann, der keinen Sinn für Mode hat, hat keine Seele«, sagte Signorina Elettra und blätterte um.

12

Scarpa kam offensichtlich nicht wieder, und das Lämpchen für Pattas Telefon glühte rot. Brunetti sagte: »Sie sollten mich nicht in Versuchung führen.«

»Ich sollte mich selbst nicht in Versuchung führen«, sagte sie, schlug die Zeitschrift zu und legte sie in die Schublade zurück. »Aber manchmal ist es zu verlockend, ihm auf den Schlips zu treten.«

»Hat er wirklich den Plan aufgestellt?«

»Selbstverständlich nicht«, fauchte sie. »Das habe ich heute früh in zehn Minuten erledigt. Er lag auf meinem Schreibtisch, als Scarpa reinkam und fragte, was das ist. Ich habe nicht geantwortet, aber ein Blick auf die Überschrift hat ihm genügt. Er schnappt sich das Papier und geht damit zu Patta, und kurz darauf kommt Patta strahlend zu mir raus und lobt Scarpas Initiative.« Sie schnaubte wütend und knallte die Schublade zu.

»Das ist der Lauf der Welt«, sagte Brunetti.

»Dass Frauen die Arbeit machen und Männer das Lob dafür einheimsen?«, fragte sie, immer noch aufgebracht.

»Ich fürchte, ja.«

Entdeckte Brunetti da einen Schweißfleck an der Innenseite des Kragens ihrer Bluse? »Patta ist der Einzige, der so etwas nie mitbekommt«, versuchte er, sie zu trösten.

Sie zuckte die Achseln, holte tief Luft und sagte schon wesentlich ruhiger: »Wahrscheinlich ist es besser so. Solange Patta nicht weiß, dass ich das mit links mache, solange er –

und sein Tenente – sich für unersetzlich halten, kann ich machen, was ich will.«

»Riverre meint, wenn Sie hier das Sagen hätten, würde alles viel besser laufen.«

»Ah, Narrenmund …«, sagte sie mit einem Lächeln.

Brunetti nahm den abgerissenen Faden wieder auf. »Also, was wollen Sie in Sachen Fontana unternehmen?« Übersetzt lautete diese Frage: Wen wollen Sie fragen, und was für Verbindlichkeiten laden wir uns dadurch auf?

»Am Tribunale arbeitet jemand, den ich seit Jahren kenne. Wenn ich am Rialto bin, besuche ich ihn gelegentlich in seinem Büro, manchmal gehen wir einen Kaffee trinken, oder er kommt mit, die Blumen fürs Büro kaufen. Er hat mich ein paarmal zum Essen eingeladen, aber ich hatte immer zu viel zu tun. Habe ich jedenfalls behauptet.« Sie lächelte Brunetti an. »Ich warte bis Dienstag, dann gehe ich zum Blumenmarkt. Auf dem Rückweg könnte ich bei ihm vorbeigehen und ihn fragen, ob er Zeit für einen Kaffee hat.«

»Was stimmt nicht mit ihm?«

»Oh, gar nichts. Er ist ehrlich und fleißig und sieht ziemlich gut aus.« Wie sie das sagte, konnte man meinen, sie zähle seine Fehler auf.

»Und?«

»Und sehr langweilig. Wenn ich einen Witz mache, sieht er mich mit seinen großen braunen Augen an wie ein begossener Pudel und hofft, dass ich nicht böse bin, weil er das Kunststück einfach nicht lernen kann.«

»Aber er arbeitet beim Tribunale?«

»Und mein Fleisch ist schwach«, seufzte sie. »Eine günstige Gelegenheit kann ich mir einfach nicht entgehen lassen.« Sie kam seiner Frage zuvor. »Und das ist eine äußerst günstige Gelegenheit. Ein Kaffee mit ihm, und er breitet sämtliche Geheimnisse des Tribunale vor mir aus, wenn ich ihn danach frage.«

»Haben Sie das schon mal ausprobiert?«

»Noch nie«, sagte sie. »Ich wollte ihn mir immer in Reserve halten.« Sie suchte nach einem passenden Vergleich. »Wie ein Eichhörnchen, das eine Nuss vergräbt, für den Fall, dass es ein langer harter Winter wird.«

»Mich erinnert es eher an den Wolf im *Rotkäppchen*«, sagte Brunetti, »der sich als Großmutter verkleidet und nur den richtigen Zeitpunkt abwartet, die Kleine zu fressen.«

»Aber ich will ihn nicht fressen«, beteuerte sie. »Ich will ihm nur ein paar Fragen stellen.«

»Wenn Paris eine Messe wert ist«, bemerkte Brunetti, »dann sind Informationen über Fontana vielleicht einen Kaffee wert.«

»Nicht Sie müssen den mit ihm trinken«, sagte sie spröde.

»Ich weiß«, sagte Brunetti, ganz und gar nicht sicher, wie viel Wahrheit oder Flunkerei in ihrer Geschichte steckte – da konnte man sich bei Signorina Elettra nie ganz sicher sein. Um von dem Thema wegzukommen, fragte er: »Und Signor Puntera?«

»Ein Freund von mir bei der Bank war mal als Berater für ihn tätig, glaube ich. Falls er noch in Venedig arbeitet, frage ich ihn, ob er was weiß.«

Brunetti konnte sich nicht erinnern, dass Signorina Elettra in all diesen Jahren jemals eine weibliche Quelle benutzt hatte. »Kann man Männer leichter zum Reden bringen?«, fragte er.

»Sie meinen, leichter als Frauen?«

»Ja.«

Sie legte den Kopf schief und sah nach der geschlossenen Tür von Pattas Büro. »Vermutlich. Frauen sind viel zurückhaltender als Männer, jedenfalls wenn es ums Prahlen geht. Oder wir prahlen mit anderen Dingen.«

»Und deswegen ziehen Sie es vor, Männer zu benutzen?«, fragte er und merkte erst zu spät, in was für einem schlechten Licht er sie damit erscheinen ließ.

»Nein«, antwortete sie ruhig. »Weil es noch unanständiger wäre, auf diese Weise von Frauen Informationen zu erlangen.«

»Unanständig?«, fragte er.

»Natürlich ist das unanständig. Ich nutze die Arglosigkeit der Leute aus und missbrauche ihr Vertrauen. Ist das Ihrer Meinung nach nicht unanständig?«

»Ist es unanständiger, als sich in fremde Computer einzuschleichen?«, fragte er, obwohl er ihrer Meinung war.

Sie sah ihn betroffen an, als staune sie, dass er eine solche Frage überhaupt stellen konnte. »Selbstverständlich, Dottore. Informationssysteme sind auf die Abwehr von Eindringlingen eingerichtet: Man geht davon aus, dass Leute in sie eindringen oder es wenigstens versuchen. Also ist man gewarnt und trifft seine Vorkehrungen, oder jedenfalls sollte man das tun. Aber wenn Leute einem etwas im Vertrauen erzählen und sich darauf verlassen, dass man es nicht weitersagen wird, geben sie sich eine Blöße.« Sie spielte an ein paar Tasten herum, ohne dass der Computer ansprang.

»Auf alle Fälle werde ich einen Kaffee mit ihm trinken und sehen, was er mir über diesen Musterknaben zu erzählen hat.«

»Mein Informant ist überzeugt, dass es über ihn nichts in Erfahrung zu bringen gibt«, erklärte Brunetti. »Er meint, Fontana ist ein äußerst korrekter Mensch; er schien geradezu überrascht, dass ich mich überhaupt nach ihm erkundigt habe.«

»›Korrekt‹«, wiederholte sie mit Wohlgefallen. »Wie lange ist es her, dass ich dieses Wort gehört habe?«

»Sicher eine Weile«, sagte Brunetti. »Es ist schön, wenn man das von einem Menschen sagen kann.«

»Ja, nicht wahr?«, stimmte Signorina Elettra zu und dachte eine Weile schweigend nach. »Ich denke, das könnte man auch von meinem Freund beim Tribunale sagen.«

»Der dort arbeitet?«

»Ja.« Brunetti wartete auf mehr, sie sagte aber bloß: »Ich werde ihn nach Fontana fragen.«

»Versuchen Sie wenn möglich auch herauszufinden, ob er irgendetwas über eine Richterin Coltellini weiß«, bat Brunetti. Bisher hatte er damit gezögert, aber falls sie mit Fontana nicht weiterkommen sollten, führte vielleicht der andere Name auf der Liste irgendwohin.

»Luisa?«

»Richtig. Sie kennen sie?«

»Nein, aber ihre Schwester war eine Kollegin von mir. In der Bank. Sie gehörte zum Vorstand. Eine reizende Person.«

»Hat sie mal was von ihrer Schwester erzählt?«

»Nicht dass ich mich erinnern könnte«, sagte Signorina Elettra. »Aber ich kann sie fragen. Ab und zu treffe ich sie auf der Straße, und manchmal gehen wir dann einen Kaffee trinken.«

»Weiß sie, wo Sie arbeiten?«

»Nein. Ich habe ihr erzählt, ich hätte einen Job im Rathaus gefunden. Da fragen die meisten dann nicht weiter nach.«

»Meinem Informanten zufolge könnte Fontana ein Auge auf die Richterin geworfen haben.«

»Und sie will nichts von ihm wissen?«

»Richtig.«

»Kann ich nachfühlen«, sagte Elettra und wandte sich wieder ihrem Computer zu.

»Das sieht ihr ähnlich«, sagte Paola am Abend, als sie ausgestreckt auf dem Sofa lag und Brunetti ihr von seiner Unterhaltung mit Signorina Elettra und deren Bemerkungen über Unanständigkeit und Arglist erzählte. »Dass sie es für unanständiger hält, eine Frau zu hintergehen. Ich hatte gedacht, die Zeit der Solidarität unter Frauen sei vorüber.«

»Soweit ich das beurteilen kann, ging es nicht direkt um Solidarität unter Frauen«, sagte Brunetti. »Für sie hat Unanständigkeit vor allem mit Missbrauch von Vertrauen zu tun, nicht so sehr mit den Lügen, die man anderen auftischt. Männer, sagt sie, seien weniger verschwiegen und neigten zur Prahlerei, und das wiederum gebe ihr das Recht, alles zu verwenden, was sie ihr erzählen.«

»Und Frauen?«

»Die müssen ihrer Meinung nach erst viel Vertrauen fassen, bevor sie einem etwas verraten.«

»Falls es nicht Schwächen sind, was Frauen gewöhnlich verraten, während Männer über Stärken reden«, erwiderte Paola. Sie schaute auf ihre nackten Füße und wackelte mit den Zehen.

»Wie meinst du das?«

»Denk an die Dinnerpartys, auf denen wir waren, oder an Gespräche, die du allein mit Männern geführt hast. Meistens erzählen sie von irgendwelchen Erfolgen: bei einer Frau, im Job, bei Vertragsverhandlungen oder auch bloß beim Wettschwimmen. Für mich ist das eher Prahlerei als Vertrautheit.« Als er sie skeptisch ansah, sagte sie: »Erzähl mir nicht, du hättest noch nie einen Mann damit prahlen hören, wie viele Frauen er hatte.«

Brunetti überlegte kurz. »Doch, natürlich habe ich so was schon gehört«, sagte er und richtete sich dabei ein wenig auf.

»Frauen, zumindest Frauen in meinem Alter, würden das nicht vor Frauen tun, die sie nicht kennen.«

»Und vor denen, die sie kennen?«, fragte Brunetti erstaunt.

Ohne darauf einzugehen, sagte sie plötzlich in ganz anderem Tonfall: »Aber Falschheit hat durchaus ihren Zweck: Ohne sie und ohne Verrat gäbe es keine Literatur.«

»Verzeihung?«, fragte Brunetti, der nicht wusste, wie Signorina Elettras Bemerkungen sie so unvermutet auf literarisches Gebiet geführt hatten, so vertraut ihm dieses Gebiet auch war dank Paolas vielfältiger Tricks, das Gespräch darauf zu lenken.

»Überleg doch mal«, sagte sie mit einer ausladenden Geste. »Gilgamesch wird verraten, genau wie Beowulf, genau wie Othello; die Spartaner werden in einen Hinterhalt der Perser gelockt –«

»Das ist Geschichte«, unterbrach Brunetti sie.

»Wenn du meinst«, räumte Paola ein. »Aber was ist mit Odysseus? Ist der nicht auch nur ein grandioser Betrüger?

Und Billy Budd, Anna Karenina, Jesus, Isabel Archer: Sie alle werden verraten. Sogar Kapitän Ahab …«

»Von einem *Wal*?«

»Nein, er wurde ein Opfer seines Größenwahns und seiner Rachsucht. Seine Schwächen verraten ihn gewissermaßen.«

»Übertreibst du jetzt nicht ein bisschen, Paola?«, bemühte er sich um einen ruhigen Ton. Erschöpft von einem langen Tag, wanderten seine Gedanken zu den Fällen, die eigentlich keine waren und von denen nicht einmal feststand, ob es sich um Verbrechen handelte, so dass er nur inoffiziell ermitteln konnte. Und während er sich mit Treu und Glauben zu befassen hatte, wollte seine Frau mit ihm über einen Wal diskutieren.

Sie kam zur Besinnung, drehte sich um und knuffte das Kissen, das hinter ihr auf der Armlehne des Sofas lag. »Ich wollte was ausprobieren. Ob ich daraus einen interessanten Artikel machen könnte.«

»Ziemlich weit ab von Henry James, oder?«, fragte er, auch wenn er sich nicht ganz sicher war, ob sie in ihrer Liste nicht auch eine Romanfigur von James erwähnt hatte.

Sie wurde noch sachlicher. »Das habe ich in letzter Zeit oft gedacht«, sagte sie.

»Was hast du gedacht?«

»Dass die Welt von Henry James mir allmählich zu klein wird.«

Brunetti erhob sich und sah auf seine Uhr: Es war nach elf. »Ich glaub, ich geh jetzt schlafen«, sagte er. Etwas anderes wollte ihm in seiner Verblüffung nicht einfallen.

13

Die offiziell zwei Wochen dauernden Ferragosto-Ferien fransten immer weiter an beiden Enden aus; nicht nur, um ihren Urlaub zu verlängern, sondern auch, um den Staus zu entgehen, nahmen die Leute immer wieder ein paar Tage mehr. Radio- und Fernsehnachrichten ermahnten unablässig zu besonnenem Fahren und berichteten von den zwölf Millionen Autos – oder vierzehn, oder fünfzehn –, die am Wochenende auf den Straßen erwartet wurden. Ein Reporter sagte, Stoßstange an Stoßstange gereiht, würde die Schlange sich von Reggio Calabria bis zum Gotthardpass erstrecken. Brunetti, der keine Vorstellung von der durchschnittlichen Länge eines Autos hatte, machte sich nicht die Mühe, das nachzurechnen. Er besaß zwar einen Führerschein, fuhr aber so gut wie nie und machte sich auch sonst nichts aus Autos. Sie waren groß oder klein, rot oder weiß oder was auch immer, und viel zu viele junge Leute verunglückten damit Jahr für Jahr tödlich. Er hatte beschlossen, dass sie mit dem Zug reisen würden: Jede Diskussion, ob sie einen Mietwagen nehmen sollten, hätte Chiara ohnehin nur zu einer ihrer berüchtigten ökologischen Brandreden veranlasst. Sie würden nach Mals fahren, dort am Bahnhof mit dem Auto abgeholt und zum Haus seines Cousins gebracht werden; von dort fuhr zweimal täglich ein Bus nach Glurns.

Die ganze Familie war mit Reisevorbereitungen beschäftigt. Der Bücherstapel auf Paolas Frisierkommode wechselte von Tag zu Tag seine Zusammensetzung, je nach Stand der Überlegungen, welche Bücher sie im nächsten Semester mit ihren Literaturstudenten durchnehmen wollte. Brunetti sah sich die Titel jeden Abend an und wurde so zum Zeugen ihres Ringens: *Jahrmarkt der Eitelkeit* wurde von *Große Erwartungen* verdrängt, ein Austausch, den Brunetti sich mit dem unterschiedlichen Gewicht der Bücher erklärte; *Der Geheimagent* hielt sich drei Tage, bis er durch *Herz der Finsternis* ersetzt wurde, auch wenn der Gewichtsunterschied Brunetti nur minimal vorkam; einen Tag später lag statt *Middlemarch* plötzlich *Die Türme von Barchester* auf dem Stapel, ein Hinweis darauf, dass die Gewichtsregel wieder in Kraft war. *Stolz und Vorurteil* war von Anfang an dabei und hielt tapfer durch.

Drei Tage vor der geplanten Abreise konnte er seine Neugier nicht mehr zügeln. »Warum hast du die dicken Bücher alle wieder weggetan und nur *Eine gute Partie* übriggelassen, ausgerechnet das dickste von allen?«

»Oh, das ist nicht für die Studenten.« Paola schien von seiner Frage überrascht. »Das will ich schon seit Jahren noch einmal lesen. Zur Belohnung.«

»Wofür willst du dich belohnen?«, fragte Brunetti.

»Das fragst du jemand, der an der Ca' Foscari unterrichtet? Im Fachbereich Englische Literatur?«, ereiferte sie sich.

Ruhiger fügte sie hinzu: »Ich habe mir die Bücher angesehen, die du mitnehmen willst.«

Das hatte Brunetti gehofft: Sein Maßhalten sollte ein Vorbild angesichts ihres Übermuts sein.

»Ertappe ich dich bei einer ungewohnten Hinwendung zum Modernen?«, fragte sie.

»Ich habe beschlossen, mich ein wenig mit neuerer Geschichte zu beschäftigen«, erklärte er stolz.

»Aber warum die Russen?«, fragte sie und zeigte auf ein Buch, das *Die Tragödie eines Volkes* hieß.

»Das interessiert mich, die Revolution«, sagte er.

»Mich interessiert, wie so viele von uns darauf reinfallen konnten«, sagte sie, und plötzlich klang ihre Stimme ziemlich schroff.

»Du meinst, wir im Westen?«

»Wir. Im Westen. Unsere Generation. Das Arbeiterparadies. Brüder, im Sozialismus vereint. Der ganze Unsinn, den wir gepredigt haben, um unseren Eltern zu zeigen, dass wir mit ihrem Leben nicht einverstanden waren.« Sie schlug die Hände vors Gesicht, und ihre Geste hatte nichts Übertriebenes. »Allein schon der Gedanke, dass ich damals die Kommunisten gewählt habe – und das aus freien Stücken.«

Als Trost fiel Brunetti nur ein: »Die Geschichte hat sie hinweggefegt.«

»Aber zu spät«, sagte sie wütend. »Du kennst mich gut genug, du weißt, ich habe es nicht so mit Scham oder Schuldgefühlen, aber ich werde ewig ein schlechtes Gewissen haben, weil ich diese Leute gewählt habe, weil ich alle vernünftigen Argumente in den Wind geschlagen und einfach nicht geglaubt habe, was ich nicht glauben wollte.«

»Immerhin waren sie hier nie wirklich an der Macht«, sagte Brunetti. »Das weißt du doch.«

»Es geht mir nicht um *sie*, Guido; es geht mir um *mich*. Dass ich so dumm sein konnte und so lange so dumm geblieben bin.« Sie nahm sein Buch und blätterte darin herum, sah sich einige der Fotos an, klappte es wieder zu und legte es hin. »Mein Vater hat sie immer gehasst. Aber ich wollte nicht auf ihn hören. Was konnte der schon wissen?«

»Meinst du, wir müssen uns auch auf so etwas gefasst machen?«, versuchte er das Thema zu wechseln. »Von unseren Kindern?«

Sie zog eine Schublade auf und nahm einen Pullover heraus, bei dessen bloßem Anblick Brunetti der Schweiß ausbrach. »Raffi ist ziemlich schnell zur Vernunft gekommen«, sagte sie. »Dafür sollten wir schon mal dankbar sein. Aber früher oder später schleppen sie uns garantiert was anderes ins Haus.«

Brunetti stellte sich an das Fenster, das nach Norden ging, und spürte eine leise Brise. »Meinst du, das Wetter wird besser?«, fragte er.

»Noch wärmer, vermutlich«, sagte sie und nahm einen weiteren Pullover heraus.

Am nächsten Tag war Signorina Elettra mit ihrem Bewunderer beim Tribunale zum Kaffee verabredet. Brunetti ging davon aus, dass sie frühmorgens zum Blumenmarkt wollte, bevor die Hitze die Stadt in ihren Würgegriff nahm. Danach in aller Ruhe ein Kaffee samt anregendem Plausch über gemeinsame Bekannte und andere Angestellte vom Tribunale – vor elf würde sie kaum in der Questura sein, schätzte er. Jedoch kam er nicht dazu, selbst nachzusehen, ob sie inzwischen eingetroffen war, da er durch ein langes Telefonat mit einem Freund von der Questura in Palermo aufgehalten wurde, der wissen wollte, ob ihm etwas über die zwei neuen Pizzerias und ein kürzlich in Venedig eröffnetes Hotel zu Ohren gekommen sei.

Brunetti hatte einiges darüber gehört, auch über die vorgeblichen und die wirklichen Inhaber. Was sein Freund ihm zu berichten hatte, betraf die wirklichen Betreiber. Besonders interessant waren für Brunetti die Erläuterungen seines Freundes zu der ungewohnten Schnelligkeit, mit der umfangreiche Sanierungsarbeiten in den beiden Pizzerias und dem Hotel genehmigt worden waren.

Kaum zu glauben, aber die Genehmigungen für das Hotel waren binnen zwei Wochen erteilt worden. Ebenso schnell wurde genehmigt, dass die Bauarbeiter rund um die Uhr arbeiten durften – geradezu unerhört in dieser Stadt. Die Umbaumaßnahmen für die Pizzerias waren ohnedies nicht so aufwendig – es verging keine Woche, und schon waren sie genehmigt.

Als sein Freund in Palermo ein besonderes Interesse am Leiter des für die Genehmigungen zuständigen Amtes durchblicken ließ, konnte Brunetti nur stöhnen, so vertraut war ihm der Name und für so nutzlos hielt er jeglichen Versuch, die Verfahrensweisen der Baubehörde zu durchleuchten.

Brunetti versuchte das Ganze mit einem Lachen abzutun. doch es gelang ihm nur so etwas wie ein Räuspern. »Als ich damals in Neapel gearbeitet habe«, sagte er, »haben wir einmal einen Lieferwagen in der Nähe einer Pizzeria abgestellt und von dort aus gefilmt, wer da ein und aus ging. Wir hatten sogar eine zweite Kamera direkt gegenüber, so dass wir auch alle filmen konnten, die an den Tischen saßen. Einen ganzen Tag lang.«

»Und wie liefen die Geschäfte?«

»Insgesamt kamen acht Leute und blieben zum Essen. Wir haben sie gefilmt, wie sie auf ihre Pizzas gewartet und sie dann gegessen haben. Und dann kam noch einer, der sechs Pizzas mit nach Hause genommen hat.«

»Lass mich raten«, sagte sein Gesprächspartner. »Die Gesamteinnahmen dieses Tages lagen deutlich über vierzehn Pizzas.«

Jetzt lachte Brunetti laut auf. »Die haben über zweitausend Euro eingenommen.«

»Was habt ihr gemacht?«

»Wir haben den Film an die Guardia di Finanza weitergegeben.«

»Und?«

»Es kam zum Prozess, und der Richter befand, die Filmaufnahmen stellten eine Verletzung der Privatsphäre dar und seien als Beweismaterial nicht zulässig, weil wir die Leute nicht darauf hingewiesen hätten, dass sie gefilmt wurden.« Und dann fügte Brunetti noch hinzu: »Genau das Gleiche wie die Sache mit den Gepäckdiebstählen am Flughafen.«

»Habe ich in der Zeitung gelesen.«

Brunetti sah auf seine Uhr: kurz vor Mittag. Er wollte unbedingt noch vor der Mittagspause mit Signorina Elettra sprechen, also sagte er: »Ich melde mich bei dir, wenn ich was höre«, und beendete das Gespräch.

Vielleicht, um vor sich selbst zu verbergen, wie sehr ihm daran lag, mit ihr zu sprechen, verzögerte Brunetti seine Ankunft und ging erst einmal in den Bereitschaftsraum, um den Alteingesessenen das Foto von Gorini zu zeigen. So markant das Gesicht des Mannes auch war: Keiner konnte sich erinnern, ihn jemals in der Stadt gesehen zu haben. Er ließ das Foto für alle Fälle da und ging. Signorina Elettra saß an ihrem Schreibtisch und knetete ihre Hand. Auf der Fensterbank lagen zwei Blumensträuße, halb ausgewickelt und schon ein wenig welk.

»Was ist passiert?«, fragte er.

»Eine Katastrophe. Es war eine einzige Katastrophe.«

»Erzählen Sie«, sagte er, schob die Blumen beiseite und lehnte sich mit verschränkten Armen an die Fensterbank.

Sie presste beide Hände flach auf den Tisch, links und rechts von ihrer Tastatur. »Also, ich kaufe meine Blumen und gehe dann in sein Büro im Tribunale. Er ist da, und ich schlage vor, einen Kaffee trinken zu gehen.

Wir entscheiden uns für das Caffè del Doge, und er meint, wir sollten uns an einen Tisch setzen, nicht an der Bar stehen. Ich sage, ich hätte nicht viel Zeit, lasse mich aber überreden, und als wir sitzen, fängt er an, mir von seiner Arbeit zu erzählen, und ich spiele die interessierte Zuhörerin.

Um das Gespräch irgendwie auf Fontana zu bringen, erwähne ich einen der anderen Gerichtsdiener, Rizzotto, mit dessen Tochter ich zur Schule gegangen bin und den ich manchmal im Gebäude treffe. Dann komme ich auf Fontana und sage, ich hätte gehört, er sei ein ganz vorbildlicher Beamter. Und schon begann der Lobgesang, wie pflichteifrig und tüchtig er sei, wie lange er dort schon arbeite, dass solche Männer uns allen ein gutes Beispiel sein müssten, und kurz bevor ich einen Anfall bekomme und ihm die Blumen ins Gesicht schlage, sieht er plötzlich auf und sagt: ›Ah, da ist er ja.‹

Ich konnte nicht mehr verhindern, dass er aufstand und Fontana an unseren Tisch holte. Er trug Anzug und Krawatte. Nicht zu glauben, oder? 32 Grad im Schatten, und er trägt Anzug und Krawatte.« Sie schüttelte fassungslos den Kopf.

Für Brunetti hörte sich all das nicht nach einer Katastrophe an.

»Jedenfalls setzt er sich zu uns«, fuhr sie fort. »So eine schüchterne Gestalt, bestellt einen *macchiato* und ein Glas Wasser und sagt praktisch kein Wort, während Umberto immer weiter redet und ich im Boden versinken will.« Da hatte Brunetti seine Zweifel.

»Und während wir drei so gesellig beisammensitzen – wer kommt jetzt noch anspaziert? Meine Freundin Giulia mit ihrer Schwester Luisa!«

»Coltellini?«, fragte Brunetti und wusste selbst, wie überflüssig das war.

»Ja.«

»Giulia sieht mich, kommt rüber und sagt hallo, und dann kommt auch noch ihre Schwester, und ich denke, Fontana fällt gleich in Ohnmacht. Er springt so hastig auf, dass sein Kaffee umkippt und ihm die Hose vollkleckert. Es war schrecklich; er wusste nicht, ob er Giulia die Hand geben sollte oder nicht, so froh war er, die beiden zu sehen, aber Giulia hielt ihm nichts als eine Serviette hin. Und er tupft sich damit den Kaffee ab. Eine groteske Szene. Der arme kleine Mann. Er konnte es nicht verheimlichen. Es war, als hätte er ein Schild umgehabt, auf dem stand: ›Ich liebe dich, ich liebe dich, ich liebe dich.‹«

»Und die Richterin?«

»Die sagte hallo, beachtete ihn dann aber nicht weiter.«

»Ich wüsste nicht, was daran eine Katastrophe sein sollte«, sagte Brunetti.

»Die kam, als Umberto uns miteinander bekannt machte. Als die Richterin meinen Namen hörte, konnte sie ihre

Überraschung kaum verbergen, sie warf Umberto einen Blick zu, dann Fontana, dann gab sie mir die Hand und versuchte zu lächeln.«

»Und wie haben Sie sich verhalten?«

»Als ob ich nichts mitbekommen hätte. Ich glaube nicht, dass sie mir was angemerkt hat.«

»Und weiter?«

»Sie hat sich zu uns gesetzt. Eben noch hatte es so ausgesehen, als wäre sie am liebsten vor Fontana weggelaufen, aber dann setzte sie sich dazu und fing an zu reden.«

»Worüber?«

»Wo ich jetzt arbeite, nachdem ich bei der Bank aufgehört hätte.«

»Was haben Sie ihr erzählt?«

»Dass ich im Rathaus arbeite, und als sie Genaueres wissen wollte, sagte ich, das sei alles so langweilig, dass ich nicht darüber reden wolle, und dann habe ich sie mit einer Frage nach ihrer Bluse abgelenkt.«

»Hat sie sonst noch etwas gesagt?«, fragte Brunetti.

»Als sie schließlich merkte, dass sie nichts aus mir herausbekommen würde, fragte sie Fontana in harmlosem Ton, wovon wir gesprochen hätten: ›Was für interessante Dinge hattet ihr denn zu besprechen, Araldo?‹«, machte Signorina Elettra die Richterin mit sacharinsüßer Stimme nach.

»Der Ärmste lief dunkelrot an, als sie ihn beim Vornamen anredete. Ich dachte schon, er kriegt einen Anfall.«

»Hat er aber nicht?«

»Nein. Und da er auch nicht auf ihre Frage antwortete, erzählte Umberto, wir hätten über die Arbeit am Gericht gesprochen.« Sie schüttelte den Kopf. »Das denkbar

Schlimmste, was er sagen konnte.« Sie sah Brunetti an. »Sie hätten ihr Gesicht sehen sollen, als er das sagte. Diese eisige Miene.«

»Wie lange ist sie dann noch geblieben?«, fragte Brunetti.

»Das weiß ich nicht. Ich habe meine Blumen genommen und gesagt, ich müsse ins Büro zurück. Umberto wollte mich noch zum *traghetto* begleiten: Er glaubt, ich arbeite in der Ca' Farsetti, also musste ich über den Kanal und dann im Haupteingang verschwinden, weil er noch auf der anderen Seite stand und mir zuwinkte.«

»Aber die Richterin glaubt nicht, dass Sie dort arbeiten?«, fragte Brunetti.

»Wohl kaum. Das habe ich ihr deutlich angesehen. Immerhin ist sie *Richterin.* Da muss sie doch die Leute kennen, die in der Questura arbeiten.«

»Wer weiß«, redete Brunetti ihr gut zu.

Signorina Elettra stemmte sich hoch und kam so schnell auf ihn zu, dass er zur Seite trat, um ihr auszuweichen. Aber sie nahm bloß die Blumen und riss die Verpackung ab. Dann legte sie die zwei Sträuße auf ihren Schreibtisch, ging zu ihrem *armadio*, nahm zwei große Vasen heraus und verschwand damit auf den Flur. Brunetti blieb, wo er war, und versuchte zu begreifen, was sie ihm da eben berichtet hatte.

Als sie zurückkam, nahm er ihr eine der mit Wasser gefüllten Vasen ab und stellte sie aufs Fensterbrett. Sie brachte die andere zu dem kleinen Tisch an der Wand, holte einen der Sträuße, zerrte ohne Umstände die Gummibänder von den Stielen, warf sie auf den Schreibtisch, stopfte die Blumen in die Vase und wiederholte das Ganze mit dem zweiten Strauß.

Dann setzte sie sich wieder auf ihren Stuhl, sah erst Brunetti an, dann die Blumen und sagte: »Die armen Blumen. Ich sollte das nicht an ihnen auslassen.«

»Ich finde, es gibt gar keinen Anlass, irgendetwas an irgendjemand auszulassen«, sagte er.

»Das würden Sie nicht sagen, wenn Sie Coltellinis Reaktion gesehen hätten«, sagte sie mit Nachdruck.

»Was wollen Sie jetzt machen?«, fragte er.

»Ich würde gern dem nachgehen, was Ihre Neugier auf die Richterin geweckt hat.«

14

Signorina Elettra begleitete ihn in sein Büro, wo er ihr die Papiere gab, die er aus dem Tribunale erhalten hatte. Er erläuterte, wie er sich die Verzögerungen in einigen der von Richterin Coltellini geleiteten Verfahren erklärte, und zeigte ihr, dass Fontana die Seiten jeweils unten abgezeichnet hatte.

»Kinderkram«, bemerkte sie in Anspielung auf das System, mit dem das Justizministerium die Unabhängigkeit der Justiz zu wahren versuchte. Sie betrachtete Fontanas Unterschrift und sagte: »Ehrlich gesagt, allmählich kommt es mir ziemlich seltsam vor, wie Fontana sich der Richterin gegenüber verhalten hat.«

»Unerwiderte Liebe wirkt immer seltsam auf Leute, denen dieses Gefühl fremd ist«, dozierte Brunetti und fand, dass er sich salbungsvoller anhörte als Polonius.

»Das ist es ja gerade«, sagte Signorina Elettra und sah ihn an. »Ich bin mir nicht sicher, dass es wirklich unerwiderte Liebe ist.«

»Was denn sonst?«

»Keine Ahnung.« Sie verschränkte die Arme und tippte mit dem Papierbündel an ihre Unterlippe. »Ich weiß, was unerwiderte Liebe ist«, sagte sie, ohne zu erklären, woher sie das wusste. »Zuerst habe ich es dafür gehalten, aber je länger ich darüber nachdenke, desto unwahrscheinlicher kommt es mir vor. Er ist zu unterwürfig, zu kriecherisch, wenn er mit ihr spricht: Selbst einem so langweiligen Mann wie ihm müsste klar sein, dass das niemandem angenehm ist.«

»Manchen schon«, sagte Brunetti.

»Ich weiß, ich weiß. Aber nicht ihr. Das steht fest. Eins habe ich noch nicht erwähnt – sehr peinlich, so etwas zu erzählen, aber er hat ihr ständig alles Mögliche angeboten: einen Kaffee, ein Glas Wasser, ein Stück Kuchen. Als sei er ihr zu Dank verpflichtet, aber auf merkwürdige Weise.«

»Wenn die beiden gemeinsame Sache machen, bekommt sie wahrscheinlich den größeren Teil der Bezahlung«, sagte Brunetti und ging wie selbstverständlich davon aus, dass Signorina Elettra seine Interpretation der ihm zugespielten Listen teilte. »Also sollte eigentlich sie den Kaffee bezahlen.«

»Nein, nein«, sagte Signorina Elettra und wischte damit seine Interpretation ebenso beiseite wie seinen Versuch, eine humorvolle Bemerkung zu machen. »Er denkt bestimmt nicht, dass er ihr etwas zurückzahlen könnte. Eher sieht es so aus, als gebe es eine riesige Kluft zwischen ihnen, und er versucht verzweifelt, die irgendwie zu überbrücken, obwohl er genau weiß, dass das unmöglich ist.« Sie dachte kurz nach. »Nein, das ist es auch nicht. Er ist ihr *dankbar* – so über alle Maßen, als habe die Madonna seine Gebete erhört. Es tut weh, so etwas zu beobachten.«

»Hat Ihr Freund Umberto das mitbekommen?«

»Falls ja, hat er sich nichts anmerken lassen. Und ich wollte nur noch weg und habe ihn nicht gefragt. Außerdem graute mir bei der Vorstellung, an der *riva* auch nur eine Minute länger in der Sonne zu stehen. Ich wollte nur noch in die Gondel und übersetzen.«

Brunetti konnte sich die Frage nicht verkneifen: »Behandelt Umberto Sie so – wie die Madonna?«

»O nein«, sagte sie, ohne zu zögern. »Für ihn ist es unerwiderte Liebe.«

Weder an diesem Tag noch am nächsten gelang es Signorina Elettra, Näheres über den Grund für die Terminverschiebungen bei den in der Liste aufgeführten Gerichtsverfahren zu ermitteln. Das Computersystem des Tribunale war außer Betrieb, und da die zwei dafür verantwortlichen Leute im Urlaub waren, würde es mindestens eine Woche dauern, bis die Datenbank wieder zugänglich war. Bedauerlicherweise galt dies, wie sie feststellte, gleichermaßen für autorisierte wie unautorisierte Versuche, an irgendwelche Informationen heranzukommen.

Brunetti, der vor seiner Abreise gern noch einen Schritt weitergekommen wäre, rief sie an und fragte, ob sie etwas über Fontanas Vermieter, Marco Puntera, herausgefunden habe. Das sei ihr noch nicht gelungen, entschuldigte sie sich geradezu, da ihr Freund nicht mehr bei der Bank arbeite und sie mit dem Aufsetzen von Vice-Questore Pattas Anweisungen für die Urlaubszeit so beschäftigt gewesen sei, dass sie die Kontobewegungen nicht selbst habe nachverfolgen können. Sie versprach, das nachzuholen, sobald der Vice-Questore wohlbehalten auf Ponza eingetroffen sei, wo er und seine Familie als Gäste des obersten Stadtrats von Venedig, der dort ein Sommerhaus hatte, ihren Urlaub verbringen würden.

»Auch eine Methode, für absolute Objektivität der Ordnungskräfte bei Ermittlungen gegen Lokalpolitiker zu sorgen«, sagte Brunetti, als er den Namen von Pattas Gastgeber hörte.

»Ich bin mir sicher, der Vice-Questore ist immun gegen Schmeicheleien jeglicher Art«, entgegnete Signorina Elettra. »Sie wissen selbst, wie oft er betont, dass wir jeden Anschein von Vetternwirtschaft zu vermeiden haben.«

»Das weiß ich in der Tat«, sagte Brunetti und wandte sich dann den Dingen zu, die während seiner Abwesenheit zu beachten und zu erledigen waren. Sie wünschte ihm eine *buona vacanza* und alles Gute bis in zwei Wochen.

Brunetti nahm ihre guten Wünsche als Anlass, sich zu verabschieden, ging nach Hause und begann andere Sachen als Bücher zu packen.

Am nächsten Morgen stiegen die Brunettis in den 9-Uhr-50-Eurostar nach Verona, von wo sie mit zunehmender Vorfreude nach Norden fuhren. Ab Bozen sollte es mit einem Nahverkehrszug nach Meran weitergehen, dann mit der Vinschgaubahn nach Mals, wo sie das Auto erwartete. Hinter Verona bestand die Welt nur noch aus Rebstöcken. Brunetti erinnerte sich dunkel an ein Gedicht, das er im dritten Jahr Englisch hatte lesen müssen, irgendwas mit Kanone links und Kanone rechts, nur dass es hier Rebstöcke waren, kilometerweit in alle Richtungen und alle zur selben Größe zurechtgestutzt; und bestimmt waren auch die Trauben selbst alle exakt gleich groß und gleich im Geschmack.

Die Zeit verging, wie Zeit im Zug vergeht: Brunetti schaute vergnügt aus dem Fenster in die offene Landschaft; Chiara unterhielt sich mit den zwei jungen Leuten, die das Abteil mit ihnen teilten; Raffi, auf einem der mittleren Sitze seiner Mutter gegenüber, versteckte sich unter Kopfhörern und nickte gelegentlich zum Rhythmus seiner Musik. Einmal, als sein Kopf besonders metronomisch auf und ab wippte, sah Paola von ihrem Buch auf und bemerkte zur Verwirrung ihrer fünf Mitreisenden auf Englisch: »Ein süßes Lied, doch ungehört noch süßer«, worauf sie ihre Aufmerksamkeit wieder den Ausführungen von Henry James zuwandte.

Brunetti bekam Bruchstücke der Unterhaltung zwischen seiner Tochter und den zwei am Fenster mit. Offenbar wollten sie vierzehn Tage bei Freunden in Bozen verbringen, Musik hören und sich erholen. Da die beiden erwähnt hatten, wie leicht sie in der Schule vorankamen und wie langweilig sie das Leben fanden, hätte Brunetti sie am liebsten gefragt, *wovon* sie sich denn erholen müssten; aber er ließ es und sah sich weiter die Weinberge an. Minitraktoren fuhren zwischen den Rebstockspalieren hindurch und sprühten sie ein. Als der Zug kurz vor Trient langsamer wurde, fiel ihm ein Traktorfahrer auf, der genau so einen weißen Schutzanzug trug wie die Leute von der Spurensicherung, nur dass er auch noch den Kopf mit Kapuze und Maske verhüllt hatte.

Brunetti berührte Paola am Knie, und als sie aufblickte, zeigte er aus dem Fenster. »Sieht aus wie ein Marsmensch«, meinte er.

Paola beobachtete das eine Weile, dann sah sie Brunetti an und fragte: »Verstehst du jetzt, warum wir Bio-Obst essen?«

Als hätte die Erwähnung von etwas Essbarem seine Kopfhörer durchdrungen und einen immer wachen Instinkt alarmiert, sagte Raffi mit überraschend lauter Stimme: »Ich habe Hunger.« Ganz die italienische Mama – wie in den Filmen der fünfziger Jahre –, hielt Paola im Zug gekaufte Nahrungsmittel für ungesund und hatte daher eine Reisetasche mit Sandwichs, Obst, Mineralwasser, einer halben Flasche Rotwein und noch mehr Sandwichs vollgepackt.

Auf ein Zeichen seiner Mutter hob Raffi die Tasche aus dem Gepäcknetz herunter. Er verteilte die Sandwichs an alle im Abteil, auch an die beiden jungen Leute, die nach der obligatorischen Weigerung dann doch gern eins nahmen. Es gab welche mit Schinken und Tomate, Schinken und Oliven, Mozzarella und Tomate, Ei, Thunfisch und Oliven und anderen Kombinationen dieser Zutaten. Raffi füllte sechs Pappbecher mit Wasser und verteilte sie.

Brunetti erfüllte ein Gefühl der Ruhe und des inneren Glücks. Er war unterwegs gen Norden, gemeinsam mit den Menschen, die ihm am meisten bedeuteten. Alle waren gesund, allen ging es gut. Zwei Wochen lang konnte er in den Bergen wandern, Speck und Strudel essen, nach Herzenslust lesen und unter Federbetten schlafen, während der Rest der Welt vor Hitze verging. Er sah aus dem Fenster, wo statt der Rebstöcke jetzt Apfelbäume vorbeizogen.

Die jungen Leute unterhielten sich über dies und das. Das Pärchen hatte sich überschwenglich bei Paola bedankt. Wenn die beiden sie und Brunetti ansprachen, sagten sie höflich »*Lei*«, während sie Chiara und Raffi automatisch duzten. Vieles, worüber sie redeten, blieb Brunetti verschlossen; er verstand nur selten, worauf sie anspielten, und manche ihrer Adjektive waren ihm vollkommen unbekannt. Aus dem Zusammenhang schloss er, dass *refatto* positiv gemeint war, während *scrauso* etwas extrem Negatives bedeutete.

Sie fuhren pünktlich von Trient aus weiter, Raffi verteilte Bananen und Pflaumen.

Zehn Minuten später – der Zug fuhr an endlosen Apfelspalieren vorbei – läutete Brunettis *telefonino*. Kurz spielte er mit dem Gedanken, es läuten zu lassen, dann aber nahm er es aus dem Seitenfach von Paolas Tasche, wo er es beim Aufbruch hineingestopft hatte.

»*Pronto*«, sagte er.

»Sind Sie das, Guido?«, fragte eine Frauenstimme.

»Ja. Wer spricht da?«

»Claudia«, antwortete sie, und Brunetti musste erst einmal die Stimme mit dem Vornamen zusammenbringen, bevor er Commissario Claudia Griffoni erkannte, die als dienstjüngste Kommissarin während der Ferragosto-Ferien in der Questura die Stellung zu halten hatte.

»Was gibt es?«, fragte er. Dass er nicht gleich das Schlimmste befürchtete, kam nur daher, dass er sich im Schoß seiner Familie sicher fühlte.

»Wir haben einen Mord, Guido. Sieht so aus, als könnte es sich um einen schiefgegangenen Raubüberfall handeln.«

»Was ist passiert?« Paolas Hand legte sich auf sein Knie, und erst da wurde ihm bewusst, dass er auf den Boden starrte, um sich von den anderen im Abteil abzukapseln.

Die Verbindung brach kurz ab, dann kam Griffonis Stimme wieder zurück. »Er lag im Hof seines Hauses, gleich hinter dem Tor, also hat man ihn vielleicht hineingestoßen, nachdem er aufgeschlossen hatte; oder aber jemand hat ihm im Hof aufgelauert.«

Brunetti räusperte sich fragend, und Griffoni fuhr fort: »Vermutlich wurde er niedergeschlagen und ist beim Sturz mit dem Kopf auf eine Steinskulptur geprallt.«

»Wer hat ihn gefunden?«

»Einer aus dem Haus, ein Mann, der seinen Hund ausführen wollte. Gegen halb acht heute früh.«

»Warum hat man mich nicht benachrichtigt?«, fragte Brunetti.

»Als die Meldung kam, hat der Wachhabende im Dienstplan nachgesehen und festgestellt, dass Sie in Urlaub sind. Da zu der Zeit nur Scarpa anwesend war, ist er zu ihm gegangen. Und der hat mir gerade erst Bescheid gesagt.«

Brunetti blickte auf und sah, dass die drei ihm gegenüber – seine Frau, sein Sohn und das Mädchen am Fenster – ihn mit neugierig aufgerissenen Augen beobachteten. Er erhob sich, schob die Tür auf, trat in den Gang und schob die Tür hinter sich zu.

»Wo ist er jetzt?«

Wieder riss die Verbindung kurz ab. »Entschuldigung?«, sagte Griffoni.

»Wo ist der Tote jetzt?«

»In der Pathologie. Im Ospedale Civile.«

»Und was wird am Tatort unternommen?«

»Die Spurensicherung war schon da …«, fing sie an, dann rauschte es nur in der Leitung, bis Brunetti wieder etwas hörte: »… Lage ist kompliziert. In dem Haus wohnen drei Familien, und es gibt nur diesen einen Ausgang. Scarpa hat es irgendwie geschafft, sie davon abzuhalten, über den Hof zu gehen, bis die Spurensicherung mit ihrer Arbeit fertig war, aber gegen zehn musste er sie schließlich aus dem Haus lassen.«

Brunetti verkniff sich die Bemerkung, dass dadurch Spuren verwischt worden sein könnten oder zumindest einem künftigen Verteidiger ein juristischer Vorwand geliefert worden war, die Beweislage anzufechten. Nur in Fernsehkrimis wurden kriminaltechnische Beweise unhinterfragt akzeptiert.

»Scarpa ist noch da«, sagte sie. »Er hat noch ein paar Leute mitgenommen. Unter anderem Alvise.«

»Genauso gut könnte er an der Stelle auch gleich eine Bootshaltestelle einrichten«, ereiferte sich Brunetti. »Wer macht die Autopsie?«

Wieder brach die Verbindung ab. »…nach Rizzardi gefragt«, sagte sie und bewies damit wieder einmal, dass sie ihre kurze Zeit bei der Questura nicht vergeudet hatte.

»Und kann er?«

»Hoffentlich. Sein Name steht nicht auf dem Dienstplan, aber dieser andere Volltrottel ist immerhin für eine Woche in Urlaub und hat keine Nummer hinterlassen.«

»Na, na, so spricht man nicht vom stellvertretenden *medico legale* der Stadt«, sagte Brunetti.

»Dann eben dieser arrogante Idiot, Commissario«, korrigierte sie sich.

Brunetti, der ihr insgeheim zustimmte, ließ das durchgehen. »Ich komme zurück.«

»Das hatte ich gehofft«, sagte sie hörbar erleichtert. »Die meisten Leute sind weg, und ich möchte die Sache nicht allein mit Scarpa bearbeiten.« Schon war sie bei den Einzelheiten: »Wie? Soll ich Bozen anrufen und Sie von denen mit einem Streifenwagen zurückbringen lassen?«

Brunetti sah auf seine Uhr und fragte: »Wo sind Sie jetzt?«

»In meinem Büro. Warum?«

»Sehen Sie im Fahrplan nach, wann der nächste Zug von Bozen Richtung Süden geht.«

»Sie wollen kein Auto?«, fragte sie.

»Natürlich wäre mir ein Wagen lieber«, versicherte er. »Aber ich kann hier vom Zug aus ab und zu die Autobahn sehen, und da geht streckenweise gar nichts mehr. Mit dem Zug wäre ich schneller.«

Sie murmelte etwas, dann hörte er, wie sie den Hörer hinlegte. Die Verbindungsstörungen, bemerkte er jetzt, schienen immer dann aufzutreten, wenn der Zug sich einer Hochspannungsleitung näherte. Aber dann sagte Griffoni klar und deutlich: »Der EuroCity von München nach Venedig fährt eine Minute nach dem Eintreffen Ihres Zugs in Bozen ab.«

»Gut«, sagte Brunetti. »Rufen Sie den Bahnhof in Bozen an und sagen Sie, der Zug soll auf mich warten. Wir treffen in zwölf Minuten dort ein, und wenn ich den Zug noch erwische, bin ich in etwa vier Stunden in Venedig.«

»In Ordnung«, sagte sie. »Ich rufe Sie gleich zurück.«

Brunetti legte auf, lehnte sich an die Glastür des Abteils, in dem seine Familie saß, und betrachtete die Berge, die über den endlosen Apfelplantagen in den Himmel ragten.

Etliche Kilometer weiter läutete sein Telefon. »Der EuroCity hat zehn Minuten Verspätung«, sagte Griffoni. »Wenn also Ihr Zug pünktlich ist, schaffen Sie das locker. Sie müssen nach Gleis vier.«

»Ich muss meine Familie zu ihrem Zug bringen, also rufen Sie im Bahnhof an und sagen Sie denen, Sie sollen mit der Abfahrt auf mich warten.«

»In Ordnung«, sagte sie. »Ich lasse Sie dann hier am Bahnhof abholen.«

Brunetti steckte sein Telefon ein und zog die Abteiltür auf.

15

Später im Zug zurück nach Venedig sinnierte Brunetti über die Natur des Menschen, die tatsächlich immer noch Überraschungen für ihn bereithielt: Die jungen Leute hatten darauf bestanden, ihnen zu helfen, ihr Gepäck zum Anschlusszug zu tragen, ein Schaffner hatte sie empfangen und Brunetti mitgeteilt, der Zug nach Venedig habe weitere zehn Minuten Verspätung. Als seine Familie eingestiegen war, verschwanden die beiden jungen Leute, ohne sich nach dem rätselhaften Grund für seine plötzliche Rückkehr nach Venedig zu erkundigen. Brunetti küsste Paola und die Kinder, versprach, so bald wie möglich nachzukommen, und winkte dem abfahrenden Zug Richtung Meran hinterher – in die Berge, wo sie mitten im August in herrlichen Federbetten ausschlafen konnten.

In seinem Zug waren die Verhältnisse ähnlich, jedoch nur zeitweise, denn die eigensinnige Klimaanlage pustete mal Tropenluft, mal eisigen Polarwind in die Abteile. Die Fenster in den neuen Zügen ließen sich nicht öffnen, so dass er und die drei anderen in dem Erster-Klasse-Abteil, in das der Schaffner ihn geführt hatte, in einer Transportkiste eingeschlossen waren, die abwechselnd in Kalkutta und Ulan Bator zu halten schien. Brunetti hatte seinen Koffer, und damit auch seine Pullover, mit seiner Familie nach Norden geschickt und musste daher jedes Mal, wenn der Zug sich Ulan Bator näherte, auf den Gang hinaus fliehen, wo immerhin konstante Temperaturen herrschten, wenn auch reichlich hohe.

Fürs Erste konnte er daher weder in Frieden lesen noch ruhig darüber nachdenken, was ihn in Venedig erwartete und wie er dort vorgehen würde. Schließlich ging er in den Speisewagen, wo die Klimaanlage einwandfrei funktionierte, machte es sich mit der Zeitung bequem und trank zwei Tassen Kaffee und eine Flasche Mineralwasser.

Als der Zug in Mestre hielt, rief er Griffoni an und erfuhr zu seiner Erleichterung, dass ihn eine Barkasse am Bahnhof abholen werde.

»Vianello?«, fragte er. Er wusste, sein Freund war in Urlaub, hoffte aber, Griffoni habe ihn ebenfalls unterrichtet.

»Ich habe ihn angerufen, nachdem ich mit Ihnen gesprochen hatte. Er kennt jemanden bei der Guardia Costiera, und die haben die Genehmigung eingeholt, in kroatische Gewässer einzudringen, um ihn dort abzuholen.«

»Wen kennt er dort?«, fragte Brunetti.

»Er sagte nur, es sei jemand, mit dem er zur Schule gegangen ist«, erklärte sie.

»Gut. Danke.«

Der Zug fuhr an, und Brunetti legte auf. Auf dem Eisenbahndamm wurde er von riesigen Algenteppichen abgelenkt, die auf beiden Seiten im Wasser trieben. Der höhere Wasserstand am frühen Morgen hatte sie überdeckt, jetzt aber waren sie deutlich zu sehen. Minutenlang fuhren sie daran vorbei, es nahm und nahm kein Ende. Plastikflaschen schwammen in dem grünen Schlick, der erbarmungslos in alle Richtungen wucherte und wohl auch unter ihnen. Boote hielten sich davon fern. Wasservögel machten einen weiten Bogen. Der Algenteppich wuchs wie ein unbehandeltes Ekzem.

Er sah die Polizeibarkasse unmittelbar vor dem Bahnhof vertäut liegen und eilte die Treppe hinunter. Im Speisewagen war es so komfortabel gewesen, dass es ein paar Augenblicke dauerte, bis die Hitze zu ihm durchdrang. Noch bevor er das Boot erreicht hatte, klebte ihm das Hemd am Rücken, und dann stellte er verärgert fest, dass seine neue Sonnenbrille im Koffer geblieben und wohl inzwischen in 1450 Meter Höhe über dem Meeresspiegel auf der Alp oberhalb von Glurns eingetroffen war.

Er nickte Foa, dem Bootsführer, zu, stieg an Bord und gab Griffoni die Hand. Dank ihrer sonnengebräunten Haut wirkten ihre Haare noch blonder, die Beine unter ihrem kurzen Rock waren bronzefarben. Kein Mensch hätte in ihr eine Polizistin im Dienst vermutet. Foa machte die Leinen los, ging in die Kabine und startete den Motor.

»Vianello?«, fragte Brunetti.

»Ist schon zurück. Wartet in der Wohnung des Opfers auf uns. Er hat keine drei Stunden gebraucht.«

Brunetti lächelte. Auch wenn die Aktion Vianellos Urlaubspläne durchkreuzte – auf einem Boot der Küstenwache mit Vollgas über die Adria zu jagen war doch immerhin etwas. »Ich wette, das hat er genossen.«

»Wer hätte das nicht?«, sagte sie, und aus ihrer Stimme sprach Neid.

Das Boot bog nach links in den Canale di Cannaregio ein und fuhr nicht allzu schnell unter den beiden Brücken hindurch auf die *laguna* hinaus. Griffoni erklärte, sie habe mit Dottor Rizzardi gesprochen, der versuchen werde, bis zum Abend aus seinem Haus in den Dolomiten zurück zu sein. Spätestens morgen sei er wieder da.

Griffoni hatte den Toten noch nicht gesehen, da er schon ins Krankenhaus gebracht worden war, bevor Scarpa sie überhaupt von dem Verbrechen benachrichtigte. Brunetti erkundigte sich eingehend nach Scarpas Verhalten und wie er auf die Mitteilung reagiert habe, dass sowohl er als auch Vianello ihren Urlaub abbrechen würden, um den Fall zu übernehmen.

»Das habe ich ihm nicht erzählt«, sagte Griffoni.

»Er denkt also, das ist sein Fall?«, fragte Brunetti.

»Seiner und meiner, aber da ich ja nur eine Frau bin, zähle ich offenbar nicht mit.« Sie waren draußen auf dem Deck geblieben, in der Hoffnung, ein wenig Fahrtwind abzubekommen, und die Brise trug manche ihrer Worte davon. Brunetti sah sich Griffoni noch einmal an. In der Tat, sie war eine Frau, aber niemals hätte er dieser Bezeichnung ein »nur« vorangestellt. »Meine Ankunft wird ihn also überraschen«, sagte Brunetti nicht ohne Genugtuung.

»Und hoffentlich auch ärgern«, sagte sie mit der Häme, die Tenente Scarpa bei jedem mit Charakter entfachte, der ihn kannte, und wenn auch noch so kurz.

Das Wasser in diesem Teil der *laguna* war erstaunlich unruhig, die beiden mussten sich an der Reling festhalten, um nicht hin und her geworfen zu werden. Foa gab trotzdem Vollgas, und bei dem Lärm war eine weitere Besprechung nicht möglich. Brunetti sah nach links, sein Blick hüpfte von Murano nach Burano und zum Glockenturm von Torcello, der in der diesigen Luft kaum zu erkennen war.

Sie bogen rechts ab, passierten einen Kanal und bogen in den nächsten ein. Brunetti sah den Kamelführer und fragte: »Was machen wir in der Misericordia?«

»Er wohnt gleich dort drüben, links.«

»*Oddio*«, rief Brunetti. »Doch nicht etwa Fontana?«

»Ich habe Ihnen seinen Namen am Telefon genannt«, beteuerte Griffoni.

Brunetti erinnerte sich an die Aussetzer und Störgeräusche während des Gesprächs und sagte: »Ja, natürlich.«

»Sie kennen ihn?«, fragte sie interessiert.

»Nein. Aber ich weiß von ihm.«

»Hat beim Tribunale gearbeitet, richtig?«, fragte sie.

Das Boot bremste ab, und Brunetti sagte nur »Ja«, bevor er nach vorn ging und die Leine nahm. Als Foa zum Halten kam, stieg Brunetti aufs Pflaster und band die Leine an einem Eisenring fest. Dann reichte er Griffoni die Hand und half ihr aus dem Boot; Foa sagte, er wolle sich vor der Sonne in eine Bar verziehen, und bat sie, ihn zu rufen, wenn sie fertig wären.

Sie ging voran: zur ersten Brücke, darüber hinweg und die erste *calle* rechts hinauf. Dann das dritte Haus rechts: ein großer brauner *portone*, daneben Namensschilder und Klingelknöpfe.

Griffoni hatte einen Schlüssel; sie betraten einen großen Innenhof mit vielen Palmen und Sträuchern in Töpfen; die hintere Seite lag bereits im Schatten. Dort bewegte sich etwas. Ein junger Beamter, einer der Neuen, sprang auf und salutierte vor den beiden Commissari. Dann sah Brunetti das Absperrband, das den Hof durchschnitt; der junge Mann stand dahinter. Er und Griffoni tauchten unter dem Band durch. »Wo hat er gelegen?«, fragte Brunetti.

»Da drüben, Commissario«, sagte der junge Polizist und zeigte nach hinten auf die Treppe, die zur Haustür hinaufführte.

Brunetti und Griffoni gingen dorthin; Brunettis Aufmerksamkeit richtete sich auf einen Blutfleck, der ein Quadrat etwa von der Größe eines Kopfes umschloss. Darunter war mit Kreide der Umriss eines Mannes gezeichnet, die Füße zeigten in ihre Richtung. Aus Brunettis Blickwinkel wirkte die Gestalt in der Tat klein.

»Wo ist die Skulptur?«, fragte er.

»Bocchese hat sie ins Labor bringen lassen«, sagte Griffoni. »Bloß eine Marmorkopie eines byzantinischen Löwen. Neunzehntes Jahrhundert.« Die Bemerkung verwirrte Brunetti, aber er fragte lieber nicht nach.

Er sah nach dem *portone* zurück, der auf die *calle* führte; der Blutfleck war etwa fünfzehn Meter davon entfernt, also hatte der Täter vermutlich im Hof gewartet. Oder Fontana war hineinbugsiert worden. Oder er war mit jemandem hineingegangen, den er kannte.

»Wissen wir etwas über die Tatzeit?«, fragte Brunetti.

»Nichts Genaues«, sagte Griffoni. »Wir haben die Leute im Haus noch nicht vernommen, aber ein Mann hat Scarpa erzählt, er und seine Frau seien kurz nach Mitternacht nach Hause gekommen und hätten nichts gesehen.« Sie wies auf den *portone* und zog mit der Hand eine Linie von dort bis zu dem Blutfleck. »Wenn er zu der Zeit schon dort lag, hätten sie ihn sehen müssen. Also muss es einige Zeit nach Mitternacht passiert sein.«

»Und vor halb acht«, sagte Brunetti. »Sehr vage.«

Griffoni nickte. »Das ist einer der Gründe, warum ich Rizzardi für die Autopsie angefordert habe.«

»Was hatte Scarpa zu berichten?«, fragte Brunetti.

»Er sagte, die Frau des erwähnten Zeugen habe ihm erzählt, Fontana lebe mit seiner Mutter zusammen. Die ist sehr fromm, geht jeden Tag in die Messe und einmal die Woche auf den Friedhof, um das Grab ihres Mannes zu pflegen. Ihr Sohn habe sie sehr geliebt, und es sei doch sehr tragisch, dass er in der Blüte seines Lebens habe abtreten müssen. Das Übliche: Kaum ist einer tot, kriegen die Leute sich gar nicht mehr ein, was für ein feiner Kerl er gewesen sei, was die Welt an ihm verloren habe, und überhaupt seine ganze Familie, alles wunderbare Menschen.«

»Und was schließen Sie daraus?«

Griffoni lächelte. »Jeder, der darüber nachdenkt, was die Leute wirklich meinen, wenn sie von der Güte anderer Leute schwärmen, würde daraus schließen, dass sie ein Drachen ist und ihrem Sohn das Leben zur Hölle gemacht hat.« Sie standen etwas von dem Neuen entfernt und sprachen nur leise miteinander; Brunetti bedauerte das, denn so würde der junge Polizist eine der Grundregeln seines Berufs erst zu einem späteren Zeitpunkt erfahren: dass man nichts glauben darf, was über einen Toten gesagt wird.

Brunetti sah sich den Tatort noch einmal an, das Absperrband, die Kreidemarkierung. Dann rief er dem jungen Beamten zu: »Sind Sie mit Tenente Scarpa gekommen?«

»Nein, Signore. Ich war auf Streife drüben bei San Leonardo und wurde telefonisch hierherbestellt.«

»Wer war hier, als Sie eingetroffen sind?«

»Tenente Scarpa. Außerdem die Kollegen Alvise und Portoghese. Und drei Leute von der Spurensicherung. Und der Fotograf.« Seine Stimme erstarb, aber es war klar, dass er noch nicht fertig war.

»Wer noch?«, fragte Brunetti in aufmunterndem Ton.

»Vier Bewohner dieses Hauses, oder jedenfalls benahmen sie sich so. Einer von ihnen hatte einen Hund dabei. Und dann standen noch ein paar Leute am *portone*.«

»Haben Sie die Namen notiert?«

»Ich habe daran gedacht, Signore. Aber da ein Vorgesetzter und zwei weitere Beamte vor Ort waren, habe ich angenommen, die hätten das bereits getan. Und ich hielt es nicht für meine Aufgabe, sie danach zu fragen.«

Brunetti sah sich den jungen Mann genauer an. Auf seinem Namensschild stand »Zucchero«. Er fragte: »Sind Sie der Sohn von Pierluigi?«

»Ja, Signore«, antwortete er.

»Ich habe Ihren Vater nie kennengelernt«, sagte Brunetti, »aber alle hier sprechen mit Hochachtung von ihm.«

»Danke, Signore. Er war ein guter Mensch.«

»Wo ist Ispettore Vianello?«, fragte Brunetti.

»Spricht oben mit der Mutter, Commissario. Er ist vor einer halben Stunde hier eingetroffen.«

Brunetti trat beiseite und drehte sich einmal langsam im Kreis, um den Hof in Augenschein zu nehmen. An der Stirnseite, parallel zur Straße und hinter dem Absperrband, befanden sich drei Metallgittertüren, alle geschlossen.

»Was ist das?«, fragte Brunetti und zeigte auf die Türen.

»Die Lagerräume für die Wohnungen, Signore.« Zucchero wies auf eine ebenfalls geschlossene vierte Gittertür in einer der Seitenwände, halb versteckt hinter einer Reihe Topfpalmen. »Da drüben ist noch eine, Signore.«

»Sehen wir uns die mal an«, sagte Brunetti.

Die drei gingen zu der einzelnen Tür, die im Schatten zweier Palmen lag. Brunetti fiel eine Kette auf, die um die

Gitterstäbe und durch einen an den Holzrahmen genagelten Metallbügel gezogen war. »Tenente Scarpa hat alle Vorhängeschlösser ersetzen lassen, Signore. Aber ich habe die Schlüssel.« Zucchero schob sich an Brunetti vorbei, griff durch das Gitter und drückte auf einen Lichtschalter, so dass sie ins Innere sehen konnten.

Der Raum war leer, der Boden sauber ausgefegt, aber nicht erst kürzlich; seit der letzten Reinigung waren winzige Stückchen Putz herabgerieselt und lagen jetzt wie staubige Inseln auf dem Betonmeer. Die Wände waren vollständig kahl, abgesehen von einigen Stellen, wo die weiße Tünche abgeblättert war.

Brunetti griff hinein und machte das Licht aus, dann gingen sie über den Hof zur ersten der drei anderen Türen. Die schrägstehende Sonne beleuchtete einen Teil der Mauer und durch das Gitter hindurch auch den Lagerraum, jedenfalls den ersten Meter des Bodens. Der Boden war mit großen Terrakottafliesen ausgelegt und lag zwei Stufen über dem Hofniveau, was die Feuchtigkeit verminderte und vielleicht auch bei *acqua alta* Schutz bot. Zucchero öffnete das Schloss und zog die Tür auf. Brunetti senkte den Kopf und trat ein, tastete nach dem Schalter und machte Licht.

Im Gegensatz zu dem leeren Lagerraum von vorher quoll dieser förmlich über: Kisten, Koffer, Rucksäcke, alte Farbdosen, Plastikeimer, aus denen Lappen hingen, leere Marmeladen- und Gurkengläser. An der hinteren Wand stand die Geschichte der Kindheit: ein zusammenklappbares Babybett, dessen Plastikeinlage als Abdeckung diente, so dass nur die Laufrollen und ein Teil der Beine zu sehen waren. Ein Mobile aus Tieren und Glöckchen war auf ein Bücherregal gestürzt. In zwei Pappkartons drängte sich ein ganzer Zoo von stark abgewetzten Stofftieren. Neben dem Mobile standen zwei noch ungeöffnete Pampers-Pakete, vielleicht in Erwartung des nächsten Kindes.

Als Brunetti zurücktrat, stieß er mit Griffoni zusammen. Er bat um Verzeihung, ließ ihr den Vortritt und löschte das Licht. Zucchero schloss die Tür wieder ab.

Als Zucchero den dritten Lagerraum aufschloss, blieb Griffoni draußen. Der Raum war genauso groß wie der andere, etwa drei Meter breit und mindestens fünf Meter tief; auf beiden Seiten Regale vom Boden bis zur Decke, vollgestellt mit Kartons, alle gleich groß und aus gewöhnlicher brauner Pappe. Keine Kartons, wie man sie gelegentlich aus dem Supermarkt nach Hause bringt und dann zweckentfremdet, sondern spezielle Lagerkartons. Auf der Vorderseite eines jeden klebte ein ordentlich beschrifteter Zettel. »Zia Marias Teeservice«, »Taschentücher«, »Winterschuhe«, »Wollschals«, »Araldos Bücher«. Und so weiter, Überbleibsel eines Lebens, ordentlich in Schachteln verpackt – nur nichts wegwerfen, es könnte ja noch einmal gebraucht werden.

Brunetti wandte sich von dem Leben ab, das hier aufgestapelt war, machte das Licht aus und folgte Zucchero zum vierten Lagerraum. Griffoni hielt sich dicht hinter ihnen, sie alle schwiegen.

Zucchero schloss auf, und Brunetti machte Licht. Der Raum war so groß wie der andere und mit ähnlichen Regalen ausgestattet. Auch hier lagerten Zeugen vergangener Leben oder jedenfalls Zeugnisse dafür, dass viele Leben durch die Hände der Besitzer gegangen waren. In den

Regalen links standen etliche leere Vogelkäfige, mindestens zwanzig Stück. Aus Holz, aus Metall, in allen Größen und Farben. In einigen hingen noch die Wasserspender, längst ausgetrocknet, mit dunklen Rändern, an denen man den Wasserstand zum Zeitpunkt ihrer Einlagerung ablesen konnte. Alle Türchen waren zu, keine der kleinen Holzschaukeln bewegte sich. Die Käfige waren gesäubert, trotzdem hing ein strenger Vogelgeruch in der Luft. Vor den Käfigen stand ein Stapel Kartons, ähnlich denen von vorhin. Von anderer Hand beschriftet, enthielten sie »Lucios Pullover«, »Lucios Stiefel« und »Eugenias Pullover«.

Die ganze andere Wand war mit metallenen Weinregalen bedeckt, die etwa dreißig Zentimeter über dem Fußboden anfingen und fast bis zur Decke reichten. Brunetti sah sich die Flaschen an; manche Sorten kannte und mochte er, bei anderen hatten sich die Etiketten gelöst und hingen lose herab. Griffoni fragte: »In dieser modrigen Luft, bei diesem Gestank?«

Brunetti rieb an einem Korken, der sich durch die Metallfolie gedrückt hatte und oben mit einem groben weißen Film überzogen war. Er zog die Flasche heraus. »Neunzehnhundertachtzig«, sagte er und schob die Flasche zurück; das Kratzen von Glas auf Metall ließ sie beide zusammenfahren.

An der hinteren Wand erkannten sie ein Sofa und eine Stehlampe, die offenbar ausgemustert worden waren. Über die Rückenlehne des Sofas war ein handgeknüpfter Afghan drapiert, knallrot und grün gemustert, daneben stand ein quadratischer Tisch mit einem ergrauten Häkeldeckchen in der Mitte.

Brunetti sparte sich jeglichen Kommentar zu diesen Gegenständen und sagte zu Griffoni: »Gehen wir rauf und hören uns mal an, was Vianello bis jetzt aus ihr herausgebracht hat.« Das musste sich für jeden, der nichts von dem unheimlichen Talent des Ispettore wusste, auch die störrischsten Zeugen zum Reden zu bringen, wie eine Drohung anhören; für alle hingegen, die Vianello kannten, stand ohnehin fest, dass er etwas erreicht hatte.

Brunetti nickte Zucchero zu; der salutierte und zog sich wieder in den Schatten zurück.

»Zweiter Stock«, sagte Griffoni, die ihm voran die Stufen zur offenen Haustür hochging. Drinnen blieben sie am Fuß der ovalen Treppe stehen, die in die oberen Stockwerke führte. Die Marmorstufen waren niedrig, aber breit, und am Ende befand sich ein Oberlicht, das das Treppenhaus erhellte und aufheizte.

»Waren Sie schon oben?«, fragte Brunetti und blinzelte in das Oberlicht.

»Nein, nur Scarpa. Der wollte mit ihr reden, als er gehört hatte, dass Fontana bei seiner Mutter lebte. Er hat mich erst in Kenntnis gesetzt, nachdem er schon mit ihr gesprochen hatte.«

Brunetti sah nach dem jungen Beamten, der den Hof bewachte, dann wandte er sich an Griffoni und fragte: »Was glauben Sie, warum er so lange gewartet hat?«

»Es geht um Macht«, sagte sie; dann nachdenklicher: »Solange er bestimmen kann, was andere erfahren, weiß er mehr als sie und bildet sich ein, er habe sie in der Hand.« Sie zuckte mit den Schultern. »Eine ziemlich verbreitete Marotte.«

»An manchen Orten hat es Methode«, sagte Brunetti und machte sich an den Aufstieg.

In der ersten Etage gab es nur zwei Türen; vor einer davon stand ein Polizist. Als Brunetti und Griffoni auf ihn zukamen, salutierte er und meldete: »Ispettore Vianello ist noch drin.«

Brunetti wies auf die andere Tür, aber der Beamte sagte: »Diese Seite des Gebäudes ist nicht restauriert, Signore. Die Wohnungen stehen alle leer.« Er kam Brunettis Frage zuvor: »Wir haben sie überprüft, Signore.«

Brunetti nickte, klopfte zweimal an die Tür, die leicht offen stand, und ging hinein. In der Wohnung war es dunkel, er sah nur einen matten Lichtschein am Ende des langen Flurs. Griffoni trat unwillkürlich einen Schritt näher an ihn heran, bis ihr Arm den seinen berührte. Sie blieben erst einmal stehen, bis ihre Augen sich an die Dunkelheit gewöhnt hatten und sie in dem Flur dunkle Schatten erkennen konnten. Rechts neben sich bemerkte Brunetti die Umrisse einer Tür; er machte sie auf, um vielleicht etwas Licht in den Flur zu lassen, aber das Zimmer war dunkel, und er sah lediglich vier dünne senkrechte Stäbe aus Gold. Erst nach einigen Sekunden wurde ihm klar, dass es sich um helle Spalten am Rand der Läden vor zwei Fenstern handelte. Auch in diesem Raum sahen sie Schatten von irgendwelchen herumstehenden Gegenständen.

Er tastete die Wand im Flur nach einem Lichtschalter ab. Schließlich fand er einen, und auf halbem Weg nach hinten ging eine funzelige Deckenlampe an. Die Gegenstände traten deutlicher hervor: schmale Tische, niedrige Truhen, ein paar Stehlampen, ein Koffer – alles dicht an den Wänden aufgereiht.

Als sich vom Ende des Flurs eine gedämpfte Stimme, vielleicht auch zwei, vernehmen ließ, gingen sie beide im selben Augenblick los. Vorbei an einer weiteren Tür rechts und noch einer links. Normalerweise wäre eine so schattige Wohnung bei der Hitze eine Wohltat gewesen, doch nicht hier. Die Luft war so abgestanden, wie Luft es nur sein konnte. Sie stemmte sich ihnen entgegen, wollte sie nicht durchlassen und steigerte ihr Unbehagen. Die Feuchtigkeit griff mit kalten Fingern nach ihnen.

Sie hielten vor einer Tür, die nur angelehnt war, und Brunetti wollte schon Vianellos Namen rufen, als ihm bewusst wurde, dass der einzige Sohn der Witwe gerade ermordet worden war. »Rufen Sie ihn«, bat er Griffoni leise.

»Ispettore Vianello?«, sagte Griffoni in den Spalt zwischen Tür und Pfosten.

Ihrer Stimme antwortete das Scharren eines Stuhls, und dann erschien Vianello an der Tür und zog sie auf. Wie Brunetti trug er Urlaubskleidung: Jeans und ein Hemd mit kurzen Ärmeln. Was seiner Garderobe an Ernsthaftigkeit mangelte, wurde mehr als wettgemacht durch seinen Gesichtsausdruck und die Stimme, mit der er sagte: »Commissario Griffoni. Commissario Brunetti. Ich möchte Ihnen Signora Fontana vorstellen, die Mutter des Opfers.« Bei dem letzten Wort war die Stimme des Inspektors voller Mitgefühl.

Er gab ihnen den Weg frei und wandte sich zwei Stühlen zu, die mitten im Zimmer standen, beide mit dem Rücken zu einer Reihe von Fenstern, die mit kastanienbraunen Samtvorhängen verdunkelt waren.

Brunetti hatte aus der Wohnung auf die Bewohnerin geschlossen und sich eine Frau von einiger Strenge vorgestellt:

graue Haare, straff zu einem kleinen Knoten am Hinterkopf gebunden; dünne Waden unter einem langen dunklen Rock. Stattdessen war die Frau dort in der Mitte des Zimmers dick und so klein, dass ihr Kopf, obwohl ihre Füße auf einem mit Samt bezogenen Bänkchen standen, nicht über die Rückenlehne ragte. Ihr Haar war kurz und lockig und in dem Kupferrot gefärbt, das Frauen ihres Alters bevorzugten. Schminke hatte sie nicht nötig: Ihre Wangen waren von gesunder Röte, die Haut glatt und weich wie die einer viel Jüngeren. Als Brunetti nahe genug herangekommen war, dass er ihre Augen sehen konnte, schienen die einer ganz anderen Frau, in ein anderes Gesicht zu gehören. Tief eingesunken, verkniffen betrachteten sie die Welt – und Brunetti – mit einer Strenge, die sonst nirgends an ihrem Körper zu bemerken war.

Er blieb hinter Griffoni, die sich über die Frau beugte und sagte: »Signora, ich möchte Ihnen mein Beileid zu diesem schrecklichen Verlust aussprechen.« Die Frau reichte Griffoni die Hand, blieb aber stumm.

Nun bückte sich auch Brunetti und sagte: »Auch ich möchte Ihnen mein Mitgefühl aussprechen, Signora.« Die Hand, die sie ihm gab, war weich wie die eines Babys, die Haut glatt und ohne Altersflecken. Sie erwiderte seinen Händedruck nicht, ließ ihre Hand aber ein paar Sekunden in seiner ruhen, bevor sie sie zurückzog.

Sie sah Vianello an und fragte leise: »Sind das die Kollegen, von denen Sie mir erzählt haben, Ispettore?«

»Ja, Signora. Commissario Brunetti und ich arbeiten seit Jahren zusammen, und Commissario Griffoni ist uns dank ihrer hervorragenden Arbeit in einer anderen Questura zugeteilt worden.« Das war nicht ganz die Wahrheit, sondern etwas frisiert. Claudia Griffoni war, wie Brunetti erst jüngst erfahren hatte, nachdem sie schon fast ein Jahr in der Questura war, zu ihnen überstellt worden, weil sie allzu eifrige Nachforschungen über die geschäftlichen Aktivitäten eines Politikers jener Partei angestellt hatte, die zurzeit im Parlament die Mehrheit besaß. Ihr Questore hatte sie gewarnt, ebenso zwei Richter, die an den Ermittlungen beteiligt gewesen waren. Man hatte ihr geraten, nicht so forsch vorzugehen und sich vor der Presse in Acht zu nehmen. Doch die konnte natürlich nicht auf eine Story verzichten, in der die Hauptrollen von einem verurteilten Kriminellen und einer höchst attraktiven Polizistin gespielt wurden, die zufällig auch noch blond war und deren Vater zwei Jahrzehnte zuvor Ziel eines Attentats der Mafia gewesen und schwer verletzt worden war.

Kaum aber ward publik, dass gegen den Politiker eine polizeiliche Ermittlung lief, wurde Griffoni nach Venedig versetzt, eine Stadt, die nicht gerade dafür bekannt war, dass sie sich aktiv in die Machenschaften der politischen Klasse oder der Mafia einmischte.

Brunetti wurde aus seinen Gedanken gerissen, als Signora Fontana zu Vianello sagte: »Ispettore, könnten Sie vielleicht Stühle für Ihre Kollegen holen?«

Als die vier einander gegenübersaßen, sagte Brunetti: »Signora, ich weiß, das wird eine sehr schwere Zeit für Sie werden. Sie haben nicht nur einen unerträglichen Verlust erlitten, sondern werden jetzt auch noch die Zudringlichkeit der Presse und der Öffentlichkeit zu erleiden haben.«

»Und der Polizei«, gab sie zurück.

Er lächelte nachsichtig und nickte. »Und der Polizei, Signora. Nur mit dem Unterschied, dass wir den Täter finden wollen. Die Presse verfolgt andere Ziele.«

Vianello setzte sich gerade und bemerkte zu Brunetti: »Signora Fontana hat bereits ein Angebot von einer Zeitschrift erhalten. Sie soll ihre Geschichte erzählen. Und die ihres Sohnes.«

»Verstehe«, sagte Brunetti und wandte sich an die Frau: »Wie haben Sie reagiert?«

»Das hat mir der Ispettore abgenommen«, sagte sie. »Und ihnen gesagt, ich sei nicht interessiert. Und das stimmt.« Sie presste missbilligend die Lippen zusammen, behielt aber Brunetti im Auge.

Der nickte bereitwillig.

»Das wird nichts an dem ändern, was sie schreiben«, schaltete Vianello sich ein, »aber wenigstens werden sie keine Familienfotos haben.«

»Jedenfalls nicht von meiner Seite der Familie«, sagte Signora Fontana ein wenig zu schroff.

Brunetti überhörte das geflissentlich und fragte: »Fällt Ihnen jemand ein, der es auf Ihren Sohn abgesehen haben könnte, Signora?«

Sie schüttelte zornig den Kopf, aber nicht eine einzige Locke ihrer Dauerwellen geriet in Unordnung. »Wer sollte es auf Araldo abgesehen haben? Er war ein braver Junge. Immer brav. Sein Vater hat ihn so erzogen, und als sein Vater starb, habe ich es versucht.«

Griffoni legte ihr eine Hand auf den Arm und sagte etwas, das Brunetti nicht hören konnte, aber es kam bei der Frau offenbar nicht an. Im Gegenteil, es schien sie noch anzuspornen. »Er war fleißig und ehrlich und hat nur für seine Arbeit gelebt. Und für mich.« Sie schlug die Hände vors Gesicht, ihre Schultern bebten heftig, aber aus irgendeinem Grund war Brunetti erst von der Aufrichtigkeit ihrer Trauer überzeugt, als sie die Hände vom Gesicht nahm und er ihre Tränen bemerkte. Wie der heilige Thomas glaubte er nur, was er sah, auch wenn ihm die Art, wie sie ihre Trauer zeigte, immer noch unangenehm war – als steure ihr durchtriebener Blick die Mimik auf ihrem runden Gesicht.

Als sie zu weinen aufhörte und nur noch ihr Taschentuch mit der linken Hand umklammert hielt, fragte Brunetti: »Signora, war es ungewöhnlich, dass Ihr Sohn abends nicht nach Hause kam?«

Sie sah ihn gekränkt an. Vermochten ihre Tränen sie nicht vor der Beantwortung solcher Fragen zu schützen? »Ich habe nie gewusst, wann er nach Hause kam, Signore«, sagte sie; dass er Commissario war, hatte sie entweder vergessen, oder sie ging absichtlich darüber hinweg. »Er war zweiundfünfzig Jahre alt, vergessen Sie das bitte nicht. Er hatte sein eigenes Leben, seine eigenen Freunde, ich habe versucht, mich da so wenig wie möglich einzumischen.«

Griffoni murmelte etwas Verständnisvolles über die Leiden einer Mutter, und Vianello bedachte Signora Fontanas aufopferndes Verhalten mit einem Nicken.

»Verstehe«, sagte Brunetti. »Haben Sie sich normalerweise morgens gesehen, bevor er zur Arbeit ging?«

»Immer«, beteuerte sie. »Ich hätte meinen Jungen doch morgens nie ohne *caffè latte* und ein Marmeladenbrot aus dem Haus gelassen.«

»Aber heute früh, Signora?«, fragte Vianello.

»Es fing damit an, dass Signor Marsano laut an die Tür schlug und rief, es sei etwas passiert. Ich war noch im Nachthemd und konnte nicht aufmachen, und als ich mich angezogen hatte, war schon die Polizei da und wollte mich nicht nach unten lassen.« Sie sah in die teilnahmsvollen Gesichter der drei und sagte: »Die wollten eine Mutter nicht zu ihrem einzigen Sohn lassen«, und wieder wirkte ihr Verhalten auf Brunetti inszeniert, auch wenn er ihre Absicht nicht durchschaute.

Als Signora Fontana sich etwas beruhigt zu haben schien, fragte Griffoni: »Hat er Ihnen gesagt, wohin er gestern Abend gehen wollte, Signora?«

Die Frau ignorierte sowohl die Frage als auch die Fragestellerin und wandte sich an Brunetti. »Ich gehe früh zu Bett, Signore. Araldo war hier, als ich mich hingelegt habe. Wir haben zusammen zu Abend gegessen.«

Da keiner der Polizisten etwas sagte, erklärte sie: »Er muss noch spazieren gegangen sein. Vielleicht konnte er bei der Hitze nicht schlafen.« Sie sah sie nacheinander prüfend an, ob sie ihr auch Glauben schenkten.

»Haben Sie gehört, wie er gegangen ist?«, fragte Griffoni.

Signora Fontana machte ein verzweifeltes Gesicht. »Warum fragen Sie mich das alles? Ich sagte doch: Araldo hatte sein eigenes Leben. Ich weiß nicht, was er getan hat. Was wollen Sie denn noch von mir hören?« Sie war jetzt in einen Ton verfallen, der Brunetti und wohl auch den beiden anderen vertraut war: So sprachen Zeugen, die finden, dass man ihnen ungebührlich zusetzt. Und dann fehlt nicht mehr viel, und sie reagieren verärgert und weigern sich hartnäckig, weitere Fragen zu beantworten.

Brunetti wandte sich an Griffoni und sagte betont vorwurfsvoll: »Ich denke, die Signora hat jetzt mehr als genug von Ihren Fragen beantwortet, Commissario. Sie sehen doch, wie sie leidet, wir sollten sie nicht weiter belästigen.«

Griffoni, nicht auf den Kopf gefallen, senkte den Blick und flüsterte eine Entschuldigung.

Bevor Signora Fontana etwas dazu sagen konnte, sprach Brunetti sie direkt an: »Falls Sie jemanden aus Ihrer Familie bei sich haben möchten, Signora, sagen Sie es uns bitte. Wir werden unser Möglichstes tun, sie zu benachrichtigen.«

Die alte Frau schüttelte den Kopf, und wieder bewegten sich ihre Locken nicht. Mit äußerster Mühe brachte sie hervor: »Niemand. Nein. Ich glaube, ich möchte jetzt nur allein sein.«

Brunetti stand abrupt auf, Vianello und Griffoni taten es ihm nach. »Falls wir Ihnen in irgendeiner Weise behilflich sein können, Signora, brauchen Sie nur in der Questura anzurufen. Und wenn ich das sagen darf: Ich bete mit Ihnen, dass *il Signore* Ihnen in dieser schweren Stunde beistehen möge.«

Er geleitete die anderen beiden – die so klug waren, gar nichts zu sagen – aus dem Zimmer und auf den Flur.

16

Das war knapp«, sagte Vianello auf der Treppe. Brunetti war froh, dass der Ispettore diese Bemerkung machte; aus seinem eigenen Mund hätte sich das womöglich so angehört, als habe er Griffoni im Ernst getadelt.

»Raffiniert, wie schuldbewusst Sie dreingeschaut haben, Claudia«, fügte Vianello hinzu.

»Das ist eine Überlebenstaktik, die ich bei der Arbeit entwickelt habe«, sagte sie.

Als sie auf den Hof gelangten, hob das Licht Brunettis Stimmung, auch wenn die Nachmittagshitze sich noch nicht gelegt hatte. »Was schließen Sie aus den Antworten dieser Frau?«, fragte er Griffoni.

Sie dachte ein wenig nach. »Ich denke, ihre Trauer ist echt. Ich denke aber auch, dass sie über seinen Tod mehr weiß, als sie uns sagen will.«

»Oder als sie sich selbst eingestehen will«, ergänzte Vianello.

»Wie meinst du das?«, fragte Brunetti. Immerhin hatte der Ispettore schon eine Zeitlang allein mit der Frau gesprochen, bevor sie dazugekommen waren.

»Für mich steht fest, dass sie ihn geliebt hat«, sagte Vianello. »Gleichzeitig habe ich den Eindruck, sie verschweigt uns etwas und hat deswegen Schuldgefühle.«

»Aber nicht genug, um sich uns anzuvertrauen?«, fragte Brunetti.

»Ja«, sagte Vianello spontan. »Ich habe sogar das Gefühl,

sie verschweigt uns etwas Wichtiges.« Er dachte kurz darüber nach. »Ich habe sie reden lassen, habe sie gefragt, was für ein Junge er war, wie er in der Schule war und so weiter. Eben die Dinge, die Mütter gern von ihren Kindern erzählen.«

Brunetti, der das selbst auch schon oft genug getan hatte, war der Ansicht, das gelte für alle Eltern, nicht nur für Mütter, sagte aber nichts.

»Aber wenn ich sie zwischendurch mal nach den letzten Jahren gefragt habe und wie es ihm bei der Arbeit ergangen ist, hat sie das Gespräch immer auf die Vergangenheit zurückgelenkt und davon erzählt, wie er als kleiner Junge und als Schüler war.«

»Von gestern Abend wollte sie jedenfalls nichts erzählen«, sagte Griffoni.

Vianello zog einen weißen Umschlag aus seiner Hemdtasche und machte ihn auf. Er nahm ein kleines Foto heraus, ein Porträt, wie man es für einen Reisepass oder eine *carta d'identità* verwenden würde, und hielt es ihnen hin. Es zeigte einen gesetzten Herrn mittleren Alters. Schütteres Haar, Altersflecken auf der linken Wange – ein unscheinbares Gesicht, das man jederzeit mit einem eintönigen Beamtendasein verband. Die Züge waren so ausdruckslos, als habe er so lange posieren müssen, dass er darüber das Lächeln vergessen hatte.

»Was für ein trauriger Mensch«, sagte Griffoni mit echtem Mitgefühl. »So traurig zu sein, und dann auf diese Weise zu sterben. Gott, das ist unerträglich!«, entfuhr es ihr.

»Wir wissen nicht, ob er wirklich traurig war«, wandte Brunetti ein.

Sie wies mit dem Finger auf Fontana. »Sehen Sie ihn sich doch an. Diese Augen. Zweiundfünfzig Jahre lang hat er bei dieser Frau gelebt.« Ihre Schultern durchfuhr etwas zwischen Achselzucken und Schaudern. »Der Ärmste.«

Brunetti erinnerte sich an das, was Signorina Elettra über Fontana gesagt hatte: »Der arme kleine Mann.« War dies ein Beispiel für weibliche Intuition und er einfach nur zu begriffsstutzig?

»Sie hat etwas gesagt, das wir nachprüfen müssen«, sagte Brunetti.

»Was denn?«, fragte Griffoni.

»Über seine Familie. Erinnern Sie sich? Dass sie sicher sei, von ihrer Seite der Familie würde niemand ein Foto von ihm der Presse geben?« Beide nickten.

»Ich möchte Genaueres über die Familie ihres Mannes erfahren, wen es da gibt und was für ein Verhältnis sie zu Araldo und seiner Mutter hatten. Dürfte nicht schwer sein, sie zu ermitteln«, meinte Brunetti.

»Das übernehme ich«, sagte Vianello.

»Zucchero«, rief Brunetti dem jungen Polizisten zu.

»Ja, Commissario?« Der junge Mann kam näher.

»Wie lange bleiben Sie noch hier?«

»Bis acht, dann ist meine Schicht zu Ende, Signore.«

»Das wird nicht nötig sein«, entschied Brunetti. »Fragen Sie lieber mal hier bei den Nachbarn herum, ob jemand letzte Nacht irgendetwas gehört hat. Nach Mitternacht. Und wenn Sie in die Questura zurückkommen, gehen Sie zu Alvise. Finden Sie heraus, ob protokolliert wurde, wer beim ersten Eintreffen der Polizei hier vor Ort war.« Der junge Mann nickte. »Aber bringen Sie es unauffällig in Erfahrung. Verstanden?«

Zucchero nickte mit einem Grinsen.

»Demnach kennen Sie Alvise?«, konnte Brunetti sich nicht verkneifen.

»Er war bei meiner Observationsausbildung dabei«, antwortete der junge Beamte sachlich.

»Verstehe«, sagte Brunetti im selben Tonfall, und zu Griffoni und Vianello gewandt: »Gehen wir was essen.«

Sie gingen in die nächstbeste Bar und bestellten eine Platte *tramezzini*. Während Vianello in das erste biss, sah er auf seine Uhr und sagte dann: »Jetzt nimmt Nadia sich wahrscheinlich gerade die Riesengarnelen vor.« Und da die anderen wortlos an ihren Sandwichs kauten, fuhr er fort: »Die haben wir heute früh am Strand gekauft, als die Fischerboote reinkamen. Zwei Kilo. Zehn Euro, manche waren noch am Leben.«

»Genau wie in den Touristenbroschüren«, sagte Griffoni und nahm einen großen Schluck Mineralwasser. »Gibt es auch traditionelle Tänze in landesüblichen Trachten?«

Vianello lachte. »So ungefähr. Drei Kilometer weiter an der Küste ist ein Touristendorf, da gibt es das alles.«

»Aber nicht da, wo Sie sind?«

»Nein«, sagte er, erstaunlich kurz angebunden.

»Wo genau machen Sie denn Urlaub?«, fragte Griffoni mit unverhohlener Neugier.

»Ach, in einem kleinen Dorf nördlich von Split.«

»Wie sind Sie darauf gekommen?«

»Über einen Freund.« Vianello stand auf und ging an die Bar, um noch drei Gläser Wasser zu holen.

Brunetti nutzte die Gelegenheit und sagte mit gedämpfter Stimme: »Soweit ich das verstanden habe, gehört das Ferienhaus dem Verwandten eines Menschen, der ... ihm Informationen gibt. Der ist mit einer Kroatin verheiratet, und die beiden vermieten das Haus an Freunde.«

Als er sich wieder zu ihnen setzte, bemerkte Vianello düster: »An meine Tante denkt überhaupt keiner mehr.«

Brunetti wollte darauf hinweisen, dass sie jetzt einen Mord zu bearbeiten hätten, musste aber zugeben, dass Vianello recht hatte: An die Tante hatte niemand mehr gedacht, auch schon bevor sie in Urlaub gefahren waren. Schuld daran mochte mancherlei sein, ihre personelle Unterbesetzung oder die Schwierigkeit, Gorinis Haus zu überwachen, oder auch die Zweifel an der Rechtmäßigkeit ihres Tuns, aber das waren nur Ausreden, und Brunetti wusste es.

»Was macht dein Cousin in der Zeit, während du im Urlaub bist?«, fragte er Vianello.

»Er fährt mit seiner Mutter für zwei Wochen nach Lignano«, antwortete Vianello.

»Gut. Dann haben wir zwei Wochen Zeit, um diesem Stefano Gorini auf die Schliche zu kommen.«

»Trotz dieser Sache jetzt?«, fragte Vianello leicht zerknirscht und wies in Richtung des Palazzo, aus dem sie gerade gekommen waren.

»Ja. Aber wir brauchen eine Frau.«

»Pardon?«, fragte Griffoni und ließ ihr halbgegessenes Sandwich sinken.

»Die ihn für ein Beratungsgespräch aufsucht«, sagte Brunetti, »oder wie man das nennt.«

»Weil wir leichtgläubiger sind?«, fragte sie ruhig.

Brunetti riskierte die Bemerkung: »Nicht jetzt, Claudia«, und konnte nur hoffen, dass sie das gut aufnahm.

Das tat sie. »Tut mir leid«, sagte sie lächelnd, »aber manchmal vergesse ich, wo ich arbeite.«

»Bei einer Frau wird er nicht so leicht Verdacht schöpfen.«

»Als Lockvogel?«, versuchte Vianello, sie vor den möglichen Auswirkungen eines solchen Vorgehens zu warnen, falls es zu einem Prozess gegen Gorini kam.

»Wir brauchen eine Frau, die offiziell nichts mit der Polizei zu tun hat«, sagte Brunetti.

»Eine ältere Frau«, ergänzte Vianello.

»Unbedingt«, stimmte Griffoni zu.

»Schon eine Idee?«, fragte Vianello.

Wären jetzt Wolken am Himmel gewesen, hätten sie sich aufgetan und einen Strahlenkranz der Erleuchtung um Brunettis Haupt aufscheinen lassen, als er sagte: »Meine Schwiegermutter.«

17

Oh, Guido, das ist doch vollkommen absurd. Dir ist wohl die Hitze zu Kopf gestiegen, also wirklich.« Es sah ganz danach aus, als wolle seine Schwiegermutter sich nicht so einfach rekrutieren lassen. Sie saß ihm gegenüber, in weißer Leinenbluse und schwarzen Seidenhosen. Die Haare trug sie seit neuestem knabenhaft kurz, und Brunetti wurde die Vorstellung nicht los, dass sie von hinten wie ein weißhaariger Heranwachsender aussähe. Ihre Bewegungen waren immer noch flink und entschlossen, was sie ebenfalls deutlich jünger machte. Dass er oft Schwierigkeiten hatte, beim Gehen mit ihr mitzuhalten, schrieb Brunetti ihrer kleinen Gestalt zu: Damit kam sie in übervölkerten Gassen besser voran, und andere Gassen gab es in Venedig nicht mehr.

Es wurde Abend, Brunetti hatte seinen zweiten *spritz* auf dem Couchtisch vor sich stehen und beobachtete die Spiegelung der untergehenden Sonne in den Fenstern des Palazzo gegenüber dem Palazzo Falier. Zum ersten Mal an diesem Tag hatte er Ruhe gefunden; vermutlich kam das von den Drinks, aber auch von den hohen Decken, die die Räume unabhängig von der Außentemperatur kühl hielten, und von der Brise, die beharrlich durch die Fenster hereinwehte. Er sah die Vorhänge flattern, hin und her, hin und her, und überlegte, wie er seine Schwiegermutter dazu bringen könnte, Signor Gorini zu konsultieren.

»Es würde Vianello helfen«, sagte er, obwohl sie den

Ispettore nur ein einziges Mal gesehen hatte, und da auch nur unterwegs, höchstens zwei Minuten lang.

Sie sah ihn an, blieb aber stumm. Dann beugte sie sich vor, nippte an ihrem *spritz*, ihrem ersten, und stellte das Glas auf den Tisch zurück. Von ihren Augen strahlten kleine Fältchen aus, über den Wangenknochen und unterm Kinn jedoch war die Haut glatt und straff. Dass hierfür nicht das Skalpell des Chirurgen, sondern Gene verantwortlich waren, wusste Brunetti von Paola.

»Und es könnte dieser alten Frau helfen«, sagte er.

»Eine alte Frau hilft einer anderen?«, fragte sie leichthin.

Er lachte, denn er wusste, was ihr Alter betraf, war sie nicht allzu empfindlich. »Nein, so doch nicht. Eher so, dass eine Frau der Oberschicht einer ehrbaren Frau aus armen Verhältnissen hilft.«

»Und ich ohne Lorgnette und Diadem?«

»Nein, im Ernst, Donatella. Diese Frau ist sonst verloren. Jemand manipuliert sie, aber sie will nicht auf ihre Familie hören, also können die ihr nicht helfen. Ihr Bankberater kann sie offenbar auch nicht zur Vernunft bringen. Und wenn sie wüsste, dass wir gegen Gorini ermitteln – was gegen sämtliche Regeln verstößt und wahrscheinlich sogar illegal ist –, würde sie die Beziehungen zu Vianello auf der Stelle abbrechen. Und das würde ihm sehr weh tun, das weiß ich.«

»Und deshalb ist die Aristokratie aufgefordert, eine Angehörige der unteren Klassen zu retten?«, meinte sie ironisch.

»So könnte man es nennen«, antwortete Brunetti und nahm noch einen Schluck.

»Hast du Beweise dafür, dass dieser Gorini ein Schwindler ist?«

»Er war in zahllose Machenschaften verwickelt.«

»Aha«, flüsterte sie, »genau wie unsere politischen Führer.«

Brunetti ließ das unkommentiert.

»Soll ich dir nachschenken?«, fragte sie, da sein Glas fast leer war.

»Nein danke. Ich möchte nach Hause, etwas essen, Paola anrufen und ins Bett. Ich habe den halben Tag im Zug verbracht.« Von der gerade begonnenen Mordermittlung erzählte er ihr vorerst nichts; das konnte sie morgen in der Zeitung lesen.

»Hältst du diesen Signor Gorini für einen schlechten Menschen?«, fragte sie.

Er betrachtete die Fenster gegenüber und war erleichtert, dass sie weniger grelles Licht reflektierten. »Bis jetzt gibt es keinen Hinweis darauf, dass er gewalttätig ist«, sagte er schließlich. »Jedenfalls hat er dafür nie vor Gericht gestanden. Trotzdem, ja, ich halte ihn für einen schlechten Menschen. Er nutzt jede Schwäche aus. Früher hat er den Staat betrogen, aber jetzt scheint er erkannt zu haben, dass es leichter ist, Treu und Glauben seiner Mitmenschen zu verletzen. Der Staat kann sich schützen, hat aber wenig Zeit, seine Bürger zu schützen.« Hier wollte er eigentlich aufhören, fügte dann aber doch hinzu: »Und wenig Interesse.«

»Und das von einem Staatsdiener«, sagte sie.

Wäre er nicht so müde gewesen, hätte Brunetti gern noch eine Weile mit ihr über dieses Thema geplaudert, wie sie es schon unzählige Male getan hatten. Paolas sarkastische Sicht der Dinge musste sie von ihrem Vater haben. Von ihrer Mutter hingegen hatte sie jenen Sinn für Ironie, der den Sarkasmus etwas abmilderte.

Brunetti stemmte sich gerade aus seinem Sessel hoch, als die Contessa zu seiner Verblüffung sagte: »Also gut.«

»Verzeihung?«

»Also gut. Ich mach's. Ich spreche mit diesem Mann und finde heraus, was er im Schilde führt. Aber du musst dir einen Vorwand für meinen Besuch bei ihm ausdenken. Ich kann doch nicht einfach von draußen reinkommen und behaupten, ich hätte seinen Namen an der Klingel gesehen, und da hätte ich mir gedacht, dass er vielleicht eine astrologische Lösung für alle meine Probleme haben könne, oder?«

»Wohl kaum«, stimmte Brunetti zu und ließ sich wieder in den Sessel sinken. »Ich werde Signorina Elettra nachsehen lassen, ob er irgendwo für sich Reklame macht oder wo interessierte Leute mehr über ihn in Erfahrung bringen können.«

»Im Computer?« Sie konnte ihre Bestürzung nicht verbergen.

»Das ist die neue Zeit, Donatella.«

Als er nach Hause kam, stieß er als Erstes alle Fenster auf und trat dann in der Hoffnung, die stickig heiße Luft werde ihm folgen, auf die Terrasse hinaus. Dass sein Wunsch in Erfüllung ging, merkte er, als etwas sein Bein streifte: der Vorhang, der mit der entweichenden Luft nach draußen wehte. Nach etwa zehn Minuten ging Brunetti in eine kühlere Wohnung zurück.

In der Annahme, sie wären zwei Wochen nicht da, hatte

Paola den Kühlschrank ausgeräumt. Er fand ein paar Zwiebeln im untersten Fach. Zwei Becher Naturjoghurt. Ein Stück vakuumverpackten Parmesan. In einem Schrank entdeckte er ein kleines Glas Pesto, ein Sechserpack Dosentomaten und ein Glas schwarze Oliven.

Er rief Paola auf ihrem *telefonino* an. Ohne eine Begrüßung meinte sie: »Die Zwiebeln anbraten, Tomaten und Oliven dazugeben. Die sind ohne Kerne. Denk daran, den Parmigiano nachher in eine neue Plastiktüte zu tun, nimm eine von den verschließbaren.«

»Du fehlst mir auch sehr«, sagte Brunetti.

»Werd bloß nicht frech, Guido Brunetti, sonst erzähle ich dir, dass wir 14 Grad haben und ich im Haus einen Pullover trage.« Bevor er etwas zu seiner Verteidigung sagen konnte, fügte sie hinzu: »Und wir haben Feuer im Kamin gemacht.«

»Ich kenne eine Menge gute Scheidungsanwälte, nur dass du's weißt.«

»Und wir haben heute Nachmittag einen Spaziergang gemacht; drei Stunden bei herrlichem Sonnenschein, und der Ortler ist immer noch mit Schnee bedeckt.«

»Na schön, na schön. Ich prügle aus Patta ein Geständnis heraus und komme morgen zu euch.«

»Erzähl mir von dem Anruf. Wer ist ermordet worden?«, fragte sie mit einem Mal gar nicht mehr heiter.

»Ein Mann, der beim Tribunale arbeitet. Könnte sich um einen Raubüberfall handeln, der aus dem Ruder gelaufen ist.«

Sie war mit diesem Mann seit über zwanzig Jahren verheiratet, und daher fragte sie: »›Könnte‹? Heißt das, wahrscheinlich war es ein Raubüberfall – oder versucht Patta, es als einen zu verkaufen?«

»Nein, könnte sein. Er wurde auf dem Hof seines Hauses getötet, aber erst heute früh aufgefunden. Was Patta tun wird, weiß ich noch nicht.«

»Hast du schon eine Idee?«

»Noch nichts Bestimmtes«, sagte er. Da Paola sich nach dem Mordfall erkundigt hatte, brauchte Brunetti ihr wohl nicht zu erzählen, dass er ihre Mutter eingespannt hatte, der Polizei bei der Untersuchung eines weiteren möglichen Verbrechens zu helfen. Um sich selbst von dem Thema fernzuhalten, fragte er: »Was machen die Kinder?«

»Die sind müde. Ich habe ihnen zu essen gegeben, und jetzt versuchen sie, bis zehn Uhr wach zu bleiben. Wahrscheinlich glauben sie immer noch, nur kleine Kinder gehen vorher zu Bett.«

»Ach, wäre ich ein kleines Kind!«, rief Brunetti theatralisch.

»Also dann. Mach dir zu essen. Und dann leg dich schlafen. Bis dahin ist zehn Uhr längst vorbei.«

»Danke«, sagte er. »Hoffentlich bleibt es bei euch sonnig und frisch genug, dass du den ganzen Tag im Pullover rumlaufen kannst.«

»Wie ist es bei dir?«

»Heiß.«

»Iss jetzt was, Guido.«

»Mach ich«, antwortete er, verabschiedete sich und legte auf.

18

Am nächsten Tag war es womöglich noch heißer, und als Brunetti kurz nach sechs in feuchten Laken aufwachte, glaubte er, sich vage zu erinnern, mehrmals in der Nacht wach gelegen zu haben. Da keine Vertreter der Wasserpolizei anwesend waren, genehmigte er sich den Luxus einer ausgiebigen Dusche, erst warm, dann kalt, dann wieder warm. Schlimmer noch, er rasierte sich sogar unter der Dusche – ein ökologischer Exzess, der ihm heftige Vorwürfe seiner beiden Kinder eingebracht hätte.

Statt zu Hause trank er den ersten Kaffee in irgendeiner Bar, dann ging er im Ballarin frühstücken, Cappuccino und Cornetto. Er hatte sich an seinem Kiosk die Zeitungen besorgt, und in der Pasticceria legte er jetzt den zweiten Teil des *Gazzettino* vor sich auf den runden Tisch. Schlürfend las er die Schlagzeile: »Gerichtsangestellter ermordet«. Nun, das ging ja noch. In dem zunächst erstaunlich korrekten Artikel wurden die Zeit der Entdeckung der Leiche und die wahrscheinliche Todesursache genannt.

Dann aber kam das, was Brunetti bei sich den »*Gazzettino*-Modus« nannte. Die Kollegen des Opfers erzählten von seinen vielen Tugenden, seinem Ernst, seiner Hingabe an die Sache der Justiz, von seiner armen Mutter, einer Witwe, die jetzt den Tod ihres einzigen Sohns zu beklagen habe. Und dann, wie immer, einige infame Andeutungen – sorgsam verpackt ins unscheinbare Gewand harmloser Spekulation – zu den möglichen Hintergründen dieses furchtbaren Verbrechens. Ob das Opfer an den Folgen gewisser Praktiken gestorben sein könnte? Hatte seine Arbeit bei Gericht ihm Zugang zu Informationen verschafft, die sich als gefährlich entpuppt hatten? Nichts wurde behauptet, aber alles Mögliche angedeutet.

Brunetti faltete die Zeitung zusammen, zahlte und begab sich bei zunehmender Hitze zur Arbeit. Er kam deutlich vor acht in der Questura an und machte als Erstes eine Liste der Dinge, an die er zu denken hatte: zunächst die Autopsie, die hatte man eventuell schon abgeschlossen. Dann die Verwandten Fontanas: Vielleicht hatte Vianello welche ausfindig machen können. Außerdem brauchte er die Namen aller Beteiligten an den Prozessen, in denen Richterin Coltellini ihre Entscheidungen so lange hinausgezögert hatte. Und wieso verlangte Signor Puntera von Fontana und seiner Mutter nur eine so lächerlich niedrige Miete?

Er trat an sein Fenster, vor dem schlapp und wie tot der Vorhang hing, und beratschlagte sich mit der Fassade von San Lorenzo über die beste Vorgehensweise.

Plötzlich konnte er seine Ungeduld nicht mehr bezwingen und rief im Ospedale Civile an, wo er erfuhr, dass Dottor Rizzardi den ganzen Vormittag lang da sein werde. Brunetti ließ dem Doktor ausrichten, er komme gleich zu ihm, und verließ die Questura. Als er den Campo ss. Giovanni e Paolo erreichte, klebten ihm Jackett und Hemd am Rücken, und seine Füße scheuerten sich in den Schuhen wund. Beim Überqueren des offenen Platzes musste er sich fragen, ob er wirklich zurechnungsfähig gewesen war, als er sich entschieden hatte, zu Fuß zu gehen.

In Rizzardis Büro sagte man ihm, der Doktor sei noch in

der Pathologie. Dieses Wort allein vertrieb schon ein wenig von der Hitze; und die Luft, die ihn beim Betreten des Raums umfing, verjagte den Rest. Hemd und Jackett klebten zwar immer noch, aber die damit verbundene Empfindung war eher kühl bedrohlich als lästig.

Erleichtert registrierte er, dass Rizzardi bereits an der Spüle stand und sich die Hände wusch. Die Spülbecken in diesem Raum waren sehr tief und vorne weit abgesenkt, eine Tatsache, die Brunetti immer mit einer diffusen Unruhe erfüllt hatte, auch wenn er nie nachgefragt hatte.

»Ich dachte, ich komme mal rüber«, sagte Brunetti. Er sah sich um: Links neben Rizzardi lagen drei zugedeckte Körper. »Ich wollte mich nach Fontana erkundigen.«

»Ja«, sagte Rizzardi und wischte sich die Hände an einem grünen Handtuch ab. Sorgfältig trocknete er jeden einzelnen Finger einer Hand, dann nahm er das Handtuch auf die andere Seite und wiederholte das Ganze. »Er starb an drei Schlägen gegen den Kopf. Falls also jemand bei euch da drüben meint, er sei durch einen Sturz zu Tode gekommen, könnt ihr das vergessen: Er ist nicht dreimal hintereinander gestürzt.« Der Doktor war mit Händetrocknen fertig. »An seiner linken Schläfe ist ein Hämatom; möglich, dass er dort getroffen wurde, vielleicht von einer Faust.«

»Aber die Löwenskulptur?«, fragte Brunetti.

»Ob das die Tatwaffe war?«, fragte Rizzardi, und als Brunetti nickte, sagte er: »Ganz eindeutig. Wir haben Blut und Hirnmasse daran gefunden, und das Muster der Verletzungen passt haargenau zur Form des Löwen.« Brunetti traute sich nicht, zu fragen, wo der Löwe abgeblieben war. Rizzardi faltete das Handtuch einmal in der Mitte und legte es auf den

Rand der Spüle. »Eine Variante des Tathergangs könnte sein, dass jemand ihn geschlagen hat – und er auf die Skulptur gestürzt ist.« Rizzardi bückte sich und hielt eine Hand etwa vierzig Zentimeter über den Boden. »Die Löwenfigur befindet sich etwa in dieser Höhe, also wäre er mit beträchtlicher Wucht daraufgeprallt.«

Er richtete sich wieder auf. »Dann hätte der Täter nur noch Fontanas Kopf anheben und ihn gegen den Marmorlöwen schlagen müssen. Eigentlich kein Problem.«

»Wie lange hat er danach noch gelebt?«, fragte Brunetti.

»Wie ich das sehe, hätte jeder dieser Schläge gereicht, ihn umzubringen, aber es dürfte eine Weile gedauert haben, bis das Blut ins Gehirn eingedrungen ist und die Körperfunktionen außer Betrieb gesetzt hat.«

»Keine Chance?«

»Wie bitte?«

»Wenn man ihn früher entdeckt hätte?«

Rizzardi lehnte sich gegen die Spüle, schlug die Füße übereinander und verschränkte die Arme vor der Brust. Brunetti, dem die Kälte im Raum fast schon körperlich weh tat, fragte sich angesichts der leichten Sommersachen, die Rizzardi unter seinem Baumwollkittel trug, ob er diese Haltung einnahm, um sich warm zu halten. Er beobachtete, wie Rizzardi sich die Frage Punkt für Punkt durch den Kopf gehen ließ, bevor er antwortete.

»Nein«, sagte der Doktor. »Unwahrscheinlich. Nicht nach dem zweiten und dritten Schlag. Es gibt Abdrücke an Kinn und Hals – schwach ausgebildete Hämatome –, wo er festgehalten wurde.« Zur Illustration hob Rizzardi die Hände und presste sie um einen fiktiven Kopf zusammen.

»Aber der Mörder hatte entweder Handschuhe an oder seine Hände mit irgendetwas umwickelt, würde ich sagen.«

»Wie kommst du darauf?«

»Die Hämatome. Hätte er mit bloßen Händen zugegriffen, wären die Abdrücke tiefer und an den Rändern deutlicher ausgeprägt, aber irgendetwas hat sie abgeschwächt. Hätte er mit bloßen Händen zugegriffen, müsste es Kratzspuren von seinen Fingernägeln geben, egal wie kurz die waren.« Er hob die Hände, als wollte er die Gebärde wiederholen, ließ sie aber wieder sinken. Rizzardi zog den Laborkittel aus und legte ihn parallel zu dem Handtuch über das Spülbecken. »Da ist noch etwas«, sagte er.

Sein Ton ließ Brunetti aufhorchen.

»Sperma.« In dem Moment ging Rizzardis Blick zu den drei abgedeckten Körpern, doch in derselben Richtung lag auch die Tür zum Kühlraum.

Brunetti kannte historische Berichte über spontane Ejakulationen von Erhängten; vielleicht war es hier ähnlich. Oder aber er war mit einer Frau zusammen gewesen, bevor er nach Hause kam. Bei so einer Mutter wäre es nur logisch, wenn Fontana, der Ärmste, derlei verheimlichte.

Nachdem Brunetti lange genug geschwiegen hatte, sagte Rizzardi: »In seinem Anus.«

»*Oddio*«, entfuhr es Brunetti, während die Realität sich in seinem Kopf neu zusammensetzte und in vollkommen veränderter Gestalt wieder vor ihn trat.

»Genug, um den Mann zu identifizieren?«

»Wenn ihr den Mann findet«, gab Rizzardi zurück.

»Lässt sich den vorhandenen Spuren gar nichts entnehmen?«, fragte Brunetti.

Wie hört sich ein Achselzucken an, wird es womöglich durch das Brummen der Kühlaggregate verstärkt? Etwas dergleichen glaubte Brunetti zu hören, als Rizzardi die Schultern hob und wieder fallen ließ. »Die Blutgruppe, für alles Weitere brauchen wir eine Vergleichsprobe.«

»Wie lange dauert es, die Blutgruppe zu bestimmen?«, fragte Brunetti.

»Eigentlich nicht lange«, fing Rizzardi an, »aber …«

»Aber wir haben August«, beendete Brunetti den Satz für ihn.

»Richtig. Also könnte es eine Woche dauern.«

»Oder länger?«

»Möglich.«

»Könntest du das nicht beschleunigen?«

»Ich wette, dass in diesem Augenblick jeder Polizist im Land genau diese Frage stellt und dass jeder *medico legale* sie ans Labor weitergibt.«

»Das heißt also, nein?«, fragte Brunetti.

Rizzardi entfernte sich ein paar Schritte von der Spüle und näherte sich dem Kopf einer der zugedeckten Gestalten. Brunettis immer noch feuchten Rücken durchlief ein eisiges Frösteln. »Einmal habe ich DNA-Proben ins Labor geschickt«, sagte der Doktor. »Es ging um einen Fall in Mestre – die Ergebnisse kamen erst nach zwei Wochen.«

»Verstehe«, sagte Brunetti. Um einen lässigen Eindruck bemüht, wandte er sich ab und ging ein paar Schritte auf die Ausgangstür zu. Er hüstelte, was von der Kälte kommen mochte, und sagte: »Ettore, ich möchte dich etwas fragen, und bitte glaub mir, dass ich Anlass zu dieser Frage habe.«

Rizzardi sah ihn ruhig an. »Worum geht es? Um wen?«

»Signorina Montini. Elvira.«

Brunetti wartete. Rizzardi streckte in Gedanken die Hand nach dem zugedeckten Körper aus, und Brunetti krampfte sich der Magen zusammen, aber dann strich der Doktor nur eine Falte glatt. Ohne den Blick von der Gestalt abzuwenden, sagte er: »Sie ist unsere beste Mitarbeiterin. Und sie hat mir im Lauf der Jahre, mehr als zehn sind es schon, so manchen Gefallen getan.«

»Ich bewundere deine Loyalität, Ettore, aber Elvira könnte Beziehungen zu jemandem haben, mit dem sie sich besser nicht eingelassen hätte.«

»Wer soll das sein?«

Brunetti schüttelte den Kopf. »Das weiß ich noch nicht.«

»Wirst du es herausfinden?«

»Ich denke schon, ja.«

»Willst du mir etwas versprechen?«, fragte Rizzardi und sah ihn endlich an. In all diesen Jahren hatte Rizzardi ihn nie um einen Gefallen gebeten.

»Wenn ich kann.«

»Sagst du ihr Bescheid, falls noch Zeit ist?«

Brunetti hatte keine Ahnung, worauf das hinauslaufen mochte – womöglich würde er Vorschriften verbiegen oder gegen die Regeln verstoßen müssen. »Falls noch Zeit ist. Ja.«

»Gut«, sagte Rizzardi. Seine Miene entspannte sich ein wenig. »Vor ungefähr einem Jahr fiel den Kollegen auf, dass etwas mit ihr nicht stimmte, zumindest haben sie erst dann mit mir darüber gesprochen. Seit dieser Zeit ist sie launisch, schlecht aufgelegt, manchmal auch übertrieben gut aufgelegt, aber solche Stimmungen halten immer nur ein paar Tage an. Früher hat sie immer tadellose Arbeit abgeliefert:

Sie war ein Vorbild, an dem die anderen im Labor sich orientiert haben.«

»Und jetzt?«

Rizzardi wandte sich von der zugedeckten Gestalt ab und begann in Richtung Tür zu gehen. Kurz davor blieb er stehen, drehte sich um und sah Brunetti in die Augen. »Aber jetzt kommt sie ständig zu spät oder auch gar nicht. Und sie macht Fehler, verwechselt Proben, lässt Gegenstände fallen. Nichts davon war so schwerwiegend, dass es irgendwem geschadet hätte, aber man befürchtet, dass es dazu auch noch kommen könnte. Einer ihrer Mitarbeiter hat den Eindruck, sie habe nicht den Mut zu kündigen und lege es darauf an, rausgeschmissen zu werden.« Rizzardi schwieg.

»Was ist sie für ein Mensch?«, fragte Brunetti.

»Sie ist eine gute Frau. Introvertiert, einsam, nicht sehr attraktiv. Aber gut. Jedenfalls ist das mein Eindruck. Aber wer kann so was schon wissen?«

»Richtig«, stimmte Brunetti zu. »Danke, dass du so offen zu mir warst.« Er fühlte sich verpflichtet, noch einmal auf sein Versprechen zurückzukommen, auch wenn er nicht verstand, worum es da ging: »Ich werde tun, was ich kann.«

»In Ordnung«, sagte Rizzardi und öffnete die Tür. Er ging hinaus, ließ die Tür auf, und Brunetti folgte ihm eilig in den deutlich wärmeren Korridor.

Brunetti ging langsam zum Ausgang, vorbei an der Cafeteria, in der Leute in Schlafanzügen und welche in Straßenkleidung saßen. Als er zu dem grasbewachsenen Innenhof gelangte, den der Wandelgang des ehemaligen Klosters umschloss, setzte er sich auf das Mäuerchen. Wie ein Taucher, der aus dem Wasser kommt, musste er sich erst einmal an die Lufttemperatur gewöhnen, bevor er sich wieder in die Sonne wagte. Zunächst einmal musste er alles neu sortieren, was er über den toten Fontana wusste. Was der Mann für seine Mutter empfunden hatte, würde er niemals erfahren: Das war bei jedem Mann ein schwieriges Thema. Aber sein Werben um Richterin Coltellini musste jetzt in einem anderen Licht oder aus einem anderen Blickwinkel betrachtet werden. Das war kein Fall von zum Scheitern verurteilter Schwärmerei oder verschmähter Liebe. Was hatte Signorina Elettra gesagt? Dass er der Richterin zu Dank verpflichtet schien, wie manche Leute der Madonna, wenn sie ihre Gebete erhört habe? Aber wenn sein Gebet nichts mit dem Zauber der Liebe zu tun hatte – womit hatte es dann zu tun? Ihm fiel ein, was Brusca gesagt hatte: Wenn man Sex, Sex, Sex ausschließen kann, bleibt Geld, Geld, Geld übrig.

Eine graue Katze kam über den Rasen und sprang neben ihm auf das Mäuerchen. Er streckte eine Hand aus, und die Katze drückte ihren Kopf dagegen. Er kraulte sie hinter den Ohren, und sie kuschelte sich an ihn. Nachdem er sie minutenlang gestreichelt hatte, schlief sie zu seiner Überraschung ein. Brunetti schob sie sachte beiseite und sagte: »Wie oft habe dir nicht schon gesagt, du sollst keinen Pelz tragen«, und machte sich auf den Rückweg zur Questura.

Signorina Elettra schien erfreut, ihn zu sehen, lächelte aber nicht. »Tut mir leid, dass Ihr Urlaub nur so kurz war, Commissario«, begrüßte sie ihn.

»Mir auch. Meine Familie läuft in Pullovern herum und macht abends ein Feuer im Kamin.«

»Wollten Sie nicht auch nach Südtirol?«

»Doch, ich bin aber nur bis Bozen gekommen.«

Sie schüttelte den Kopf – so ein Jammer! – und fragte: »Was kann ich für Sie tun?«

»Haben Sie die Namen der Leute ermittelt, die an den Prozessen auf unserer Liste beteiligt waren?«, fragte er.

»Leider erst heute Vormittag«, sagte sie und zeigte auf einen kleinen Stapel Papiere auf ihrem Schreibtisch. Offenbar Gerichtsunterlagen, die man ihr geschickt hatte. »Die wollte ich Ihnen nachher raufbringen.«

Brunetti sah auf seine Uhr: kurz vor elf. »Wo ich schon einmal da bin.«

Sie schob ihm die Papiere hin. »Zweimal ist Signor Puntera beteiligt«, sagte sie und wies auf die, die er mit Bleistift und rotem Kugelschreiber eingekreist hatte.

»Signor Puntera«, sagte Brunetti. »Das ist ja sehr interessant.« Er nickte ihr aufmunternd zu.

»Im ersten Fall geht es um eine Schadensersatzforderung der Familie eines jungen Mannes, der bei einem Unfall in einem von Signor Punteras Lagerhäusern verletzt wurde.«

»Hier?«

»Ja. Er hat zwei Lagerhäuser, drüben in der Nähe des Ghettos. Er besitzt eine Firma, die Gebäude restauriert, und die lagert dort ihr Material.«

»Und was ist da passiert?«

»Dieser junge Mann – es war erst sein dritter Arbeitstag, der arme Kerl – musste Zementsäcke zu einem Boot auf dem Kanal hinter dem Lagerhaus schleppen. Ein anderer Arbeiter im Boot hat sie gestapelt. Als der Erste sich eine Zeitlang nicht blicken ließ, ging der Mann vom Boot ihn suchen und fand ihn auf dem Fußboden, das heißt, er fand seine Füße.

Ein ganzer Berg von Zementsäcken war auf ihn runtergerutscht.«

»Wie ist das passiert?«

»Das weiß keiner. Niemand war dabei. Die Verteidigung behauptet, entweder habe er einen Sack von unten herausgezogen, oder aber er habe sie überhaupt von Anfang an falsch gestapelt. In dem Lagerhaus gab es einen Gabelstapler, mit dem Paletten mit Sandsäcken verladen wurden, und der Anwalt des Klägers sagt, der Fahrer müsse auf der anderen Seite des Stapels etwas verschoben haben. Der Fahrer bestreitet das, angeblich hat er den ganzen Vormittag in einem anderen Teil des Lagerhauses gearbeitet.«

»Was ist mit dem jungen Mann passiert?«

»Er fiel aufs Gesicht und wurde unter den Säcken begraben. Einige sind aufgeplatzt und haben ihn mit Sand überschüttet. Er hat sich einen Arm und ein Bein gebrochen, aber der Sauerstoffmangel hat noch viel schlimmere Schäden angerichtet.«

»Wie geht es ihm heute?«

»Sein Anwalt sagt, er ist auf dem geistigen Niveau eines Kindes.«

»Maria Vergine«, flüsterte Brunetti, der das Entsetzen des Jungen nachempfand, die Panik, das furchtbare Gefühl, lebendig begraben zu sein.

»Sein Anwalt«, wiederholte Brunetti. »Wer hat den Prozess angestrengt?«

»Die Eltern. Er wird sein Leben lang Pflege brauchen, und sie wollen ihn nicht in ein staatliches Heim geben.« Brunetti nickte: Das wollten keine Eltern ihrem Kind antun. Oder sich selbst. Oder ihrem Nachbarn.

»Und weiter?«

»Sein Anwalt hat mir erzählt, als Erstes habe Puntera der Familie eine Abfindung angeboten, wenn sie die Klage zurückziehen würden. Das schlugen sie aus, und die Sache kam vor Gericht, aber irgendwie ist bei dem Prozess von Anfang an alles schiefgelaufen. Immer wieder wurden Termine vertagt oder verschoben.«

»Verstehe«, sagte Brunetti. Er sah auf der Liste nach: Der Unfall hatte sich vor über vier Jahren ereignet. »Und wo ist er untergebracht, bis das Gericht zu einer Entscheidung kommt?«

»Im Krankenhaus in Mestre, aber übers Wochenende holt seine Familie ihn nach Hause.«

»Wie wird das ausgehen?«, fragte Brunetti, dabei konnte sie das genauso wenig wissen wie er.

Sie zuckte die Schultern. »Früher oder später werden sie sein Angebot annehmen. Kein Mensch kann sagen, wann es zu einem Urteil kommen wird – das Gericht ist mit den Zivilprozessen weit im Verzug –, also werden sie irgendwann nachgeben. Solche Leute können sich nicht ewig einen Anwalt leisten.«

»Und der Junge?«

»Der Anwalt sagt, es wird für sie alle ein Segen sein, wenn er stirbt. Auch für den Jungen.«

Brunetti ließ etwas Zeit verstreichen. »Und der andere Fall?«, fragte er schließlich.

»Da geht es auch um die Lagerhäuser. Die gehören ihm nicht: Er hat sie gemietet. Und der Vermieter will ihn raushaben, weil er auf den Grundstücken Wohnhäuser bauen möchte.«

»Bitte«, flehte Brunetti die Zimmerdecke an, »kann mir mal jemand was aus Venedig erzählen, das ich noch nicht gehört habe?«

Sie ging darüber hinweg. »Und je länger der Prozess sich hinzieht, desto länger kann er die Lagerhäuser benutzen.«

»Wie lange läuft dieser Prozess schon?«

»Drei Jahre. Einmal hat er seine Arbeiter zur Ca' Farsetti geschickt und gegen die Vertreibung demonstrieren lassen, direkt vor dem Eingang, den der Bürgermeister immer benutzt.«

»Und wie hat der reagiert? Mit welcher Taktik ist er auf sie zugegangen?«

»Meinen Sie, wie er die Arbeiter beschwichtigt hat, während er gleichzeitig keinen Zweifel daran gelassen hat, dass seine Sympathien vollständig auf Seiten ihrer Arbeitgeber seien?«

Brunetti hob ehrfürchtig die Hände, als habe die Sibylle von Cumae persönlich zu ihm gesprochen. »Selten hat jemand die politische Philosophie dieses Mannes so klar auf den Punkt gebracht.«

»Diesmal ist unser verehrter Bürgermeister der Situation aus dem Weg gegangen«, erklärte Signorina Elettra. »Jemand muss ihm gesagt haben, dass da draußen nur fünf Arbeiter waren: Das war ihm nicht der Mühe wert.«

»Was hat er getan?«

»Den Seiteneingang benutzt.«

»Ein weiterer Beweis für sein Genie«, sagte Brunetti. »Und der Prozess?«

»Wie es aussieht, hat Puntera in Marghera eine größere Halle gefunden, in die er nächstes Jahr alles verlagern wird.«

»Und bis dahin?«

»Wird sich der Prozess wahrscheinlich weiter durch die Gerichte schleppen«, sagte sie, als sei dies der natürliche Lauf der Dinge.

Nur aus Neugier fragte er: »Was ist mit den anderen Prozessen auf der Liste? Haben Sie dazu auch etwas herausgefunden?«

»Nein, Dottore. Dazu hatte ich keine Zeit«, sagte sie.

»Die können auch noch warten«, fand Brunetti. »Wenn Sie das nächste Mal mit Ihrem Freund vom Tribunale sprechen, könnten Sie in Erfahrung bringen, ob er irgendetwas über Fontanas Privatleben weiß?«

»Aus dem zu schließen, was ich neulich im Café von ihm gesehen habe«, sagte sie ernst, »würde es mich überraschen, wenn er eins hatte.«

»Vielleicht sollte man nicht Privatleben sagen, sondern geheimes Leben«, meinte Brunetti. Sie blickte auf, sagte aber nichts, also fuhr er fort: »Rizzardi hat Hinweise darauf entdeckt, dass er schwul war.«

Sie reagierte sichtlich überrascht, und er beobachtete, wie sie ihre kurze Begegnung mit Fontana noch einmal vor ihrem inneren Auge Revue passieren ließ. »›Oh, die ihr Augen habt, und sehet nicht‹«, sagte sie und ließ kopfschüttelnd das Gesicht in ihre Hände sinken. »Natürlich, natürlich.«

Brunetti gab ihr schweigend Gelegenheit, die verschiedenen Möglichkeiten durchzugehen. Als sie den Kopf hob, fragte er: »Wenn wir das mal annehmen: Wie erklären Sie sich dann seine Bewunderung für Richterin Coltellini?«

Statt zu antworten, nahm sie ihr Kinn in die Hand und

presste die Finger auf die Unterlippe, wie sie es immer tat, wenn sie nachdenken wollte. Er ließ sie gewähren und stellte sich ans Fenster, aber dort war es genauso stickig.

»Entweder hat sie etwas über ihn gewusst und es keinem verraten, oder sie hat ihm einen Gefallen getan und er wollte sich dafür erkenntlich zeigen«, hörte er sie hinter sich sagen. Er schwieg weiter und hoffte, es käme noch mehr.

»Allerdings eine ziemlich übertriebene Dankbarkeit«, fügte sie hinzu.

»Könnte es einen Zusammenhang damit geben, dass sie Richterin ist?«, fragte Brunetti.

»Möglich. Er hat sich wie jemand angehört, der aus einfachen Verhältnissen kommt. Also könnte es sein, dass er sich durch die Freundschaft – obwohl das vielleicht nicht der richtige Ausdruck ist – mit einer Richterin gesellschaftlich aufgewertet sah.« Sie dachte kurz nach. »Etwas, das seiner Mutter gefallen würde.«

»Denken die Leute immer noch so?«, fragte Brunetti und drehte sich zu ihr um.

»Viele Leute denken an kaum etwas anderes, würde ich sagen«, gab sie zurück.

Brunetti fiel wieder ein, dass er Vianello noch fragen musste, ob es ihm gelungen war, Verwandte des Toten aufzuspüren. Doch bevor er Signorina Elettras Büro verließ, bat er sie noch: »Versuchen Sie bitte herauszufinden, ob es irgendwelche Verbindungen zwischen Richterin Coltellini und Puntera gibt.«

Sie sah ihn mit fast unverhohlener Bewunderung an. »Ah, darauf hätte ich auch selbst kommen können. Zum Beispiel in Sachen Miete. Natürlich.«

Er wandte sich zum Gehen, aber dann fiel ihm ein, dass er noch einen Weg finden musste, wie seine Schwiegermutter Kontakt mit Gorini aufnehmen konnte. »Außerdem könnten Sie einmal recherchieren, wie Gorini die Leute auf seine Dienstleistungen – wie auch immer die geartet sind – aufmerksam macht.«

Sie wies mit einer anmutigen Gebärde auf ihren Computerbildschirm, als halte der alle Antworten bereit.

Brunetti war sich nicht sicher, ob seine Schwiegermutter mit diesem Vorschlag viel anfangen konnte; trotzdem bedankte er sich und ging in sein Büro zurück.

19

Dieses Computerzeug schien ansteckend zu sein: Brunetti fand Vianello im Bereitschaftsraum, wo er vor dem Bildschirm saß und einem Mann zusah, der auf einem Tisch Karten auslegte. Vianello hatte seinen Stuhl zurückgeschoben, die Arme verschränkt und die Füße auf der herausgezogenen Schreibtischschublade. Hinter ihm stand Zucchero, ebenfalls mit verschränkten Armen, und sah nicht weniger gebannt zu. Brunetti ging leise hinein und stellte sich neben Vianello.

Der Mann auf dem Bildschirm beugte sich tief über die Karten auf dem Tisch, so dass nur sein Kopf von oben, die massigen Schultern und der rundliche Oberkörper zu sehen waren. Er rieb sich das Kinn wie ein Bauer, der das Barometer studiert und nicht weiß, was er davon halten soll. »Sie sagen, dieser Mann hat versprochen, Sie zu heiraten?«, fragte er plötzlich, ohne den Blick von den Karten zu heben.

Von irgendwo hinter oder über oder unter ihm antwortete eine Frauenstimme: »Ja, das hat er. Viele Male.«

»Aber er hat niemals ein Datum genannt?« Die Stimme des Mannes war so unbeteiligt wie nur möglich.

Nach langem Zögern sagte die Frau: »Nein.«

Der Mann hob die linke Hand und schob eine der Karten mit dem kleinen Finger ein wenig nach links. Dann hob er den Kopf, und Brunetti sah zum ersten Mal sein Gesicht. Es war rund, beinahe kreisrund, wie ein Fußball, auf den Augen, Nase und Mund gemalt waren; damit er einem Menschen ähnlicher wurde, hatte man ihm Haare auf die Stirn geklebt. Und nicht nur sein Kopf war rund, auch seine Augen, über denen sich in perfekten Halbkreisen buschige Brauen wölbten: Das Gesicht wirkte wie der Inbegriff von kindlicher Unschuld, als sei dieser Mann soeben erst zur Welt gekommen, vielleicht im Eingang des Fernsehstudios, und habe in seinem kurzen Leben bisher nur gelernt, wie man Karten umdreht, seine Zuschauer fixiert und ihre Gedanken liest.

Er wandte sich jetzt direkt an die Frau, die irgendwo saß und ihm lauschte: »Hat er jemals einen genauen Zeitpunkt genannt, wann er Sie zu heiraten beabsichtigt?«

Diesmal zögerte sie noch länger, ließ dann ein schier endloses »Hmmmm« vernehmen und sagte schließlich: »Er muss vorher noch ein paar Dinge regeln.« Brunetti hatte genug Ausreden von Verdächtigen gehört, die er verhaftet hatte, er kannte die Tricks, mit denen sie ein Verhör vom Kurs abzubringen versuchten, und manche beherrschten das meisterhaft. Diese Frau hingegen war ein Amateur, ihre Taktik so durchsichtig, dass man darüber lachen würde, wäre da nicht diese Verzweiflung in ihrer Stimme, als wisse sie selbst, dass niemand ihr glaube, müsse aber trotzdem wenigstens versuchen, das Offensichtliche zu verbergen.

»Was für Dinge?«, fragte der Mann. Er blickte wieder in die Kamera, als wollte er den Dingen auf den Grund gehen: den Lügen auf den Lippen der Frau und jenen Lügen im Herzen des Mannes.

»Seine Trennung«, sagte sie, und ihre Stimme wurde von Silbe zu Silbe leiser.

»›Seine Trennung‹«, wiederholte das Mondgesicht, jede Silbe ein schwerfälliger Schritt auf die Wahrheit zu.

»Die ist noch nicht endgültig«, versuchte sie zu erklären, aber es klang wie ein Flehen.

Bis dahin hatte sich der Dialog so zäh dahingeschleppt, dass die blitzschnelle Frage des Mannes »Hat er überhaupt schon die Scheidung eingereicht?« nicht nur Brunetti erschreckte, sondern auch der Frau ein Aufstöhnen entlockte.

Das Geräusch ihres Atems erfüllte das Studio, den Äther. »Was sagen die Karten?«, wimmerte sie.

Der Mann hatte die ganze Zeit so ruhig dagesessen, dass seine Bewegung, als er Anstalten machte, vor der Kamera die restlichen Karten aufzudecken, für Brunetti ziemlich überraschend kam. »Wollen Sie wirklich wissen, was die Karten Ihnen zu sagen haben, Signora?«, fragte er und klang jetzt nicht mehr so teilnahmsvoll.

»Nach einer langen Pause sagte sie: »Ja. Ja. Ich muss es wissen.« Wieder rang sie nach Luft.

»Also gut, Signora, aber vergessen Sie nicht: Ich habe Sie gewarnt.« Er sprach so ernst wie ein Arzt, der einen Patienten fragt, ob er die Ergebnisse der Laboruntersuchungen wissen will.

»Ja, ja«, wiederholte sie flehend.

»Va bene«, sagte er und legte die Finger aneinander. Langsam nahm er mit der Rechten die oberste Karte von dem Päckchen. Die Kamera fuhr um ihn herum, dann in die Höhe, zeigte jetzt nicht sein Gesicht, sondern die Karten von oben. Er hielt die Karte ein paar Sekunden lang vor sich hin und drehte sie dann langsam um: der Joker.

»Der Herr der Lügen, Signora«, sagte der Mann. Seine Stimme fiel über sie her: absolut ruhig, emotionslos, neutral. Erbarmungslos.

Als Vianello die Füße auf den Boden schwang, zuckte Brunetti zusammen. »Mein Gott, was für ein raffinierter Fuchs«, sagte der Inspektor und beugte sich vor, um den Bildschirm auszuschalten.

Erst Vianellos abrupte Aktion ließ Brunetti erkennen, wie gebannt er den Wortwechsel zwischen den beiden verfolgt hatte. Wie leidenschaftslos dieser Mann, ein Experte für die Mysterien des menschlichen Herzens, Schwäche und Selbstbetrug aufgedeckt hatte. Gedankenlose Zuschauer mussten zu dem Schluss kommen, dass dieser Mann die Antworten auf alle Fragen, die sie kaum sich selbst zu stellen wagten, in seinen Händen hielt.

Doch was hatte der Mann denn eigentlich getan? Einzig das Zögern und Stocken der Frau hinter ihren Ausflüchten und Rechtfertigungen herausgehört! Um ihren Geliebten als Betrüger zu entlarven, hätte er statt Tarockkarten ebenso gut Kronkorken lesen können.

»Der Herr der Lügen«, stieß Brunetti hervor.

Vianello lachte auf. »Dass er sie betrügt, hätte meine Mutter ihr auch sagen können, wenn sie in der Schlange im Supermarkt hinter ihr gestanden und mitbekommen hätte, wie sie jemandem ihre Geschichte erzählt.«

Zucchero wollte etwas bemerken, zögerte aber. Erst als Brunetti dem jungen Mann ein Zeichen gab, sagte er: »Aber die Karten helfen, Ispettore. Auf die Weise sieht es so aus, als käme die Antwort aus einer anderen, mystischen Welt, beruhe nicht nur auf dem gesunden Menschenverstand.«

Brunetti hatte in der Zwischenzeit über weitere Parallelen nachgedacht, verwarf den Vergleich mit den Kronkorken und sagte: »Genau das haben schon die Auguren getan: Sie haben ein Tier aufgeschnitten und seine Innereien interpretiert, stets darauf bedacht, sich mehrdeutig auszudrücken. Und wenn dann eingetreten war, was eintreten sollte, konnten sie ihre Voraussage aus der Rückschau als richtig hinbiegen.«

»›Der Herr der Lügen‹«, wiederholte Vianello nicht weniger verächtlich. »Und die arme Frau zahlt einen Euro pro Minute, um sich das anzuhören.« Er sah auf die Uhr. »Wir haben uns das ungefähr acht Minuten lang angesehen.« Er drückte eine Taste, und der Bildschirm ging wieder an. »Mal sehen, ob er sie immer noch am Haken hat.«

Aber das Mondgesicht hatte schon das nächste Opfer in der Leitung, diesmal kommunizierte er mit einer Männerstimme. »... halte das nicht für klug, aber er ist mein Schwager, und meine Frau möchte, dass ich es mache.«

»Kannst du den Ton abstellen?«, fragte Brunetti.

Vianello fuhr zu ihm herum. »Was?«

»Den Ton abstellen«, wiederholte Brunetti.

Vianello beugte sich vor und stellte den Ton erst leiser, dann komplett aus, so dass sie nur noch das Mondgesicht sahen, wie es sich abwechselnd den Karten und der Kamera zuwandte. Nachdem sie das einige Minuten lang beobachtet hatten, sagte Brunetti: »Das mache ich immer so bei den Filmen im Flugzeug. Die Kopfhörer weglassen. Dann sieht man, wie inszeniert die Gebärden und Reaktionen sind. Schauspieler benehmen sich ganz anders als die Leute am Nebentisch im Restaurant oder die auf der Straße. Vollkommen unnatürlich.«

Die drei Männer starrten weiter auf den Bildschirm. Brunettis Bemerkung konnte man geradezu als Prophezeiung auffassen, denn jetzt erschienen die Gesten des Mondgesichts ihnen allen wie vorbereitet und einstudiert. Nie ließ seine Aufmerksamkeit nach, während er die Karten umdrehte, und ebenso wenig die Konzentration, mit der er in die Kamera schaute, wenn er seinem Anrufer zuhörte: Sein Blick war so eindringlich, als sei er Zeuge einer öffentlichen Hinrichtung.

Er legte die Finger aneinander und nahm die nächste Karte vom Stapel, und wieder schwenkte die Kamera hinter ihn und zeigte das Ganze von oben. Aufreizend langsam deckte er die Karte auf und legte sie neben zwei andere. Was die Karte zeigte, sagte den drei Männern nichts, doch Brunetti hatte inzwischen genug gesehen, um die Bemerkung zu riskieren: »Wenn die Kamera wieder sein Gesicht zeigt, wird er aussehen wie Ödipus, der seine Mutter erkennt.«

Und genau so war es. Als das Gesicht des Mannes eingeblendet wurde, war das Erstaunen, das sich darin zeigte, dick aufgetragen wie mit Acrylfarben. Vianello wollte nach der Maus greifen, aber Brunetti legte ihm eine Hand auf die Schulter und sagte: »Nein, gib ihm noch eine Minute.«

Also warteten sie noch so lange und sahen zu, wie die Erschütterung des Mannes einer besorgten Miene wich. Er sagte etwas, schüttelte andeutungsweise den Kopf und hielt die Augen einen Moment geschlossen. »Er distanziert sich von der Entscheidung des Anrufers«, bemerkte Zucchero.

Vianello hielt es nicht mehr aus und stellte den Ton wieder an. »... nichts für Sie tun. Ich kann Ihnen nur zeigen, was die Karten sagen. Was Sie daraus für Schlüsse ziehen, ist Ihre Entscheidung, und ich rate Ihnen, sich das gründlich zu überlegen.« Er verneigte sich wie ein Priester, der einen Sarg mit Weihwasser bespritzt. Schweigen. Dann das Geräusch eines Telefonhörers, der aufgelegt wird.

»Sehr gut, diese Schlussbemerkung«, sagte Vianello mit unverhohlener Bewunderung. Auf dem Bildschirm erschien jetzt eine Liste von Telefonnummern, und eine Frauenstimme erklärte, professionelle Berater seien rund um die Uhr bereit, Anrufe entgegenzunehmen. Experten mit jahrzehntelanger Erfahrung im Kartenlegen, in Horoskoperstellung und Traumdeutung. In einem roten Kästchen am unteren Rand des Bildschirms wurden die Preise für die verschiedenen Dienstleistungen angezeigt.

»Kann man diesen Leuten nicht das Handwerk legen?«, fragte Zucchero. Die Empörung des jungen Mannes freute Brunetti.

»Die Guardia di Finanza schaut ihnen auf die Finger. Aber solange sie nicht gegen irgendwelche Gesetze verstoßen, kann man nichts unternehmen«, erklärte Brunetti.

»Und Vanna Marchi?«, fragte der junge Beamte. Diese berühmte Fernsehwahrsagerin war kürzlich zu einer hohen Gefängnisstrafe verurteilt worden.

»Die ist zu weit gegangen«, sagte Vianello. Er wies auf den Bildschirm. »Soweit ich das beurteilen kann, redet dieser Bursche ganz vernünftig.« Bevor Brunetti etwas einwenden konnte, erklärte der Inspektor: »Ich habe ihn jetzt mehrmals gesehen, und er tut nichts anderes, als den Leuten zu sagen, was jeder normale Mensch ihnen auch sagen würde.«

»Für einen Euro pro Minute?«, fragte Brunetti.

»Immer noch billiger als ein Psychiater«, meinte Zucchero.

»Ach, Psychiater«, sagte Vianello verächtlich.

Brunetti hätte Vianello am liebsten darauf hingewiesen, dass der Mann, mit dem seine Tante sich eingelassen hatte, auch nicht viel schlimmer war, aber das würde nur zu einer misslichen Debatte führen. Stattdessen fragte er Zucchero: »Haben Sie sich in der Nachbarschaft umgehört?«

»Ja, Signore.«

»Und?«

»Ein Mann, der ein paar Häuser weiter wohnt, hat angeblich etwas gehört. Er meint, es könnte kurz nach elf gewesen sein, ist sich aber nicht sicher. Er saß draußen auf seinem Hof, im Haus war es ihm zu heiß, und da hat er Lärm gehört – könnten wütende Stimmen gewesen sein, sagt er –, aber er hat nicht weiter darauf geachtet.«

»Von wo kamen die Geräusche?«

»Das weiß er nicht, Signore. Auf der anderen Seite des Kanals sind einige Bars, und er sagt, er habe gedacht, der Lärm käme von dort. Oder aus irgendeinem Fernseher.«

»Aber der Zeitpunkt ist sicher?«

»Offenbar. Er sagt, er habe seinen Fernseher ausgemacht und sei dann in den Hof runtergegangen.«

»Und was ist mit Alvise? Hat er Ihnen die Liste gegeben?«

»Ja, Signore«, sagte der junge Beamte, drehte sich zackig um und ging zu dem Schreibtisch, den er mit einem Kollegen teilte. Er nahm ein Blatt Papier und reichte es Brunetti. »Das ist die Liste der Hausbewohner, Signore. Alvise hat die Vernehmung dem Tenente überlassen, und wenn einer der Anwesenden auf dem Hof behauptete, er wohne nicht dort, hat er nicht nachgehakt.«

Brunetti sah ihn fragend an. »Alvise hat offenbar das

Hoftor nicht hinter sich zugemacht«, erklärte Zucchero in vollkommen neutralem Ton.

Brunettis Kehle entrang sich ein leises Stöhnen.

»Ich denke, dann sollten wir beide mal mit den Leuten reden, die dort wohnen«, sagte er zu Vianello. Als der Inspektor nicht sofort reagierte, fügte er lachend hinzu: »Es sei denn, du willst da anrufen und dir die Zukunft voraussagen lassen.« Vianello machte den Computer aus und stand auf.

20

Brunetti hätte die anderen Mieter des Palazzo, in dem Fontana gelebt hatte, ohne weiteres anrufen und ihnen sagen können, die Polizei müsse mit ihnen sprechen, aber er wusste, überraschendes Auftauchen brachte einen zusätzlichen Vorteil. Egal, was diese Leute der Polizei verraten – oder verheimlichen – würden, er zog es vor, mit Vianello zusammen unangemeldet bei ihnen anzuklopfen.

Bei der Hitze war gar nicht daran zu denken, sich zu Fuß auf den Weg zur Misericordia zu machen, und da es mit dem Vaporetto auch nicht so einfach war, ließ Brunetti sich und Vianello von Foa mit einer Polizeibarkasse hinbringen. Sie blieben an Deck: Auch bei offenen Fenstern war es in der Kabine des langsamen Boots unerträglich. Foa hatte das Sonnenverdeck über der Ruderpinne ausgespannt, aber das nützte so gut wie nichts. Durch den Fahrtwind war es draußen eine Spur kühler, und auch das Wasser mochte dazu beitragen, aber es war immer noch so heiß, dass sie lieber gar nicht erst davon anfingen. Linderung verschafften allein die kühlen Stellen, die sie gelegentlich durchfuhren, ein Phänomen, das Brunetti sich nicht erklären konnte: Möglich, dass jene Luft aus den *porte d'acqua* der Palazzi drang, an denen sie vorbeikamen, möglich aber auch, dass die komplizierten Windverhältnisse in den Kanälen die kühlere Luft an gewissen Stellen zusammentrieben.

Als sie in der Nähe von Fontanas Haus anlegten, schickte Brunetti Foa zur Questura zurück, damit er Patta von seiner morgendlichen Schwimmrunde abholen konnte. Er meinte noch, er werde anrufen, wenn sie fertig seien, oder aber, falls es zu lange dauern sollte, würden er und Vianello irgendwo zu Mittag essen und auf eigene Faust zurückkommen.

Auf dem Namensschild neben der obersten Klingel am *portone* stand »Fulgoni«. Brunetti drückte auf den Knopf.

»*Chi è?*«, fragte eine Frauenstimme.

»*Polizia*, Signora«, antwortete Brunetti. »Wir möchten mit Ihnen reden.«

»Na gut«, sagte sie nach kurzem Zögern und ließ das Hoftor aufklicken.

Die kühlere Luft im Hof hatten sie erwartet und konnten sich daher gar nicht so darüber freuen wie über die überraschend kühlen Stellen auf den Kanälen. Das rotweiße Absperrband um den Tatort war noch da, wie Brunetti bemerkte. Von einem Marmorlöwen war nach wie vor nichts zu sehen.

Sie stiegen in die oberste Etage. Die Tür stand halb offen, eine große, breitschultrige Frau in den Fünfzigern erwartete sie. Brunetti erinnerte sich, die Frau auf der Straße gesehen zu haben: Sie hatte auffällig schwarzes Haar, rabenschwarz, in zwei aerodynamischen Wellen aus ihrem blassen Gesicht nach hinten gekämmt, so dass eine Art Helm entstand, der zweifellos von einer nur Frauen und Friseuren bekannten Substanz an Ort und Stelle gehalten wurde. Im Gegensatz dazu war ihr Gesicht so weiß wie mit Reispuder eingestäubt und abgesehen von einem hellrosa Lippenstift ungeschminkt. Sie trug eine dunkelgrüne Bluse mit Rüschen, die irgendwie nicht zu einer Frau von ihrer Körpergröße passten. Und die Farbe biss sich mit dem Blau ihres Rocks. Brunetti sah durchaus, dass die Kleidung teuer war und in einer günstigeren Farbkombination recht elegant wirken würde, doch Signora Fulgoni stand sie nicht.

»Signora Fulgoni?«, fragte Brunetti und streckte die Hand aus.

Ohne seine Hand zu beachten, trat sie zurück und winkte die beiden hinein. Schweigend ging sie ihnen durch den Flur voran in ein kleines Wohnzimmer mit Parkettboden, einem schmalen Sofa und einem Sessel. Vom Couchtisch blickten ihnen die bunten Titelseiten einiger Zeitschriften entgegen, und an einer Wand standen Regale mit Büchern, die gelesen wirkten. Die gestreiften Leinenvorhänge vor den drei hohen Fenstern waren aufgezogen, so dass – in scharfem Kontrast zu Fontanas finsterer Wohnung in der Etage darunter – viel Licht in das Zimmer strömen konnte. Die Wände waren in hellstem Elfenbeinton gestrichen: An einer hing eine Druckgraphik, vielleicht von Otto Dix; an einer anderen mindestens ein Dutzend Bilder, offensichtlich alle von derselben Hand gemalt: kleine abstrakte Gemälde, die nur aus drei Farben bestanden – Rot, Gelb und Weiß – und aussahen, als seien sie mit einem Spachtel aufgetragen worden. Brunetti fand sie aufregend und einschläfernd zugleich, fragte sich nur, wie der Künstler das zuwege gebracht hatte.

»Mein Mann malt«, sagte sie betont neutral, wies mit einer Hand auf die Bilder und dann auf das Sofa. Brunetti horchte auf – sie hatte nicht gesagt, dass ihr Mann Maler sei – und wartete auf die Erklärung. Die kam sogleich: »Er ist Bankier und malt in seiner freien Zeit.« Es war durchaus Stolz herauszuhören, doch im Übrigen war ihre Stimme bemerkenswert gefasst und hatte eine angenehm tiefe Klangfarbe.

»Verstehe«, sagte Brunetti und nahm neben Vianello Platz, der schon sein Notizbuch gezückt hatte und sich zum Schreiben anschickte. Brunetti dankte der Frau, dass sie mit ihnen sprechen wolle, und fragte dann: »Könnten Sie uns bitte sagen, wann genau Sie und Ihr Mann gestern Abend nach Hause gekommen sind?«

»Warum müssen Sie das noch einmal fragen?« Sie klang nicht verärgert, eher aufrichtig verwirrt. »Das haben wir doch schon den anderen Polizisten gesagt.«

Brunetti log, ohne mit der Wimper zu zucken, und lächelte sogar dabei. »Es gab da eine Unstimmigkeit von einer halben Stunde zwischen dem, was der Tenente und dem, was einer der anderen Beamten von Ihrer Aussage in Erinnerung hatte, Signora. Das wollten wir nur schnell klären.«

Sie dachte kurz nach, bevor sie antwortete. »Es muss fünf oder zehn Minuten nach Mitternacht gewesen sein«, sagte sie. »Als wir von der Strada Nuova abgebogen sind, haben wir die Mitternachtsglocken von La Madonna dell'Orto gehört, und wenig später sind wir hier angekommen.«

»Und Ihnen ist hier nichts Ungewöhnliches aufgefallen?«

»Nein.«

Freundlich fragte er: »Könnten Sie mir sagen, wo Sie gewesen sind, Signora?«

Diese Frage war ihr offenbar neu. Sie lächelte knapp und antwortete: »Nach dem Abendessen wollten wir eigentlich fernsehen, aber es war zu warm, und außerdem lief sowieso nur dummes Zeug, also sind wir ein bisschen spazieren gegangen. Im Übrigen«, fügte sie etwas entspannter hinzu, »ist das die einzige Zeit, wo man sich in der Stadt bewegen kann, ohne ständig den Touristen ausweichen zu müssen.«

Vianello nickte, wie Brunetti aus dem Augenwinkel mitbekam.

»Allerdings«, stimmte Brunetti lächelnd zu. Mit Wohlgefallen betrachtete er das Zimmer mit der hohen Decke und den Leinenvorhängen. »Können Sie mir sagen, wie lange Sie hier schon wohnen, Signora?«

»Fünf Jahre«, antwortete sie lächelnd, nicht unempfänglich für das Kompliment, das sie in seinen glänzenden Augen sah.

»Wie sind Sie an diese schöne Wohnung gekommen?«

Die Temperatur ihrer Stimme senkte sich, als sie antwortete. »Mein Mann hat über einen Bekannten davon erfahren.«

»Danke für die Auskunft«, sagte Brunetti. »Und seit wann wohnen Signora Fontana und ihr Sohn in diesem Haus?«

Ihr Blick wanderte zu einem der Bilder, das sich durch einen breiten gelben Streifen in der Mitte von den anderen unterschied, dann zu Brunetti. »Drei oder vier Jahre, glaube ich.« Jetzt lächelte sie nicht, aber ihre Miene wurde sanfter, entweder, weil sie beschlossen hatte, Brunetti zu mögen, oder einfach nur, weil er nicht weiter mit der Frage in sie drang, wie sie an die Wohnung gekommen waren.

»Haben Sie die beiden gut gekannt?«

»Nein, nein, nur so, wie man seine Nachbarn kennt«, sagte sie. »Man läuft sich im Treppenhaus oder unten im Hof über den Weg.«

»Waren Sie mal bei ihnen in der Wohnung?«

»Du liebe Zeit, nein«, sagte sie, offenbar schockiert von der Vorstellung. »Mein Mann ist Bankdirektor.«

Brunetti nickte, als sei das die vernünftigste Antwort, die er je auf eine solche Frage gehört hatte.

»Hat jemals jemand hier aus dem Haus oder aus der Nachbarschaft mit Ihnen über die beiden gesprochen?«

»Über Signora Fontana und ihren Sohn?«, fragte sie, als sei bisher von ganz anderen Leuten die Rede gewesen.

»Ja.«

Sie sah nach einem anderen Bild, zwei kräftige rote Striche senkrecht durch eine weiße Fläche, und sagte: »Nein, nicht dass ich wüsste.« Ihre Lippen setzten zu etwas an, das vielleicht ein Lächeln werden sollte, sich aber auch auf das Bild beziehen konnte.

»Verstehe«, sagte Brunetti. Er war zu dem Schluss gekommen, dass die Unterhaltung mit ihr ihn nicht weiterbringen würde. »Danke, dass Sie sich Zeit für uns genommen haben.«

Sie erhob sich auf einen Satz, während sowohl er als auch ein sichtlich überraschter Vianello sich nur mit Hilfe der Armlehnen mühsam aus dem Sofa stemmen konnten.

Die Höflichkeiten beim Abschied blieben auf ein Minimum beschränkt; als sie die Treppe hinuntergingen, hörten sie die Tür hinter sich zufallen. Kaum war das geschehen, ahmte Vianello ihre Entrüstung nach: »Du liebe Zeit, nein. Mein Mann ist Bankdirektor.«

»Ein Bankdirektor mit einem guten Gespür für Inneneinrichtung«, fügte Brunetti hinzu.

»Wie bitte?«, fragte Vianello verblüfft.

»Wer eine solche Bluse anzieht, kann unmöglich diese Vorhänge ausgewählt haben«, erklärte Brunetti und steigerte Vianellos Verwirrung nur noch mehr.

Im ersten Stock klingelten sie bei Marsano. Nach langem Warten fragte von drinnen eine Frau, wer da sei.

»*Polizia*«, antwortete Brunetti. Er glaubte, Schritte zu hören, die sich von der Tür entfernten, und dann fragte eine Kinderstimme: »Wer ist da?« Hinter der Tür begann ein Hund zu bellen.

»Hier ist die Polizei«, sagte Brunetti und versuchte, möglichst freundlich zu klingen. »Das habe ich deiner Mutter doch schon gesagt.«

»Das war nicht meine Mutter: Das war Zinka.«

»Und wie heißt du?«

»Lucia«, sagte sie.

»Lucia, meinst du, du könntest uns die Tür aufmachen?«

»Meine Mutter sagt, ich soll keinen in die Wohnung lassen«, sagte das Mädchen.

»Nun, das ist wirklich sehr gut, dass sie das sagt«, räumte Brunetti ein. »Aber bei der Polizei ist das etwas anderes. Hat deine Mutter dir das nicht gesagt?«

Das Mädchen überlegte. Schließlich überraschte es ihn mit der Frage: »Ist das wegen der Sache, die mit Signor Araldo passiert ist?«

»Ja, richtig.«

»Nicht wegen Zinka?« Die Besorgnis in ihrer Stimme war unüberhörbar.

»Nein, ich weiß ja nicht einmal, wer Zinka ist«, erklärte Brunetti wahrheitsgemäß.

Endlich ließ sich das Geräusch eines Schlüssels vernehmen, dann ging die Tür auf. Vor ihm stand ein Mädchen von etwa acht oder neun Jahren. Sie trug Jeans und einen weißen Baumwollpulli und war barfuß. Während sie die Tür einen Spaltbreit öffnete, sah sie die beiden Polizisten neugierig an. Sie war hübsch, wie kleine Mädchen es meistens sind.

»Sie haben keine Uniform«, stellte sie fest.

Die beiden lachten, was das Mädchen von ihrer Gutmütigkeit, wenn auch nicht von ihrem Beruf überzeugen mochte.

Brunetti nahm eine Bewegung am Ende des Flurs wahr, als eine Frau in blauer Schürze aus einem der Zimmer kam. Sie hatte die stämmige Gestalt einer Osteuropäerin, ein entsprechend rundes Gesicht und flaumige helle Haare. Ihm war die Situation sofort klar: Sie war eine Illegale und arbeitete hier als Hausmädchen oder Babysitter, aber nicht einmal die Angst vor der Polizei konnte sie davon abhalten, nach dem Kind zu schauen.

Brunetti nahm seine Brieftasche und zog den Dienstausweis heraus. Er hielt ihn der Frau hin und sagte: »Signora Zinka. Ich bin Commissario Brunetti und möchte Ihnen ein paar Fragen zu Signor Fontana und seiner Mutter stellen.« Er beobachtete sie, um festzustellen, ob sie ihn verstand. Sie nickte, rührte sich aber nicht. »Alles andere interessiert mich nicht, Signora. Verstehen Sie?« Ihre Haltung schien sich etwas zu entspannen, also trat er, immer noch vor der Tür, ein Stück zurück und wies auf Vianello, der neben ihm stand und ebenfalls darauf achtete, seinen Fuß nicht über die Schwelle zu setzen. »Das gilt auch für meinen Mitarbeiter, Ispettore Vianello.«

Schweigend kam sie ihnen ein paar zaghafte Schritte entgegen. Das Kind drehte sich zu ihr um und sagte: »Komm, Zinka. Du kannst mit ihnen reden. Die tun uns nichts: Das sind Polizisten.«

Das Wort ließ die Frau erstarren, und ihr war anzusehen: Sie hatte mit der Polizei keine guten Erfahrungen gemacht.

»Wenn Sie uns nicht hereinlassen möchten, Signora«, nahm Brunetti einen neuen Anlauf, »können wir am Nachmittag noch einmal wiederkommen, oder wann immer Lucias Mutter zu Hause ist, falls Sie uns das sagen können.« Sie tat einen weiteren Schritt auf das Kind zu, wobei unklar blieb, ob sie es beschützen wollte oder selbst bei ihm Schutz suchte.

Er wandte sich der Kleinen zu. »Auf welche Schule gehst du, Lucia?«

»Foscarini«, sagte sie.

»Ah, wie schön. Da war meine Tochter auch«, log er.

»Sie haben eine Tochter?«, fragte sie ungläubig, als sei das etwas, was sie von einem Polizisten niemals erwartet hätte. »Wie heißt sie denn?«

»Chiara.«

»So heißt meine beste Freundin auch«, sagte sie mit breitem Lächeln, dann gab sie die Schwelle frei und forderte ihn überraschend förmlich auf: »Bitte, treten Sie ein.«

»Permesso«, sagten sie beide und gingen in die Wohnung. Erst jetzt bemerkte Brunetti die Klimaanlage, deren Kühle ihn nach der Hitze des Tages frösteln ließ.

»Wir können ins Büro meines Vaters. Dorthin führt er immer seinen Besuch, wenn es Männer sind«, sagte die Kleine und lief voraus zu einer Tür rechter Hand. »Kommen Sie«, forderte sie die beiden auf.

Vianello schloss die Wohnungstür und folgte Brunetti und dem Mädchen durch den kalten Flur. Vor dem Büro sagte Brunetti zu der Frau: »Es würde uns helfen, wenn wir auch mit Ihnen sprechen könnten, Signora, aber nur wenn Sie wollen. Wir interessieren uns einzig für Signora Fontana und ihren Sohn.«

Die Frau tat noch einen Schritt auf sie zu und sagte: »Guter Mann.«

»Signor Fontana?«

Sie nickte.

»Sie haben ihn gekannt?«

Wieder nickte sie.

Die Kleine ging ins Zimmer und sagte mit der Betonung auf dem letzten Wort: »Komm schon, du Angsthase.« Sie blieb zögernd neben einem großen Schreibtisch stehen, zog dann den Stuhl dahinter hervor und setzte sich. Ihre Schultern reichten kaum bis zur Tischplatte. Brunetti konnte sich eines Lächelns nicht erwehren.

Die Frau bemerkte sein Lächeln und blickte zwischen dem Kind und Brunetti hin und her.

»Ich habe wirklich eine Tochter, Signora«, sagte Brunetti und nahm auf einem der Stühle vor dem Schreibtisch Platz. Vianello setzte sich auf den anderen.

Die Frau folgte ihnen ins Zimmer, blieb aber auf halbem Weg zwischen Schreibtisch und Tür stehen, so dass sie das Kind notfalls in Sicherheit bringen konnte.

»Wo ist deine Mami?«, fragte Vianello.

»Die arbeitet. Deswegen haben wir Zinka. Sie bleibt bei mir. Eigentlich sollten wir heute an den Strand gehen – wir haben eine Kabine am Excelsior –, aber *mamma* sagt, heute ist es zu heiß, also bleiben wir zu Hause. Zinka hat gesagt, ich darf ihr helfen, das Mittagessen zu machen.«

»Das ist schön«, sagte Vianello. »Weißt du schon, was du machen wirst?«

»*Minestra di verdura*. Zinka sagt, wenn ich brav bin, darf ich die Kartoffeln schälen.«

Brunetti wandte seine Aufmerksamkeit der Frau zu, die der Unterhaltung ohne Mühe zu folgen schien. »Signora«, sagte er herzlich. »Wenn ich nicht versprochen hätte, nur nach Signora Fontana zu fragen, würde ich Sie bitten, mir zu verraten, wie ich meine Tochter dazu bringe, dass sie ihr Zimmer aufräumen *darf*.« Er lächelte, sie sollte wissen, dass er scherzte; ihre Miene entspannte sich, und dann lächelte sie ebenfalls.

Plötzlich wurde Brunetti das Gesetzwidrige seines Vorgehens bewusst, noch schwerer aber wog das Fragwürdige daran. Um Himmels willen, wie konnte er bloß ein Kind vernehmen? Was wollte er denn in Erfahrung bringen, dass er dafür so tief sinken musste?

Er wandte sich an die Frau. »Ich denke, es ist nicht richtig, Lucia noch weitere Fragen zu stellen. Wir sollten sie wieder zu Ihrer *minestra* lassen.« Vianello sah ihn überrascht an, doch Brunetti ignorierte das und sagte zu dem Mädchen: »Hoffentlich ist es morgen nicht ganz so heiß, damit du an den Strand gehen kannst.«

»Danke, Signore«, sagte sie gut erzogen. »Vielleicht ist es gar nicht so schlecht, dass wir nicht gehen können. Zinka kann den Strand nicht leiden.« Sie drehte sich zu ihr um und fragte: »Hab ich recht?«

Die Frau lächelte jetzt noch breiter. »Der Strand kann mich auch nicht leiden, Lucia.«

Brunetti und Vianello standen auf. »Können Sie mir sagen, wann die Marsanos zu Hause sind? Dann kommen wir noch einmal wieder.«

Sie sah das kleine Mädchen an und sagte: »Lucia, geh in Küche, und sieh nach, ob ich da Brille habe, bitte.«

Gehorsam sprang die Kleine auf und lief aus dem Zimmer.

»Signor Marsano wird nichts sagen. Signora auch nicht, nein.«

»Was werden die nicht sagen, Signora?«, fragte Brunetti.

»Fontana war guter Mann. Kämpft mit Signor Marsano, kämpft mit Leute oben.«

Um sich zu vergewissern, wie sie das meinte, fragte Brunetti nach: »Kämpft mit Worten oder kämpft mit Händen, Signora?«

»Kämpft mit Worten, nur mit Worten«, sagte sie, als mache die andere Möglichkeit ihr Angst.

»Was ist passiert?«

»Sie schimpfen laut. Signor Fontana sagt, Signor Marsano nicht ehrlich, selbe mit Mann von oben. Dann Signor Marsano sagt, er ist schlechte Mann, geht mit Männer.«

»Aber Sie meinen, er war ein guter Mann?«, fragte Brunetti.

»Das ich *weiß*«, antwortete sie heftig. »Er für mich Anwalt geholt. Guter Mann in Tribunale. Er mir geholfen mit Papiere, zu bleiben.«

»Dass Sie in Italien bleiben können?«, fragte Brunetti.

»Die ist da nicht, Zinka«, rief das Mädchen vom Ende des Flurs und quengelte im Näherkommen: »Können wir jetzt endlich weitermachen?«

Zinka lächelte, als das Mädchen in der Tür erschien. »Eine Minute, dann wir machen weiter.«

»Wissen Sie den Namen des Anwalts, Signora?«, fragte Brunetti.

»Penzo. Renato Penzo. Freund von Signor Fontana. Er auch guter Mann.«

»Und Signora Fontana?«, fragte Brunetti, dem die Ungeduld des Kindes und die zunehmende Unruhe der Frau nicht entgingen. »Ist die eine gute Frau?«

Zinkas Blick wanderte von ihm zu dem Kind. »Unsere Gäste jetzt gehen, Lucia. Du machst ihnen Tür auf, ja?«

Das Kind konnte es kaum erwarten, weiter Kartoffeln zu schälen, lief zur Wohnungstür und riss sie auf. Dann ging es auf den Absatz hinaus, lehnte sich übers Geländer und schaute nach unten. Brunetti bemerkte, wie nervös die Frau bei diesem Anblick wurde, und beeilte sich aufzubrechen.

Kurz vor der Tür blieb er noch einmal stehen. »Und Signora Fontana?«, fragte er.

Sie schüttelte den Kopf, sah, dass Brunetti ihre Zurückhaltung akzeptierte, und sagte: »Nicht wie Sohn.«

Brunetti nickte, verabschiedete sich von Lucia und ging, gefolgt von Vianello, die Treppe hinunter.

21

Angesichts der Hitze, die sie draußen erwartete, blieb Brunetti auf dem Hof stehen und fragte Vianello: »Hast du schon mal von diesem Penzo gehört?«

Vianello nickte. »Der Name ist ein paarmal aufgetaucht. Er macht viel kostenlose Rechtsberatung. Kommt aus wohlhabenden Verhältnissen. Beamtenfamilie oder so etwas.«

»Kostenlos – für Einwanderer?«, fragte Brunetti, dem allmählich einfiel, was er selbst über den Anwalt gehört hatte.

»Scheint so, wenn er für die Frau da oben arbeitet. Die verdient bestimmt nicht genug, um sich einen Anwalt leisten zu können.« Vianello unterbrach sich, und Brunetti hörte ihn förmlich in seinem Gedächtnis kramen. Schließlich sagte er: »Ich kann mich an keinen speziellen Fall erinnern, wo er etwas für Einwanderer getan hat, nur dass man viel von ihm hält, das hat sich mir irgendwie eingeprägt.« Vianello machte eine vage Handbewegung, um die Tücken der Erinnerung zu illustrieren. »Du weißt ja, wie das ist.«

»Mhm«, stimmte Brunetti zu. Er sah auf seine Uhr und stellte überrascht fest, dass es noch nicht mal halb zwei war. »Wenn ich beim Tribunale anrufe und mich erkundige, ob er jetzt dort ist – bringst du noch die Energie auf, mich dorthin zu begleiten, ohne zusammenzubrechen?«

Vianello schloss die Augen, und Brunetti fragte sich, ob ihm nun eine melodramatische Vorstellung bevorstehe, auch wenn er so etwas von Vianello noch nie erlebt hatte. Der Inspektor machte die Augen wieder auf und sagte: »Wir könnten das *traghetto* bei Santa Sofia nehmen. Das ist der kürzeste Weg, und nur auf der Strada Nuova und in der Gondel hätten wir es mit der Sonne zu tun.«

Brunetti rief die Telefonzentrale des Gerichts an, ließ sich mit der Sekretärin verbinden und erfuhr, dass Avvocato Penzo heute einen Termin habe. Die Verhandlung sei für elf Uhr in Saal 17 D angesetzt gewesen, es sei jedoch zu Verzögerungen gekommen, vermutlich habe die Sitzung erst gegen eins angefangen, aber das lasse sich nur durch einen Besuch im Gerichtssaal feststellen. Brunetti dankte ihr und legte auf. »Bei Gericht läuft es heute schleppend«, sagte er zu Vianello.

Vianello öffnete den *portone*, riskierte einen Blick nach draußen und berichtete: »Die Sonne steht am Himmel.«

Zwanzig Minuten später betraten sie das Gerichtsgebäude, ohne dass irgendjemand sie nach einem Ausweis fragte. Sie begaben sich in den zweiten Stock und gingen den Korridor zu den Sitzungssälen hinunter. Durch die Bürotüren zu ihrer Linken und die dahinterliegenden Fenster öffnete sich ein wunderbarer Blick auf die Palazzi auf der anderen Seite des Canal Grande.

Die Luft im Haus brütete so dumpf wie die Leute, die im Korridor an den Wänden lehnten. Die Stühle waren alle besetzt; einige benutzten ihre Aktentaschen als Hocker oder Sitzkissen; einer kauerte auf einem Stapel gebündelter Prozessakten. Die Bürotüren standen alle offen, damit die Luft zirkulieren konnte, falls sie das wollte, und gelegentlich kamen Leute heraus und kämpften sich durch den überfüllten Flur, stiegen über Füße und Beine und kurvten, so gut es ging, um zusammengesunkene Körper herum.

Sie fanden Saal 17 D am Ende des Korridors. Auch hier stand die Tür offen und gingen Leute nach Belieben ein und aus. Brunetti winkte einem Schreiber, den er kannte, und fragte ihn nach Avvocato Penzo. Der halte gerade sein Plädoyer, sagte der Schreiber, »gegen Manfredi«, einen Anwalt, von dem Brunetti schon gehört hatte. Sie gingen hinein – und zogen sofort ihr Jackett aus, um ihre Gesundheit nicht zu gefährden.

Am hinteren Ende des Raums saß der Richter an einem Pult, das seinerseits auf einem erhöhten Podest stand. Er trug Barett und Robe, Brunetti fragte sich, wie er das aushielt. Jemand hatte ihm einmal erzählt, manche Richter trügen im Sommer nur Unterwäsche unter ihren Roben: Da war bestimmt etwas dran. Die Fenster zum Kanal standen offen, und die wenigen Leute im Raum saßen alle in deren Nähe, nur die Anwälte nicht, die vor dem Richter standen beziehungsweise saßen; auch sie hatten ihre schwarzen Talare an. Einer Anwältin, die am anderen Ende der Stuhlreihe weit weg von den Fenstern saß, war der Kopf nach hinten gesunken. Selbst aus der Entfernung konnte Brunetti sehen, dass ihre Haare so nass waren, als sei sie soeben aus der Dusche gestiegen. Ihre Augen waren zu, ihr Mund offen. Ob sie bewusstlos war oder schlief, von der Hitze überwältigt oder tot, war nicht zu erkennen.

Wie von Magneten angezogen, bewegten sich Brunetti und Vianello auf die Fenster zu und fanden zwei freie Stühle. Im Raum waren Lautsprecher installiert, und vor dem Richter und auf den Tischen der Anwälte standen Mikrofone, aber die Anlage funktionierte nicht richtig, denn die Stimmen aus den zwei Lautsprechern hoch oben an den Wänden waren bis zur Unverständlichkeit verzerrt. Die Gerichtsstenographin saß etwas unterhalb direkt vor dem Richter; entweder konnte sie dieses Krächzen verstehen, oder sie saß nahe genug an den Sprechern. Jedenfalls tippte sie so munter auf ihrer Maschine herum, als befände sie sich auf einem anderen, kühleren Planeten.

Brunetti – vertraut mit der Szene und den Darstellern – betrachtete das alles wie einen dieser Filme im Flugzeug, die er sich gern ohne Kopfhörer ansah. Er beobachtete einen Anwalt, der theatralisch den Ärmel seines Talars hochschob und mit einer ausladenden Handbewegung ein entscheidendes Argument vortrug oder vielleicht auch nur eine Fliege fortwedelte. Der andere Anwalt setzte eine befremdete Miene auf; worauf der erste beide Hände in die Luft stieß, als vermöchte er nur so seiner Fassungslosigkeit Ausdruck zu verleihen. Brunetti fragte sich, ob die Richter das nicht auch manchmal taten: weghören und einfach nur die Gesten beobachten. Ob sie anhand der Gesten die Aussagen als wahr oder falsch einstuften. Außerdem hatte in einer so kleinen Stadt jeder dieser Anwälte einen bestimmten Ruf, nach dem man seine Ehrlichkeit einschätzen konnte, und so brauchte ein erfahrener Richter vielleicht nur die Namen der Anwälte der beiden Parteien zu lesen, um zu wissen, auf welcher Seite die Wahrheit zu finden war.

Schließlich wurden hier vor allem Lügen vorgetragen, oder jedenfalls Ausflüchte und Interpretationen. Ohnehin war es nicht Sache der Justiz, die Wahrheit herauszufinden, es galt lediglich, dem Bürger die Macht des Staates zu spüren zu geben.

Brunettis Blick wanderte wieder zu der Anwältin hinüber, die sich immer noch nicht bewegt hatte, und dann fielen ihm selbst, von der Hitze überwältigt, die Augen zu. Ein Stupser in die Seite ließ ihn aufschrecken. Er sah Vianello fragend an, und der wies mit einer leichten Kopfbewegung zum Richterpult.

Zwei Gestalten in Talaren traten vor den Richter, der sich vorbeugte und ein paar Worte flüsterte, die nicht einmal verzerrt aus den Lautsprechern drangen. Als wollte er auf Brunettis Spielchen eingehen und hier tatsächlich eine Pantomime aufführen, klopfte der Richter mit einem Finger auf seine Armbanduhr. Die beiden Anwälte sagten gleichzeitig etwas; der Richter schüttelte den Kopf. Er klaubte ein paar Papiere zusammen, erhob sich, ließ die Anwälte stehen und schritt aus dem Saal.

Sie sahen einander an und besprachen sich kurz. Der eine öffnete eine Akte und reichte dem anderen ein Blatt. Der nahm es und begann zu lesen; beide ließen sich nicht von dem Lärm stören, mit dem die Zuschauer sich von ihren Stühlen erhoben und nach und nach den Gerichtssaal verließen. Brunetti und Vianello standen ebenfalls auf, um die Leute an sich vorbeizulassen, und nahmen wieder Platz, als die Sitzreihe sich geleert hatte.

Der zweite Anwalt befeuchtete seine Lippen und zog widerwillig zustimmend die Augenbrauen hoch. Er nahm das Papier und ging damit zu seinem Klienten, legte das Blatt vor den Mann hin und zeigte darauf. Der andere fuhr mit dem Finger Zeile um Zeile entlang, als könnte der Finger ihm den Text ins Gehirn übertragen. An einer Stelle gab er auf, und seine Hand klatschte – zufällig oder absichtlich – auf den Teil des Textes, den er gerade gelesen hatte.

Er sah seinen Anwalt an und schüttelte den Kopf. Der Anwalt sagte etwas, und der Mann senkte den Blick. Nach einer Weile sagte der Anwalt wieder etwas, schnappte sich das Papier und brachte es seinem Kollegen zurück. Er reichte ihm den mittlerweile zerknitterten Bogen, dann wandten die beiden Anwälte sich ab und verließen den Saal. Der Klient des zweiten Anwalts blieb allein an seinem Tisch zurück.

Brunetti und Vianello standen auf und gingen zur Tür. »Der Verlierer war Manfredi«, sagte Brunetti, »demnach hat Penzo gewonnen.«

»Möchte wissen, was auf dem Papier gestanden hat«, sagte Vianello.

»Manfredi ist ein krummer Hund«, erklärte Brunetti aus langjähriger Erfahrung. »Penzo ist ihm oder seinem Klienten offenbar auf die Schliche gekommen.«

»Und Penzo hat Beweise.«

»Das kann man nur hoffen«, sagte Brunetti, der an die Integrität eines Anwalts erst glaubte, wenn er sie sah. »Reden wir mit ihm.« Sie fanden den Anwalt am Ende des Korridors, wo er aus einem Fenster hinausschaute – seinen Talar hatte er aufs Fensterbrett geworfen, und jetzt hob er seitlich die Arme vom Körper auf der vergeblichen Suche nach einem kühlenden Luftzug. Brunetti, der Penzo von hinten sah, fiel auf, wie dünn der Mann war: schmale Hüften wie ein Junge, das Hemd schlotterte ihm in feuchten Falten von den Schultern bis zum Hosenbund.

»Avvocato Penzo?«, sagte Brunetti.

Penzo drehte sich um und sah ihn leicht verwundert an. Sein Gesicht war ebenso schmal wie sein Körper, was vor allem an den tief ausgehöhlten Wangen lag, die wiederum seine Nase, eigentlich eine ganz normale Nase, unverhältnismäßig groß erscheinen ließen. Seine Augen hatten die Farbe von Milchschokolade und waren von kleinen Falten umgeben, wie man sie bekommt, wenn man jahrelang in die Sonne blinzelt.

»*Sì?*«, fragte er, sah zwischen Brunetti und Vianello hin und her und erkannte sie sofort als Polizisten. »Was gibt es?«, erkundigte er sich höflich, und es gefiel Brunetti, dass er sich nicht über sie mokierte.

Als habe er Penzos Mienenspiel nicht bemerkt, sagte Brunetti: »Ich bin Commissario Guido Brunetti, und das ist Ispettore Lorenzo Vianello.«

Penzo zog seinen Talar vom Fensterbrett und nahm ihn über den Arm. »Womit kann ich Ihnen behilflich sein?«

»Wir möchten mit Ihnen über einen Ihrer Klienten reden«, sagte Brunetti.

»Selbstverständlich. Wo sollen wir das machen?«, fragte Penzo und sah sich um. Der Korridor war jetzt, um die Mittagszeit, nicht mehr so voll, aber es kamen immer noch Leute vorbei.

»Wir könnten ins Do Mori gehen und etwas trinken«, schlug Brunetti vor. Vianello stöhnte erleichtert auf, und Penzo lächelte zustimmend.

»Geben Sie mir fünf Minuten, das loszuwerden?«, sagte Penzo und hob den Arm, über dem der Talar hing. »Wir treffen uns dann am Eingang?«

Man war einverstanden, und Brunetti und Vianello wandten sich zum Gehen.

Auf der Treppe fragte Brunetti: »Was glaubst du, wen er jetzt anruft?«

»Wahrscheinlich seine Frau: dass er später zum Essen kommt«, nahm Vianello für den Anwalt Partei.

Beide sagten nichts mehr, bis sie nach draußen kamen. Die Sonne hatte alles Leben vom Campo San Giacometto verjagt. Der Blumenladen und die zwei Stände, an denen Dörrobst verkauft wurde, waren geschlossen; sogar das Wasser, das aus dem Brunnen tröpfelte, schien von der Hitze ermattet. Nur die eine Bude, die sich unter die Arkade kauerte, hatte auf.

Brunetti und Vianello verdrückten sich in den Schatten der Arkade. Penzo, eine Aktentasche unterm Arm, ließ nicht lange auf sich warten.

»Was haben Sie vorhin Ihrem Kollegen gezeigt, Avvocato?«, fragte Vianello und entschuldigte sich sogleich für seine Neugier.

Penzo lachte auf, laut und ansteckend. »Sein Klient fordert Entschädigung für ein Schleudertrauma, das er angeblich bei einem Verkehrsunfall erlitten hat. Mein Klient war der Fahrer des anderen Autos. Der Klient meines Kollegen behauptet, er sei monatelang nicht arbeitsfähig gewesen und habe deswegen die Chance auf Beförderung in seinem Job verpasst.«

Neugierig geworden, fragte Brunetti: »Wie viel hat er gefordert?«

»Sechzehntausend Euro.«

»Wie lange war er arbeitsunfähig?«

»Vier Monate.«

»Was macht er?«, fragte Vianello dazwischen.

»Pardon?«, sagte Penzo.

»Als was arbeitet er?«

»Koch.«

»Viertausend im Monat«, sagte Vianello anerkennend. »Nicht schlecht.«

Unterdessen schlenderten die drei Männer in Richtung Do Mori, bogen automatisch nach rechts ab, nach links und wieder nach rechts. Vor dem Eingang blieb Penzo stehen, als wollte er diesen Teil ihrer Unterhaltung abschließen, bevor sie hineingingen, und sagte: »Aber seine Gewerkschaft hat dafür gesorgt, dass er bezahlt wurde, solange er arbeitsunfähig war. Hier ging es nur um Schmerzensgeld.«

»Verstehe«, sagte Brunetti. Eine gute Einnahmequelle. Weit besser als arbeiten. »Und was haben Sie ihm da gezeigt?«

»Eine Aussage von zwei Köchen, die in einem Restaurant in Mira arbeiten. Danach hat der Mann während drei der vier Monate, für die er Schmerzensgeld verlangt, mit ihnen gearbeitet.«

»Wie sind Sie dahintergekommen?«, fragte Vianello, obwohl er wusste, dass Anwälte solche Fragen nie gern beantworteten.

»Seine Frau«, sagte Penzo und lachte wieder laut auf. »Sie haben zu der Zeit schon getrennt gelebt – inzwischen sind sie geschieden –, und er fing an, die Alimente nicht mehr pünktlich zu zahlen. Er benutzte den Unfall als Ausrede, aber sie kannte ihn gut genug, wurde misstrauisch und ließ ihn auf seinen Fahrten nach Mira beschatten. Als sie erfuhr, dass er dort weiter seiner Arbeit nachging, berichtete sie mir davon, und dann habe ich mir die Aussagen seiner Kollegen besorgt.«

»Darf ich fragen, Avvocato«, sagte Brunetti, »wie lange das alles her ist?«

»Acht Jahre«, antwortete Penzo kühl, und keiner von ihnen – sie alle nicht unerfahren mit den Mühlen der Justiz – fand das in irgendeiner Hinsicht ungewöhnlich.

»Und jetzt verliert er sechzehntausend Euro?«, fragte Vianello.

»Er verliert überhaupt nichts, Ispettore«, belehrte ihn Penzo. »Er bekommt nur nicht das Geld, das ihm ohnehin nicht zusteht.«

»Muss aber trotzdem seinen Anwalt bezahlen«, sagte Brunetti.

»Ja, das ist immerhin erfreulich«, erlaubte Penzo sich zu bemerken. Damit war das Thema erledigt; er zeigte mit einer einladenden Geste auf die offene Doppeltür und ließ ihnen den Vortritt.

22

Am Tresen standen einige von den Leuten, die Brunetti im Gerichtssaal gesehen hatte, Weinglas in der einen Hand, *tramezzino* in der anderen. Ein steter Strom relativ kühler Luft floss durch die offenen Türen an beiden Enden der schmalen Bar: Welch eine Wohltat, hier einzutreten, nicht nur wegen der herrlichen Dinge, die in den Vitrinen vor ihnen ausgebreitet lagen. Was hielt Sergio und Bambola in der Bar bei der Questura davon ab, auch solche Köstlichkeiten anzubieten? Ihre *tramezzini* waren im Vergleich zu diesen hier nur ein blasser Abglanz. Brunetti warf Vianello einen Blick zu: »Warum kann die Questura nicht hier um die Ecke sein?«

»Weil du dann jeden Tag *tramezzini* essen und mittags nie mehr nach Hause gehen würdest«, sagte Vianello und bestellte einen Teller Artischockenherzen und -böden, frittierte Oliven, Shrimps und Calamari. »Das ist für uns drei«, erklärte er. Für sich selbst nahm er noch ein *tramezzino* mit Artischocke und Schinken und eins mit Shrimps und Tomaten; Penzo entschied sich für Bresaola und Rucola, Speck und Gorgonzola sowie Speck und Pilze; Brunetti übte Mäßigung und nahm nur eins mit Bresaola und Artischocke und eins mit Speck und Pilzen.

Dazu bestellten sie Pinot Grigio und große Gläser Mineralwasser. Sie trugen die Gläser und Teller zu der schmalen Stehtheke hinter sich und verteilten die Sandwichs. Als er sein erstes *tramezzino* verzehrt hatte, hob Vianello sein Glas; die anderen taten es ihm nach.

Penzo spießte eine frittierte Olive mit einem Zahnstocher auf, biss die Hälfte davon ab und fragte: »Für welchen meiner Klienten interessieren Sie sich?«

Bevor Brunetti antworten konnte, klopfte jemand Penzo auf den Rücken und sagte: »Füttern sie dich, oder verhaften sie dich, Renato?« Aber das war im Scherz gemeint und wurde auch so aufgefasst, und Penzo aß erst einmal den Rest seiner Olive auf. Dann warf er den Zahnstocher auf den Teller und griff nach seinem Wein.

»Zinka«, sagte Brunetti. Er wollte gerade zu einer Erklärung ansetzen, warum er sich ausgerechnet für diese Frau interessierte, als Penzos Züge ein Schmerz durchzuckte, der ihn innehalten ließ. Der Anwalt schloss kurz die Augen, machte sie dann wieder auf und trank einen Schluck Wein.

Er stellte das Glas hin, nahm sein zweites Sandwich und drehte sich zu Brunetti um. »Zinka?«, fragte er unbekümmert. »Wie kommen Sie gerade auf die?«

Brunetti trank einen Schluck Wasser und griff so lässig nach seinem zweiten Sandwich, als habe er Penzos Reaktion nicht mitbekommen. »Es geht uns nicht direkt um sie, sondern um etwas, das sie gesagt hat.«

»Ach? Was denn?«, fragte Penzo, der sich wieder gefangen hatte. Er hob das Sandwich an den Mund, legte es dann aber wieder auf den Teller zurück.

Vianello sah zu Brunetti hinüber, zog die Augenbrauen hoch und trank seinen Wein aus. »Möchte jemand noch einen?«, fragte er.

Brunetti nickte; Penzo verneinte.

Vianello ging zur Theke. Brunetti stellte sein leeres Glas

hin und sagte: »Sie hat von einem Streit erzählt, den ihr Arbeitgeber mit einem seiner Nachbarn hatte.«

Penzo hielt den Blick auf sein Sandwich gesenkt und fragte höflich: »Ach, hat sie das?«

»Mit Araldo Fontana«, sagte Brunetti. Inzwischen hätte Penzo ihn eigentlich mal ansehen können, aber er zog es vor, weiter sein Sandwich anzustarren, als spreche dieses, und nicht Brunetti, mit ihm. »Und sie sagt, Signor Fontana habe auch mit dem Mann im obersten Stock Streit gehabt.« Brunetti ließ etwas Zeit verstreichen und sagte schließlich: »Man könnte sagen, dass Signor Fontana mit allen im Haus Streit gehabt hat.«

Penzo antwortete nicht. »Trotzdem sagt Signora Zinka – und sie scheint mir eine recht vernünftige Frau zu sein –«, fügte Brunetti hinzu, »Signor Fontana sei ein guter Mensch gewesen.« Brunetti sah zur Theke hinüber, wo Vianello mit dem Rücken zu ihnen stand und an einem Glas Weißwein nippte.

Wäre die Bar so voll wie an normalen Tagen gewesen, hätte Penzos Stimme sich nicht gegen den Lärm durchsetzen können, so leise sagte er jetzt: »Das war er.«

»Freut mich, dass Sie das bestätigen«, antwortete Brunetti. »Das macht zwar seinen Tod umso bedauerlicher, sein Leben aber besser.«

Penzo hob langsam den Kopf und sah Brunetti an. »Was haben Sie gesagt?«, fragte er.

»Dass er als guter Mensch ein besseres Leben gehabt hat«, wiederholte Brunetti.

»Und es seinen Tod desto bedauerlicher macht?«

»Ja«, sagte Brunetti. »Aber das zählt ja nicht. Wichtig ist

allein das Leben davor. Was die Leute in Erinnerung behalten.«

»Die Leute werden nur in Erinnerung behalten«, sagte Penzo sehr leise, aber mit hörbarem Zorn in der Stimme, »dass er schwul war und von irgendeinem Freier, den er abschleppen wollte, unten auf dem Hof getötet wurde.«

»Entschuldigen Sie.« Brunetti konnte seine Verblüffung nicht verbergen. »Wo haben Sie denn das gehört?«

»Im Tribunale, in den Büros, auf den Fluren. So reden die Leute. Dass er eine Schwuchtel war, einer, der auf gefährlichen Sex stand und von einem seiner namenlosen Freier getötet wurde.«

»Das ist doch absurd«, sagte Brunetti.

»Natürlich ist das absurd«, fauchte Penzo. »Aber das hält die Leute nicht davon ab, es zu behaupten. Und es wird sie auch nicht davon abhalten, es zu glauben.« Seine Stimme bebte vor Zorn, aber jetzt beugte er sich wieder über seinen Teller, so dass Brunetti ihm nicht mehr ins Gesicht sehen konnte.

Unter anderen Umständen hätte Brunetti einem so erregten Gegenüber beschwichtigend eine Hand auf den Arm gelegt, aber irgendwie hatte er das Gefühl, das könnte falsch verstanden werden, und ließ es sein. Und plötzlich war ihm klar, was das alles nur bedeuten konnte, und er beschloss, das Risiko einzugehen, mit einem einzigen Satz das Vertrauen seines Gegenübers zu verlieren: »Sie müssen ihn sehr geliebt haben.«

Penzo hob den Kopf und starrte Brunetti an wie angeschossen. Sein Gesicht war vollkommen ausdruckslos, leergefegt von Brunettis Bemerkung. Er versuchte etwas zu sagen, und Brunetti ahnte, was hinter dieser Miene vorging: Jahrelang hatte Penzo mit der Lüge gelebt, und jetzt drängte es ihn, ein verwirrtes Gesicht zu machen und Brunetti zu fragen, wie er dazu komme, so etwas zu behaupten – so sehr war er es gewohnt, Fontanas Namen wie jeden anderen zu behandeln, den Mann nicht anders als alle anderen Kollegen.

»Wir haben uns im *liceo* kennengelernt. Vor fast vierzig Jahren«, sagte Penzo und griff nach seinem Wasser. Er legte den Kopf zurück und trank das Glas mit vier großen Schlucken aus. Und als habe das Wasser sein Gespräch mit Brunetti wieder auf den Boden des rein Geschäftlichen zurückgeholt, fragte er: »Was möchten Sie über ihn wissen, Commissario?«

Brunetti kam auf seine ursprüngliche Frage zurück. »Können Sie sich denken, warum Signor Fontana Streit mit seinen Nachbarn hatte?«

Statt darauf zu antworten, bat Penzo: »Könnten Sie mir bitte noch ein Glas Wasser bringen?« Als Brunetti sich zur Bar umdrehte, fügte Penzo hinzu: »Sie können den Inspektor ruhig wieder herholen.«

Brunetti tat beides. Als Penzo das neue Glas halb ausgetrunken hatte, sagte er zu Brunetti: »Araldo hat mir erzählt, er glaube, die Leute im Haus – beide Mietparteien – hätten ihre Wohnungen als Gegenleistungen für irgendwelche Gefälligkeiten bekommen. Von dem Vermieter.«

»Signor Puntera?«, fragte Brunetti.

»Ja.« Penzo sah zu Boden. »Das ist eine sehr komplizierte Geschichte.«

Brunetti nickte Vianello zu, und der Inspektor sagte:

»Wir haben es nicht eilig, Avvocato. Lassen Sie sich ruhig Zeit.«

Penzo verzog den Mund und sah Brunetti an. »Ich weiß nicht, womit ich anfangen soll.«

»Mit seiner Mutter«, schlug Brunetti vor.

»Ja«, sagte Penzo und zuckte resigniert mit den Achseln, »mit seiner Mutter.« Und dann: »Sie ist Witwe. Sie hat sich in ihren Witwenstand hineingekniet, als sei das ihr Beruf. Araldo war erst achtzehn, als sein Vater starb, und da er das einzige Kind war, hielt er es für seine Pflicht, sich um seine Mutter zu kümmern. Sein Vater war Beamter gewesen; anfangs hatten sie etwas Geld, aber das hat seine Mutter schnell durchgebracht. Hat alles ausgegeben, um den äußeren Schein zu wahren. Araldo sollte auf die Universität gehen, wir wollten beide Jura studieren. Aber dann war kein Geld mehr da, er musste einen Job annehmen, und seine Mutter hielt es für das Sicherste, wenn er Staatsdiener würde, wie sein Vater.«

»Und so ist er zum Tribunale gekommen?«, ergänzte Brunetti.

»Ja. Und hat dort gearbeitet, ist aufgestiegen und befördert worden, und alle – er wusste das selbst – haben ihn belächelt, weil er seinen Job immer so ernst genommen hat. Trotzdem war nie Geld genug da, und dann wurde vor fünf Jahren seine Mutter krank, oder jedenfalls glaubte sie das. Und da brauchten sie noch mehr Geld, für Ärzte, Untersuchungen, Medikamente und so weiter.

Die vielen Rechnungen hatten zur Folge, dass er die Miete nicht mehr bezahlen konnte. Ich wollte ihm helfen, aber er hat mich nicht gelassen. Ich hatte es nicht anders erwartet, bot es ihm aber trotzdem immer wieder an. Jedenfalls zogen sie aus Cannaregio in eine finstere kleine Wohnung in Castello. Und sie wurde immer kränker und musste immer öfter zum Arzt.«

»Was fehlte ihr denn?«, fragte Vianello dazwischen.

Penzo zuckte die Schultern. »Ihr fehlt schon was«, sagte er und tippte sich an die Stirn. »Aber die Ärzte konnten nichts finden.«

Er schwieg so lange, dass Brunetti schließlich fragte: »Und weiter?«

»Er ist zu seiner Bank gegangen und hat versucht, einen Kredit aufzunehmen, um die Arztrechnungen zu bezahlen. Dank seiner guten Beziehungen konnte Araldo sogar mit dem Direktor sprechen, aber der sagte ihm, ein Darlehen sei vollkommen ausgeschlossen, da es keine Garantie gebe, dass er es jemals werde zurückzahlen können.«

»Der Bankdirektor war Signor Fulgoni?«, fragte Brunetti.

»Wer sonst?« Penzo lachte bitter auf.

»Verstehe«, sagte Brunetti. »Und dann?«

»Und dann erschien eines Tages wie Venus aus dem Meer oder von einer Wolke herab die Richterin Coltellini in Araldos Büro – das muss vor ungefähr drei Jahren gewesen sein – und sagte, sie habe gehört, er suche eine neue Wohnung.«

Penzo sah die beiden an, um sich zu vergewissern, dass ihnen die Bedeutung dieses Namens nicht entgangen war, und fuhr dann fort: »Araldo wehrte ab, worauf sie sich sehr enttäuscht zeigte, weil, wie sie behauptete, ein Freund von ihr eine Wohnung an der Misericordia habe, die er an ›anständige Leute‹ vermieten wolle. An Mieteinnahmen sei er nicht interessiert, er wolle vor allem anständige, zuverlässige Leute in der Wohnung haben.«

Penzo sah sie an, als wollte er von ihnen wissen, ob sie so etwas schon je gehört hatten. »Bevor er sich an mich wandte, hat Araldo den Fehler gemacht, mit seiner Mutter darüber zu sprechen.«

»Und die wollte umziehen?«, fragte Brunetti.

»Sie wohnten auf fünfzig Quadratmetern: zwei Zimmer für zwei Personen, eine davon eine kranke Frau. Der Boiler war mindestens vierzig Jahre alt, Araldo sagte damals, sie wüssten nie, wann sie heißes Wasser hätten«, sagte Penzo.

»Waren Sie mal da?«, fragte Vianello.

»Ich bin nie in irgendeiner ihrer Wohnungen gewesen«, antwortete Penzo in einem Ton, der jede weitere Diskussion dieses Themas ausschloss.

»Die Wohnung an der Misericordia war billiger, und sie war erst zwei Jahre zuvor renoviert worden; die Heizung war neu, die Nebenkosten waren auch schon mit drin. Und so, wie Coltellini es darstellte, würden sie dem Vermieter geradezu einen Gefallen tun. Araldos Mutter war sofort Feuer und Flamme. Die hat sich immer für was Besseres gehalten.« Bitter fügte Penzo hinzu: »Genau die Sorte Frau, die sich gnädig zu einem Hausbesitzer herablässt.«

»Also hat er die Wohnung genommen?«, fragte Brunetti.

»Als er ihr erst einmal davon erzählt hatte«, sagte Penzo mit resigniertem Kopfschütteln, »kam er nicht mehr daran vorbei. Sie hätte ihn sonst in den Wahnsinn getrieben.«

»Und als sie eingezogen waren?«

»Gab sie sich zufrieden, jedenfalls am Anfang.« Penzo betrachtete das Sandwich, das er immer noch nicht angerührt hatte. »Aber sie war keine, die lange zufrieden sein konnte.« Er legte einen Finger auf das nachgiebige Weißbrot, drückte fest zu und nahm den Finger wieder weg. Die Delle blieb. Er schob den Teller weit von sich und trank einen Schluck Wasser.

Brunetti und Vianello warteten.

»Nachdem sie dort etwa sechs Monate lang gewohnt hatten, gab Richterin Coltellini ihm einmal nach einer Verhandlung eine Akte zurück. Araldo trug die Akte in sein Büro und prüfte die Dokumente auf Vollständigkeit. Ich nehme an, er ist der Einzige im Tribunale, der sich die Mühe macht – gemacht hat –, so etwas zu tun. Ein Papier fehlte, die Übertragungsurkunde für ein Haus. Also brachte er der Richterin die Akte zurück und fragte nach; sie sagte, davon wisse sie nichts, die Urkunde sei nicht in der Akte gewesen, als sie sie gelesen habe, oder jedenfalls könne sie sich nicht daran erinnern.«

»Wie hat er reagiert?«

»Natürlich hat er ihr geglaubt. Schließlich war sie Richterin, und er war dazu erzogen worden, Autoritäten zu respektieren.«

»Und dann?«, half Vianello ihm weiter.

»Ein paar Monate später verschob die Richterin einen Termin, weil die Akte zu dem Fall nicht aufzufinden war«, sagte er.

»Und wo war sie?«, fragte Brunetti.

»Auf ihrem Schreibtisch, begraben unter anderen Akten. Araldo entdeckte sie, als er am Nachmittag dort hinging, um die Prozessakten abzuholen.«

»Hat er mit ihr gesprochen?«

»Ja. Sie hat sich entschuldigt und behauptet, das sei ihr entgangen, die müsse irgendwie zwischen die anderen geraten sein.«

»Und diesmal?«, fragte jetzt wieder Vianello.

»Er hat sich immer noch nichts dabei gedacht. Zumindest hat er mir das so erzählt.«

»Und dann?«, fragte Brunetti.

»Und dann hat er aufgehört, mir davon zu erzählen.«

»Wie kommen Sie darauf, dass es etwas zu erzählen gab?«

»Wie gesagt, Commissario. Wir waren zusammen auf dem *liceo*. Und hatten dann vierzig Jahre lang Kontakt. In dieser Zeit lernt man den anderen gut kennen, was er denkt, ob ihn etwas bedrückt.«

»Haben Sie ihn darauf angesprochen?«, fragte Brunetti.

»Ja, ein paar Mal.«

»Und?«

»Er hat gesagt, ich soll ihn in Ruhe lassen, es habe mit seiner Arbeit zu tun, er wolle nicht mit mir darüber sprechen.« Er zog den Teller mit seinem Sandwich wieder zu sich heran, drückte mit dem Daumennagel ein X in die Delle und sah Brunetti an.

»Also habe ich nicht mehr davon angefangen, und wir taten, als sei alles in Ordnung.«

»Aber?«

Penzo nahm das große Glas, schwenkte das restliche Wasser ein paarmal herum und trank es dann aus. »Sie müssen wissen, Araldo war ein ehrlicher Mensch. Ein guter Mann und ein ehrlicher Mann.«

»Und das heißt?«, fragte Brunetti.

»Das heißt, dass die Vorstellung, die Richterin könnte

ihn anlügen oder könnte überhaupt lügen, ihn fassungslos machte. Und dann zornig.«

»Was wollte er dagegen unternehmen?«, fragte Brunetti.

Penzo zuckte die Schultern. »Was konnte er schon tun? Er saß doch in der Falle. Seine Mutter war so zufrieden, wie jemand wie sie nur sein konnte. Sollte er ihr das etwa wegnehmen?«

»Stand für ihn fest, dass sie die Wohnung verlieren würden?«

Darauf antwortete Penzo gar nicht erst.

»Für seine Mutter zählte nur die Wohnung?«

»Allerdings«, entfuhr es Penzo. »Das war eine Adresse, wohin sie ihre Freunde einladen konnte – die wenigen, die sie hatte –, um ihnen vorzuführen, wie weit sie es gebracht hatten, sie und ihr Sohn, der doch bloß Gerichtsdiener war. Und nicht Anwalt.«

»Und?«, fragte Brunetti.

»Also hat er den Mund gehalten. Und ich habe nicht weiter nachgefragt.«

»Und das war's?«, meinte Brunetti.

Penzo warf ihm einen befremdeten Blick zu. »Ja. Das war's«, sagte er. Bei dieser Hitze hatten sie alle einen leichten Schweißfilm auf Gesicht und Armen, so dass Brunetti die Tränen, die Penzo über die Wangen liefen, zunächst gar nicht bemerkte. Er schien sie selbst nicht zu bemerken, jedenfalls unternahm er keinen Versuch, sie wegzuwischen. Schließlich tropften sie ihm vom Kinn und versickerten in seinem weißen Hemd.

»Ich werde mir noch an meinem Todestag wünschen, ich hätte was unternommen. Ihn zum Reden gebracht. Dass er mir erzählt, was er tut. Was sie von ihm verlangt hat«, sagte Penzo und wischte sich geistesabwesend die Tränen ab. »Ich wollte doch nur keinen Ärger machen.«

»Haben Sie ihn an diesem Tag gesehen?«, fragte Brunetti. »Oder mit ihm gesprochen?«

»Sie meinen an dem Tag, als er getötet wurde?«

»Ja.«

»Nein, da war ich bei einem Klienten in Belluno und bin erst am nächsten Morgen zurückgekommen.«

»In welchem Hotel?«, fragte Vianello vorsichtig.

Penzos Miene erstarrte, und es kostete ihn Mühe, sich zu dem Inspektor umzudrehen. »Hotel Pineta«, sagte er schroff. Er hob seine Aktentasche vom Boden auf und verließ die Bar so schnell, dass weder Brunetti noch Vianello ihn hätten aufhalten können, selbst wenn sie gewollt hätten.

23

Brunetti ging zur Bar und kam wenig später mit zwei weiteren Gläsern Weißwein zurück. Er stellte eins vor Vianello hin und nahm von seinem einen Schluck.

»Und?«, fragte er Vianello.

Der Inspektor zerbrach den Zahnstocher, mit dem er eine Artischocke gegessen hatte, grübelnd in kleine Stücke und legte sie eins nach dem anderen auf den Teller neben das von Penzo zurückgelassene Sandwich. »Sieht so aus«, sagte er schließlich, »als müssten wir uns mit seinem Leben beschäftigen.«

»Fontanas oder Penzos?«

Vianello blickte auf. »Eigentlich mit beiden, aber mit Fontana haben wir ja schon angefangen. Erst finden wir heraus, dass er schwul war, und dann hören wir seine Lebensgeschichte tränenreich erzählt von einem Mann, bei dem es sich – falls ich nicht völlig danebenliege – ohne weiteres um seinen Liebhaber handeln könnte. Also sollten wir uns vergewissern, wo Penzo sich in der Tatnacht aufgehalten hat.«

»Das heißt also, seine Tränen haben dich nicht überzeugt?«, fragte Brunetti zynischer, als es seine Gewohnheit war.

Vianello brach noch ein Stückchen von dem Zahnstocher ab. »Doch, ich habe ihm Glauben geschenkt und glaube ihm noch. Jedenfalls, dass er Fontana geliebt hat.«

»Aber?«

»Tag für Tag töten Leute jene, die sie lieben«, sagte Vianello.

»Stimmt«, bestätigte Brunetti.

»Das heißt, wir zählen ihn zu den Verdächtigen?«

»Das heißt, wir *müssen* ihn zu den Verdächtigen zählen«, sagte Brunetti. Er sah den Inspektor fragend an. »Was meinst du?«

»Wie gesagt, ich vermute, dass Penzo ihn geliebt hat«, sagte Vianello, hielt kurz inne und bemerkte dann irgendwie enttäuscht: »Aber ich glaube nicht, dass er ihn getötet hat.«

Brunetti sah das genauso, konnte jetzt aber ein Unbehagen, das die Unterredung mit dem Anwalt in ihm ausgelöst hatte, nicht mehr für sich behalten: »Du meinst also wirklich, Penzo war sein Geliebter?«

»Du hast selbst gehört, wie er von ihm gesprochen hat«, beharrte Vianello.

»Jemanden vierzig Jahre lang lieben ist nicht dasselbe wie sein Geliebter sein«, sagte Brunetti.

Vianello setzte eine störrische Miene auf, und Brunetti kam ihm mit der Antwort zuvor: »Es ist nicht dasselbe, Lorenzo.« Plötzlich dachte Brunetti, dass er und Vianello sich zweifellos ebenfalls gern hatten, aber das konnte er Vianello natürlich nicht sagen. Und – gestand er sich ein – er selbst würde es auch nicht von Vianello hören wollen.

»Du kannst ja einen Unterschied machen, wenn du willst«, sagte Vianello, was sich anhörte, als werde er selbst das mit Sicherheit nicht tun. »Wenn sich herausstellt, dass er in dieser Nacht nicht in Belluno war – was dann?«

Brunetti tat dies mit einem Achselzucken ab.

Wieder in seinem Büro, stand Brunetti ausgelaugt am Fenster, hoffte auf einen erfrischenden Luftzug und dachte über die Möglichkeiten nach, die sich aus dieser neuen Erkenntnis ergaben. Penzo und Fontana als Freunde, die sich sehr gern hatten, was immer das bedeuten mochte. Oder als Liebespaar: Er schloss das nicht aus. Fontana und Richterin Coltellini als Gegner im Streit über den Verbleib von juristischen Dokumenten. Fontana als Anlass lautstarken Streits mit den anderen Mietern in seinem Haus. Und nicht zuletzt Signor Puntera, reicher Geschäftsmann und Besitzer des Palazzo, der überall seine Finger drin hatte und daher viele Gründe haben konnte, sich bei Gericht ein paar entgegenkommende Freunde zu sichern.

Er ließ die Hoffnung auf eine lindernde Brise fahren und ging nach unten zu Signorina Elettras Büro. Die Tür war zu. Er klopfte an, vernahm ein Geräusch und trat ein. Ins Paradies. Es war kühl, es war trocken, ihn überlief ein Schaudern – er wusste nicht, ob vor Kälte oder Wonne. Sie saß an ihrem Computer, und was trug sie da? Eine hellblaue Strickjacke – war das möglich? Im August? – aus Kaschmir?

Er machte die Tür schnell hinter sich zu. »Wie hat er das denn hingekriegt?«, fragte er verblüfft. Er konnte seine Überraschung nicht verbergen. »Haben Sie ihm dabei geholfen?«

»Bitte, Commissario«, sagte sie entrüstet. »Sie wissen genau, was ich von Klimaanlagen halte.« Das wusste er allerdings. Sie hatten sich über das Thema einmal beinahe zerstritten: Er hatte behauptet, unter bestimmten Umständen sei so etwas nötig – wobei er stillschweigend seine eigene Wohnung in den Monaten Juli und August dazuzählte –, während sie argumentiert hatte, das sei Verschwendung und daher unmoralisch.

»Was ist passiert?«

»Tenente Scarpa«, sagte sie mit unverhohlener Verachtung, »hat einen Freund, der Klimaanlagen installiert; heute früh hat er eine bringen und im Büro des Vice-Questore einbauen lassen.« Sie richtete sich auf und fügte hinzu: »Ich habe ihm gesagt, ich brauche keine. Jedes Mal, wenn die Tür aufgeht, kommt genug kalte Luft herein.«

Wie aufs Stichwort krachte in diesem Moment die Tür hinter Signorina Elettras Schreibtisch an die Wand, und statt kalter Luft stürmte Patta ins Zimmer. »Da sind Sie. Seit Stunden rufe ich in Ihrem Büro an. Sofort herein zu mir.« Er schrie nicht: Das war nicht nötig. Gegen die Glut seines Zorns kam selbst die Klimaanlage kaum an.

Der Vice-Questore wandte sich ab und wollte in sein Büro zurück, aber da die Tür von der Wucht, mit der er sie aufgestoßen hatte, wieder zugefallen war, musste er sie erst wieder öffnen.

Brunetti warf Signorina Elettra einen Blick zu, aber sie hob nur fragend die Hände und schüttelte den Kopf. Brunetti folgte Patta in dessen Büro und schloss die Tür.

»Haben Sie den Verstand verloren?«, platzte Patta heraus und baute sich hinter seinem Schreibtisch auf. Er nahm Platz, wies Brunetti aber keinen Stuhl an, was bedeutete, dass Patta ernsthaft in Rage war.

Brunetti rückte etwas näher an den Schreibtisch heran, die Hände an der Hosennaht. »Was ist los, Signore?«, fragte er.

»Was los ist?«, fauchte Patta, und für den Fall, dass ein Lauscher hinter seinem Aktenschrank ihn nicht richtig gehört haben sollte, wiederholte er: »Was los ist?« Und endlich überzeugt, dass jeder ihn vernommen hatte: »Das ist los: Ich habe heute Morgen zwei Anrufe bekommen, und in beiden wurde mir von Ihrem geradezu kriminellen Verhalten berichtet. Das ist los.«

»Darf ich fragen, wer Sie angerufen hat, Signore?«, fragte Brunetti, der das Schlimmste befürchtete.

»Ich wurde von Signora Fulgonis Mann kontaktiert; er sagt, seine Frau sei wegen Ihrer tendenziösen Befragung aufs äußerste beunruhigt.« Patta hob eine Hand und wischte jeden Versuch Brunettis beiseite, sein Verhalten zu erklären oder zu rechtfertigen. »Noch schlimmer, er sagt, Sie hätten es gewagt, ein Kind zu verhören.« Der Gedanke an die Konsequenzen dieses Vorgehens trieb Patta aus seinem Stuhl; er stützte sich auf den Schreibtisch und rief mit Donnerstimme über das Summen der Klimaanlage hinweg: »Ein Kind, Brunetti. Wissen Sie überhaupt, was für Scherereien mir das einbringen kann?«

»Von wem kam der zweite Anruf, Signore?«, fragte Brunetti.

»Das wollte ich gerade sagen. Von der Leiterin des Sozialamts. Bei ihr ist eine Beschwerde über einen Polizisten eingegangen, der ein Kind belästigt haben soll. Sie wollte wissen, was da vor sich geht.« Brunetti verkniff sich die Frage, wer die Beschwerde eingereicht habe, da Patta ohnehin nicht darauf geantwortet hätte.

Patta sank auf seinen Stuhl zurück und fuhr etwas ruhiger fort: »Zum Glück ist ihr Mann mit mir im Lions Club, also kenne ich die beiden recht gut. Ich habe ihr versichert, dass es sich um ein Missverständnis handelt, und sie scheint mir das abgenommen zu haben. Jedenfalls wird es keine offizielle Untersuchung geben.« Seine Erleichterung war mit Händen zu greifen. »Immerhin eine Sorge weniger.«

Brunetti rührte sich nicht, er hielt es für das Beste, einfach abzuwarten, bis die Wogen von Pattas Zorn sich geglättet hatten, und ihm dann eine Erklärung anzubieten.

»Fulgoni ist Bankdirektor«, sagte Patta. »Haben Sie die leiseste Ahnung, wie einflussreich ein solcher Mann sein kann? Außerdem ist er mit dem Questore befreundet.« Patta unterbrach sich, um diese Tatsache nachwirken zu lassen, und sagte dann etwas ruhiger: »Aber ich glaube, ich habe ihn davon abbringen können, sich bei ihm persönlich zu beschweren.«

Patta schloss die Augen und atmete tief durch, damit Brunetti auch ja mitbekam, wie ungeheuer seine Geduld durch das unbesonnene und verantwortungslose Vorgehen seines Untergebenen strapaziert wurde und wie sehr ihn sein schweres Amt mitnahm.

»Also gut«, sagte Patta schließlich erschöpft. »Stehen Sie nicht so herum. Setzen Sie sich, und erzählen Sie mir Ihre Version.«

Brunetti nahm Platz, hielt den Rücken tunlichst gerade, die Beine parallel nebeneinander, die Hände auf den Knien: jetzt bloß keine Mätzchen und etwa die Arme vor der Brust verschränken. »Ich habe in der Tat mit Signora Fulgoni gesprochen, Vice-Questore: Tenente Scarpas Bericht zufolge haben sie und ihr Mann einen Zeitpunkt nennen können, vor dem der Mord nicht stattgefunden haben kann. Mich hat interessiert, ob ihnen irgendetwas Besonderes oder Ungewöhnliches aufgefallen ist. Und ich wollte mich nach diesen vier Lagerräumen erkundigen: Dort hätte sich leicht jemand verstecken können.«

»Davon hat Fulgoni kein Wort gesagt«, erklärte Patta mit dem Argwohn eines Mannes, der es gewohnt ist, belogen zu werden. »Er sagte, Sie hätten ihr persönliche Fragen gestellt.«

Brunetti setzte eine erstaunte Miene auf, als kränke ihn eine solche Unterstellung – mit Recht. »Nein, Signore. Nachdem sie meine Frage nach dem Zeitpunkt, wann sie und ihr Mann nach Haus gekommen waren, beantwortet hatte, habe ich ihr nur noch ein Kompliment für ihre Wohnung gemacht und sie gefragt, ob sie die Fontanas kenne. Das hat sie verneint, und dann sind Vianello und ich gegangen.«

»Und zwar in die Wohnung darunter, um das Kind zu befragen«, sagte Patta mit neu entflammtem Zorn.

Brunetti wehrte die unberechtigte Kritik mit erhobenen Händen ab. »Das ist entweder ein Missverständnis oder eine Übertreibung, Signore. Wir sind nach unten gegangen und haben geklingelt. Hinter der Tür war eine Kinderstimme zu hören, und ich habe gefragt, ob ich die Mutter sprechen kann. Als die Tür geöffnet wurde, sah ich hinten im Flur eine Frau stehen« – Brunetti hielt es nicht für nötig, die Frau zu beschreiben – »und nahm an, das sei die Mutter des kleinen Mädchens. Also ging ich rein, um mit ihr zu sprechen, aber sobald mir klarwurde, dass es sich bei der Frau nicht um die Mutter handelte, sind Vianello und ich gegangen. Auf der Stelle, Signore. Vianello kann das bestätigen.«

»Davon bin ich überzeugt«, sagte Patta in einem jener hellen Momente, die Brunetti seit Jahren davon abhielten, ihn als kompletten Idioten abzutun.

»Wie sollen wir das darstellen?«, fragte Patta. »Ich habe den Autopsiebericht gesehen«, fügte er hinzu. »Bestimmt wird es nicht sehr lange dauern, bis die Presse davon Wind bekommt.«

»Von Rizzardi erfährt sie nichts«, erwiderte Brunetti so hitzig, dass Patta ihm einen warnenden Blick zuwarf.

»Dottor Rizzardi ist nicht der Einzige, der in der Pathologie arbeitet, wie Sie vielleicht wissen, und auch nicht der Einzige, der Zugang zu diesem Bericht hat«, sagte Patta. »Wenn das ruchbar wird – wie sollen wir damit umgehen?«

Brunetti betrachtete die Beine von Pattas Schreibtisch und dachte daran, wie lange Signora Fontana gewisse Dinge vor sich selbst verheimlicht hatte und wie ihr das gelungen sein mochte. Was erträumten sich Mütter für ihre Söhne? Und von ihren Söhnen? Ein zufriedenes Leben? Enkelkinder? Gründe, stolz auf sie zu sein? Brunetti kannte Frauen, die nichts anderes wollten, als dass ihre Söhne keine Drogen nahmen und nicht ins Gefängnis kamen; andere wollten, dass sie eine schöne Frau heirateten, ein Vermögen machten und einen hohen Rang in der Gesellschaft einnahmen; und einige sehr wenige wollten einfach nur, dass sie glücklich wurden. Was hatte Signora Fontana sich für ihren Sohn erträumt?

»Nun?« Pattas Stimme riss ihn aus seinen Gedanken.

»Rizzardi hat mir gesagt, es werde eine Weile dauern, bis die Laborergebnisse vorliegen, Signore«, sagte Brunetti.

»Und?«

»Ich finde, wir sollten unsere Ermittlungen auf mögliche Verdächtige richten, die einen Mann wie –«

Bevor er den Namen Fontana nennen konnte, fiel Patta

ihm ins Wort: »Ich habe den Eindruck, das ist kein Mann, den irgendjemand umbringen möchte. Vermutlich handelt es sich um gewöhnliche Straßenkriminalität.«

Brunetti hätte am liebsten gefragt, wieso er dann so brutal zu Tode geprügelt worden sei, aber er hielt sich vorsichtig zurück und meinte nur: »Es mag den Anschein haben, Vice-Questore. Doch jemand wollte ihm ans Leben und hat ihn umgebracht.« Er kannte Patta gut genug und wusste, jetzt käme er mit dem Vorschlag, das Verbrechen als Raubüberfall zu den Akten zu legen, damit die Menschen in der Stadt sich nicht weiter beunruhigten. Folglich setzte Brunetti zu einem Präventivschlag an: »Es könnte voreilig sein, von Straßenkriminalität zu sprechen, Vice-Questore. Niemand kommt gern zu Besuch in eine Stadt, wo die Leute bei Raubüberfällen getötet werden.«

Brunetti wusste, auch wenn Patta Sizilianer war, hatte er in Venedig lange genug unter Politikern und jenen verkehrt, die hier als High Society galten, um den venezianischen Glauben an den Tourismus verinnerlicht zu haben. Opfert kleine Kinder, treibt die Einwohner zusammen und verkauft sie als Sklaven, massakriert alle wahlberechtigten männlichen Bürger, bringt Jungfrauen auf den Altären der Götter dar: Tut das alles und mehr, aber rührt mir weder Touristen noch den Tourismus an. Das Schwert des Mars war nicht so mächtig wie ihre Kreditkarten; sie waren die wahren Eroberer.

»... hören Sie mir überhaupt zu, Brunetti?«

»Selbstverständlich, Signore. Ich suche gerade nach einer guten Formulierung für die Presse.« Auch Brunetti hatte die Sprache des Entgegenkommens gelernt.

Patta verschränkte die Arme vor der Brust und senkte den

Blick auf seinen Schreibtisch, der so frei von Papier war wie sein Denken von Zweifeln. »Die Ergebnisse der Autopsie gelangen früher oder später sowieso an die Öffentlichkeit, also werden wir wohl sagen müssen, wir gehen davon aus, dass sein Tod mit seinem Privatleben zusammenhängt.«

»Ohne jeden Beweis?«, fragte Brunetti, dem Fontanas Mutter nicht aus dem Kopf wollte.

»Aber es gibt doch Beweise. Das Sperma eines anderen Mannes.«

»Das hat ihn nicht umgebracht«, hielt Brunetti etwas kopflos dagegen.

Patta stemmte die Ellbogen auf die Tischplatte und presste seine Lippen an die gefalteten Hände, als hoffte er, so seine Worte zurückhalten zu können. Beide schwiegen geraume Zeit, schließlich fragte Patta: »Wollen Sie die Zeitungen unterrichten, oder soll ich Tenente Scarpa darum bitten?«

Nach Kräften um einen bescheidenen und vernünftigen Ton bemüht, sagte Brunetti: »Ich hielte es für besser, wenn der Tenente das machen könnte, Signore.«

»Sind Sie sicher, dass Sie das nicht übernehmen wollen, Brunetti? Schließlich sind Sie mit einigen dieser Reporter befreundet.«

»Vielen Dank, Signore, aber wenn ich ihnen die offizielle Version erzähle, muss ich auch sagen, dass ich selbst nicht daran glaube. Der Tenente ist im Umgang mit der Presse viel entspannter.« Brunetti erhob sich lächelnd von seinem Stuhl. Er ging zur Tür, machte sie auf und leise hinter sich zu und zog noch einmal daran, um sicherzugehen, dass sie richtig geschlossen war; es sollte doch nicht zu viel von der kalten Luft aus dem Büro des Vice-Questore entweichen.

24

Nach der Unterredung mit Patta hielt Brunetti es für das Klügste, vorerst nicht noch einmal mit Signorina Elettra zu sprechen. Er ging in sein Büro hinauf und rief den Bauernhof an, auf dem Paola und die Kinder Urlaub machten. Paola meldete sich beim siebten Klingeln.

»Es ist heiß und schwül, und die kleineren Kanäle stinken«, begrüßte er sie. »Warum seid ihr nicht wandern?«

»Wir waren den ganzen Tag draußen, Guido. Und jetzt bin ich auf der Terrasse und lese.«

»Seit wann haben Bauernhäuser eine Terrasse?«, fragte Brunetti mürrisch.

»Tröstet es dich, wenn ich sage, dass hier früher Schweine geschlachtet wurden und noch die Rinne zu sehen ist, in der das Blut sich sammeln konnte? Und dass es, wenn die Sonne direkt darauf scheint, immer noch leicht nach Schweineblut riecht, was es mir unmöglich macht, mein versammeltes Wissen voll und ganz auf die nuancenreichen Dialoge von *Die Europäer* zu richten?«

»Lügst du?«

»Ja.«

»Warum?«

»Um dich aufzuheitern.« Offenbar waren die Rührseligkeiten damit abgehakt. »Wie geht's bei dir?«, fragte sie.

»Ein wichtiger Mensch, dessen Frau ich befragt habe, hat sich bei Patta beschwert, und vorhin musste ich mir eine Viertelstunde lang seine paranoiden Tiraden anhören.«

»Wovor hat Patta Angst?«, fragte sie.

»Weiß der Himmel. Dass er nicht zum Ball des Lions Club eingeladen wird, womöglich. Falls die so was veranstalten. Ich verstehe ihn nicht: Er führt sich auf, als lebe er noch am Hof der Bourbonen und setze alles daran, die Aufmerksamkeit irgendeines Prinzen auf sich zu ziehen. Sollte er jemals von deinem Vater eine Essenseinladung erhalten, fällt er vor Freude wahrscheinlich tot vom Stuhl.«

»Mein Vater ist kein Prinz«, stellte sie fest.

»Na ja, Grafen gehören auch in diese Abteilung.«

»Die Monarchie wurde 1946 abgeschafft«, sagte sie mit der Strenge einer Historikerin.

»Schwer zu glauben bei der Katzbuckelei, die ich Tag für Tag erlebe«, erwiderte Brunetti.

»Zur Sache«, sagte sie; Brunettis Bemerkungen über den höheren Adel interessierten sie nicht.

»Das Mordopfer wurde von zwei zuverlässigen Zeugen als guter Mensch beschrieben. Er hatte Streit mit seinen Nachbarn, Schwierigkeiten mit einer Richterin und war vermutlich schwul.«

»Das sind ja recht gehaltvolle und vielsagende Informationen, aber ich bin mir nicht sicher, ob sie mir reichen, den Täter zu identifizieren, falls du deswegen angerufen hast«, sagte sie.

»Nein, damit lässt sich nicht viel anfangen«, stimmte Brunetti zu. »Eigentlich rufe ich an, um dir zu sagen, wie sehr ihr mir fehlt, du und die Kinder, und dass ich jetzt viel lieber bei euch wäre.«

»Bring die Sache vom Tisch, und komm. Wir können immer noch eine Woche dranhängen.«

»Und die Kinder verwöhnen?«, fragte er mit gespieltem Entsetzen.

»Und Urlaub machen«, korrigierte sie ihn. Als sie das Gespräch nach Austausch weiterer Nettigkeiten beendeten, fühlte Brunetti sich erfrischt.

Er vergegenwärtigte sich noch einmal seine Unterredung mit Signora Fulgoni. Er hatte sie um Bestätigung des genauen Zeitpunkts gebeten, wann sie und ihr Mann nach Hause gekommen waren, worauf sie das Läuten der Mitternachtsglocke erwähnt hatte. Präziser konnte eine Angabe kaum sein. Dann hatte er sie gefragt, wie lange sie schon in dem Haus wohnten, und sie hatte ähnlich präzise geantwortet. Erst als er sie gefragt hatte, wie sie an die Wohnung gekommen seien, hatte sich ihr Verhalten geändert.

»Na, dann sollten wir uns damit mal beschäftigen«, sagte er laut.

Vianello, den Brunetti im Bereitschaftsraum fand, versicherte ihm, an Informationen über den Mietvertrag komme man relativ leicht heran; er habe nämlich vor kurzem gelernt, wie man sich Zugang – der Euphemismus verriet Signorina Elettra als seine Lehrerin – zu den Dateien der Comune verschaffen könne. Und er hatte nicht zu viel versprochen. Er brauchte nur die Namen Puntera und Fulgoni einzugeben, und innerhalb weniger Minuten hatte er nicht nur das Datum des Vertrags ermittelt, sondern auch das zugehörige Aktenzeichen im Ufficio dei Registri, wo eine Kopie zu finden war.

»Müssen wir rübergehen, um festzustellen, wie viel Miete sie zahlen?«, fragte Brunetti.

Vianello setzte zu einer Antwort an, zögerte, machte ein verlegenes Gesicht und sagte: »Nein, eigentlich nicht.«

»Ich vermute, der Mietbetrag steht nicht hier drin«, sagte Brunetti und klopfte mit dem Fingernagel an den Bildschirm.

»Nein«, sagte Vianello und korrigierte sich umgehend: »Ich meine: doch.«

»Was denn nun, Lorenzo?«, fragte Brunetti.

»Natürlich steht das im Vertrag, aber nicht in den Dateien des Ufficio dei Registri.«

»Wo denn dann?«

»In Fulgonis Steuererklärung.«

»Die ist auch hier drin?«, fragte Brunetti mit einem freundlichen Nicken in Richtung Computer, dem Hort aller Informationen.

»Ja.«

»Und?«, sagte Brunetti und zeigte ungeduldig auf den Monitor.

»Ich weiß nicht, wie ich da herankommen kann«, gestand Vianello.

»Aha«, sagte Brunetti und ging in sein Büro zurück. Da Patta wahrscheinlich noch in der Questura war, rief Brunetti bei Signorina Elettra an und fragte, ob sie in Punteras Steuerunterlagen nachsehen könne, wie viel Miete er für die drei Wohnungen in dem Palazzo an der Misericordia einnehme.

»Nichts einfacher als das, Commissario«, sagte sie. Er legte auf und gab sich alle Mühe, sich durch die Lässigkeit ihrer Antwort nicht in seiner Hochachtung für Vianello beirren zu lassen.

Nachdem er eine Weile die Wand angestarrt hatte, rief er sie noch einmal an. »Könnten Sie bei der Gelegenheit«, bat er sie, »auch gleich einmal nachsehen, ob es eine Aufstellung seiner Gerichts- und Anwaltskosten gibt, mit den Namen der Anwälte, denen er in den letzten Jahren ein Honorar gezahlt hat? Geldstrafen, die er für irgendeine seiner Firmen bezahlen musste? Schadensersatz? Einfach alles, was ihn mit Anwälten und Gerichten in Verbindung bringt.«

»Selbstverständlich, Signore«, sagte sie, und Brunetti dankte insgeheim den Göttern, die ihm diesen modernen Merkur in Frauengestalt geschickt hatten, der zwischen ihm und dem, was er bei sich den Cyber-Himmel nannte, so mühelos Botschaften hin- und herbefördern konnte. Einen Mann in seinem Alter, der noch mit Papier und den entsprechenden Vorurteilen aufgewachsen war, beunruhigte die Vorstellung sehr, dass jedem, der wusste, wie es ging, so viele persönliche und private Informationen in elektronischer Form zugänglich waren. Natürlich hatte er absolut nichts dagegen, von Signorina Elettras Raubzügen zu profitieren, aber das hielt ihn nicht davon ab, ihre Aktivitäten genau als das – als Raubzüge – zu betrachten.

Plötzlich überkam ihn etwas, das an Erschöpfung grenzte. Da war die Hitze, die Einsamkeit, in der er lebte, die Notwendigkeit, sich Patta zu beugen, um die eigenen Ziele zu erreichen, und dann war da der Blutfleck auf dem Pflaster des Innenhofs, das Blut dieses rechtschaffenen Menschen, das Blut von Fontana.

Er verließ die Questura, ohne jemandem Bescheid zu sagen, nahm die Nummer eins nach San Silvestro, bestellte dort im Antico Panificio eine Pizza zum Mitnehmen, mit scharfer Wurst, Rucola, Pepperoni, Zwiebeln und Artischocken, ging nach Hause, setzte sich auf die Terrasse, aß die

Pizza, trank zwei Bier und las dabei Tacitus, dessen pessimistische Sicht der Dinge das Einzige war, was er in seinem gegenwärtigen Zustand ertragen konnte. Dann ging er ins Bett und fiel in erholsamen Schlaf.

Als Brunetti am nächsten Morgen in die Questura kam, richtete ihm der diensthabende Beamte aus, Ispettore Vianello wolle ihn sprechen. Vianello saß im Bereitschaftsraum mit Zucchero zusammen, der sich aber entfernte, sowie er Brunetti hereinkommen sah.

»Was gibt's?«, fragte Brunetti, als er vor Vianellos Schreibtisch stand.

»Ich habe alle Fontanas im Telefonbuch angerufen, und einer von ihnen, Giorgio, ist offenbar ein Cousin des Toten. Ich habe ihn gefragt, ob wir ihn aufsuchen und mit ihm reden können, aber er meinte, er würde lieber hierherkommen.«

»Hattest du den Eindruck, dass er uns was zu erzählen hat?«

Vianello hob unschlüssig die Hände. »Mehr hat er nicht gesagt, nur, dass er gleich kommen und mit uns reden will.«

»Was hast du geantwortet?«

»Dass du um neun hier sein wirst.«

»Gut«, sagte Brunetti. »Komm mit mir rauf.« Vianellos Telefon klingelte, und als Brunetti aufmunternd nickte, nahm Vianello ab. Er hörte kurz zu und sagte dann: »In Ordnung. Bringen Sie ihn bitte zu Commissario Brunettis Büro hinauf.« Er legte auf und sagte: »Er kommt jeden Moment.«

Sie gingen eilig nach oben. Brunetti stieß die Fenster auf, aber das half auch nicht viel; die Hitze und die stickige Luft ließen sich nicht vertreiben. Kurz darauf klopfte Zucchero an den Türpfosten und sagte: »Hier ist ein Besucher für Sie, Commissario: Signor Fontana.« Er salutierte zackig und trat einen Schritt zurück.

Araldo Fontana war als kleiner, unscheinbarer Mann beschrieben worden, wie eine Nebenfigur in einem zweitklassigen Roman. Brunetti hätte tags zuvor bei Rizzardi die Möglichkeit gehabt, ihn in Augenschein zu nehmen, aber seine Feigheit – es gab kein besseres Wort dafür – hatte ihn davon abgehalten.

Der Mann, der jetzt in Brunettis Büro kam, sah aus wie eine Figur, der es trotz aller Mühe nicht gelungen war, den Seiten dieses Romans zu entkommen: von mittlerer Größe und mittlerer Statur, die Haare weder hell- noch dunkelbraun, und auch nicht mehr viele davon. Er blieb in der Tür stehen, tat hastig einen Schritt nach vorn, als Zucchero sie hinter ihm zumachte, und fragte: »Commissario Brunetti?«

Brunetti ging auf ihn zu und gab ihm die Hand.

»Giorgio Fontana«, sagte der Mann. Sein Händedruck war schwach und flüchtig. Er sah Vianello an, ging zu ihm und streckte ihm die Hand entgegen. Vianello nahm sie und sagte: »Wir haben miteinander gesprochen. Vianello, Mitarbeiter des Commissario.«

Vianello zeigte auf den Stuhl neben seinem, wartete, bis der andere Platz genommen hatte, und setzte sich. Brunetti kehrte hinter seinen Schreibtisch zurück.

»Es freut mich sehr, dass Sie mit uns sprechen wollen, Signor Fontana«, sagte Brunetti. »Wir sind dabei, eine Liste der Verwandten Ihres Cousins zu erstellen, und Sie sind der Erste, mit dem wir Kontakt aufnehmen konnten.« Das hörte sich an, als habe die Polizei die Namen bereits ermittelt, was gar nicht der Fall war. Brunetti setzte ein Lächeln auf, das möglichst dankbar und wohlwollend wirken sollte. »Dass Sie persönlich hier erscheinen, spart uns viel Zeit.«

Fontanas Lippen formten sich zum Ansatz eines Lächelns. »Ich fürchte, ich bin der Einzige«, sagte er. Als er ihre Blicke bemerkte, fuhr er fort: »Mein Vater war der einzige Bruder von Araldos Vater, und ich bin sein einziges Kind. Außer mir werden Sie also keine weiteren Verwandten finden«, schloss er, noch immer andeutungsweise lächelnd.

»Verstehe«, sagte Brunetti. »Danke, dass Sie uns das sagen. Wir wissen jede Hilfe zu schätzen.«

»Was für Hilfe?«, fragte Fontana, fast als fürchte er, sie würden ihn um Geld bitten.

»Auskünfte über Ihren Cousin, sein Leben, seine Arbeit, seine Freunde. Alles, was wichtig für uns sein könnte.«

Fontana sah mit seinem nervösen Lächeln zwischen den beiden hin und her, konzentrierte sich dann auf seine Schuhe und fragte: »Kommt das in die Zeitung?«

Brunetti und Vianello tauschten einen kurzen Blick; Vianellos Lippen verzogen sich zu einem Lächeln, wie wenn man etwas entdeckt, das sich als interessant erweisen könnte.

»Alles, was Sie uns erzählen«, erklärte Brunetti in jenem amtlichen Tonfall, den er anschlug, wenn es seinen Zwecken diente, etwas anderes als die Wahrheit zu sagen, »wird streng vertraulich behandelt.«

Nach dieser Zusicherung schien Fontana kein bisschen entspannter, und Brunetti kam der Verdacht, dass dieser Mann sich überhaupt nie entspannen konnte, oder falls doch, dann nicht in Gegenwart anderer.

Fontana räusperte sich, sagte aber nichts.

»Ich habe mit Ihrer Tante gesprochen, wollte aber nicht so rücksichtslos sein, sie in dieser schmerzlichen Zeit nach ihrem Sohn auszufragen.« Mühelos formte er das, was er versäumt hatte, in Wirklichkeit um und behauptete: »Heute Nachmittag haben wir Termine mit einigen seiner Freunde.«

»Freunde?«, fragte Fontana, als sei ihm die Bedeutung dieses Wortes nicht ganz klar.

»Die Leute, die mit ihm gearbeitet haben«, erklärte Brunetti.

»Oh«, sagte Fontana und wandte den Blick ab.

»Meinen Sie, Kollegen wäre zutreffender, Signore?«, schaltete Vianello sich ein.

»Schon möglich«, sagte Fontana schließlich.

Brunetti fragte: »Hat er Ihnen von seinen Kollegen erzählt?« Als Fontana nicht antwortete, sagte er: »Leider habe ich keine Vorstellung davon, wie nah Sie Ihrem Cousin gestanden haben, Signor Fontana.«

»Nah genug«, lautete die knappe Antwort.

»Hat er mit Ihnen über seine Arbeit gesprochen, Signore?«, fragte Brunetti.

»Nein, nicht viel.«

»Darf ich fragen«, hakte Brunetti mit unschuldigem Lächeln nach, »worüber Sie dann miteinander geredet haben?«

»Na ja, alles Mögliche, Familie und so.«

»Seine Familie oder Ihre?«, fragte Vianello leise.

»Das ist doch dasselbe«, gab Fontana schroff zurück.

Vianello beugte sich vor und lächelte Fontana an. »Natürlich, natürlich. Ich meine, haben Sie über Ihre Seite der Familie oder seine gesprochen?«

»Sowohl als auch.«

»Hat er von Ihrer Tante erzählt, seiner Mutter?«, fragte Brunetti, der sich wunderte, dass die zwei Männer so viel Zeit mit Gesprächen über eine so kleine Familie verbracht haben sollten.

»Selten«, sagte Fontana. Sein Blick wanderte zwischen den beiden hin und her, immer sah er denjenigen an, der ihm eine Frage stellte, und ließ ihn nicht aus den Augen, während er antwortete – als habe man ihm das von klein auf so beigebracht.

»Hat er auch mal von sich selbst erzählt?«, fragte Brunetti, der sich um einen stets gleichbleibenden, freundlich interessierten Ton bemühte.

Fontana sah ihn lange an, als rechne er mit irgendeiner Falle oder Finte. »Manchmal«, antwortete er nach langem Nachdenken.

Wenn sie so weitermachten, erkannte Brunetti, würden sie hier noch bis zum ersten Schnee sitzen, und Fontana würde immer noch zwischen ihnen hin- und hersehen. »Wie nahe haben Sie sich gestanden?«, hakte er schließlich nach.

»Wie nahe?«, wiederholte Fontana, als könne er mit der Frage nichts anfangen.

»Im Sinn von Freundschaft«, erklärte Brunetti mit unendlicher Geduld. »Konnten Sie offen miteinander reden?«

Fontana starrte ihn an, als sei es ihm völlig neu, dass zwei Männer so etwas miteinander tun könnten. Erst nach einigem Nachdenken antwortete er leise: »Ja.«

»Hat er mit Ihnen über sein Privatleben gesprochen?«, fragte Brunetti mit der Stimme des Priesters, der jahrzehntelang Erfahrung im Beichtstuhl gesammelt hat. Er glaubte zu bemerken, dass Fontana sich minimal entspannte. »Signor Fontana, wir möchten herausfinden, wer das getan hat.« Fontana nickte mehrmals, und Brunetti wiederholte: »Hat er über sein Leben gesprochen?«

Fontana sah zwischen Brunetti und Vianello hin und her und dann auf seine Knie. »Ja«, antwortete er kaum hörbar.

»Haben Sie deswegen mit uns sprechen wollen, Signor Fontana?«, fragte Brunetti und wünschte, er hätte diese Frage schon früher gestellt.

Immer noch mit gesenktem Blick sagte Fontana: »Ja.«

Brunetti hatte keine Ahnung, ob das Motiv für den Mord an Fontana in seinem privaten oder seinem beruflichen Umfeld zu suchen war, ließ sich aber von dieser Unsicherheit nichts anmerken, als er sagte: »Gut. Ich denke, hier sollten wir mit unseren Ermittlungen ansetzen.«

Das machte Fontana hinreichend Mut, sich von seinen Knien abzuwenden. Er sah Brunetti an, dem die Traurigkeit in seinen Augen auffiel, und sagte: »Das denke ich auch.«

»Könnten Sie uns dann jetzt von ihm erzählen, Signore?«, bat Brunetti.

»Er war ein guter Mensch«, fing Fontana an. Brunetti registrierte überrascht, dass er fast dieselben Worte wie Signora Zinka gebrauchte. »Mein Onkel war ein guter Mensch, und so hat er auch Araldo erzogen.« Falls Brunetti es seltsam fand, dass Fontana nichts von der Mutter seines Cousins sagte, behielt er es für sich.

»Als Kinder waren wir immer zusammen, später vielleicht nicht mehr so oft, aber das ist wohl normal.« Das kam als Feststellung, doch Brunetti hatte das Gefühl, eigentlich sei es als Frage gemeint. Fontana holte Luft und fuhr fort:

»Aber dann habe ich geheiratet und Kinder bekommen. Und alles wurde anders.« Brunetti lächelte, sah aber nicht zu Vianello hinüber. »Danach hatte ich für Araldo nicht mehr viel Zeit.«

»Aber Sie haben sich noch gesehen?«

»Ja, natürlich. Er ist der Pate meiner beiden Kinder, und das hat er ernst genommen.« Fontana unterbrach sich und sah von ihnen weg aus dem Fenster nach dem Dach der Casa di Cura auf der anderen Seite des Kanals. Brunetti hatte den Eindruck, die Erwähnung seiner Kinder habe Fontana gestärkt; auf jeden Fall klang seine Stimme jetzt kräftiger. Brunetti unternahm keinen Versuch, seine Aufmerksamkeit zurückzugewinnen.

Sie warteten, und nach einer Weile erklärte Fontana: »Araldo war homosexuell.«

Brunetti nickte, womit er die Bemerkung quittierte und zugleich zu erkennen gab, dass der Polizei das bereits bekannt war.

Fontana griff in seine Tasche und zog ein Stofftaschentuch hervor. Er wischte sich das Gesicht ab und steckte das Taschentuch wieder ein. »Das hat er mir vor Jahren erzählt, vor fünfzehn Jahren vielleicht, oder noch mehr.«

»Hat Sie das überrascht?«, fragte Brunetti.

»Nein, ich glaube nicht«, sagte Fontana. Er blickte zerstreut in seinen Schoß, griff mit den Fingerspitzen die Bügelfalte seiner Hose und hob sie an, aber das half auch nicht gegen die Schwüle in diesem Raum, in dieser Stadt. »Nein, eigentlich hat es mich nicht überrascht«, korrigierte er sich. »Ich hatte mir das schon seit Jahren gedacht. Aber es hat mir nichts ausgemacht.«

»Hat es seinen Eltern etwas ausgemacht, was meinen Sie?«, fragte Vianello. »Waren die überrascht?«

»Sein Vater war schon tot, als Araldo es mir erzählt hat.«

»Und seine Mutter?«, fragte der Inspektor.

»Ich weiß es nicht. Sie ist sehr viel klüger, als sie sich anmerken lässt. Kann sein, dass sie es gewusst hat. Oder geahnt.«

»Hätte es sie beunruhigt?«, fragte Vianello.

Fontana hob die Schultern, wollte schon antworten, überlegte und fuhr dann hastig fort: »Solange niemand davon wusste und er die Miete zahlte, war es ihr egal, würde ich sagen.«

Brunetti unterbrach ihn: »Ist es nicht ungewöhnlich, so etwas über die Mutter eines anderen zu sagen?«

»Sie ist eine ungewöhnliche Frau«, sagte Fontana und bedachte ihn mit einem schneidenden Blick.

Sie schwiegen alle drei. So interessant ein Gespräch über Signora Fontana auch sein könnte, Brunetti glaubte nicht, dass es ihnen weiterhelfen würde. Zeit, auf Fontanas Tod zurückzukommen. »Hat Ihr Cousin jemals etwas von seinem Privatleben erzählt?«, fragte er.

»Sie meinen Sex?«, fragte Fontana.

»Ja.«

Wieder zupfte er an der Bügelfalte, aber gegen die Feuchtigkeit war nichts auszurichten. »Er hat…«, fing er an und räusperte sich mehrmals. »Er hat einmal gesagt, dass er mich beneidet.« Er verfiel in Schweigen.

»Beneidet? Weswegen, Signor Fontana?«, drängte Brunetti ihn schließlich.

»Weil ich meine Frau liebe.« Er wandte den Blick von Brunetti ab.

»Und warum das?«, fragte Brunetti.

Wieder musste Fontana sich erst räuspern, dann antwortete er, ohne ihn anzusehen: »Weil er – so hat er sich ausgedrückt – niemals mit jemandem schlafen konnte, den er wirklich geliebt hat.«

25

Brunetti deutete mit einem Nicken an, dass ihm auch dies schon bekannt sei, und sagte mit viel Anteilnahme in der Stimme: »Das muss ihm sein Leben sehr schwergemacht haben.«

Fontana zuckte kaum merklich mit den Schultern. »Irgendwie schon, aber nicht wirklich.«

»Ich fürchte, ich kann Ihnen nicht folgen«, sagte Brunetti, obwohl er ihn, wenn er an Fontanas Mutter dachte, vielleicht doch verstand.

»Auf die Weise konnte er sein Gefühlsleben von seinem Sexleben trennen. Er hat mich und seine Mutter und seinen Freund Renato sehr gern gehabt, aber wir waren – wie soll man das nur ausdrücken? – sexuelles Sperrgebiet.« Er schien darüber nachzudenken, was er da gesagt hatte, und sprach dann weiter. »Na ja, Renato vielleicht auch nicht. Aber Araldo konnte keine Unordnung in seinem Leben ausstehen. Er wollte diese Dinge auseinanderhalten. So würde keine Unordnung aufkommen. Dachte er jedenfalls.« Wieder dieses Achselzucken. »Ich weiß nicht, wie ich das erklären soll, aber für mich klingt das logisch. Ich kenne ihn schließlich. Ich weiß, wie er ist. War.«

»Sie sagten eben, Signore, das könnte etwas mit seinem Tod zu tun haben«, sagte Brunetti. »Würden Sie uns das bitte erklären?«

Fontana faltete sittsam die Hände im Schoß und antwortete: »Dass er diese Dinge voneinander getrennt hielt, gab ihm die Freiheit – falls man das so nennen kann –, anonymen Sex zu haben. Als wir jünger waren … war das weiter kein Thema. Und dann habe ich mich, nun ja, verändert. Aber Araldo nicht.«

Er schwieg, und nach einiger Zeit fragte Brunetti: »Hat er Ihnen davon erzählt?«

Fontana hielt den Kopf schief. »Sozusagen.«

»Verzeihen Sie«, sagte Brunetti, »aber das verstehe ich nicht.« Er glaubte schon, es zu verstehen, wollte aber von Fontana hören, wie er sich das dachte.

»Er hat mir manches erzählt, Fragen beantwortet, einiges angedeutet«, sagte Fontana und stand plötzlich auf. Zupfte dann aber nur die Hosenbeine von der Rückseite seiner Oberschenkel und machte ein paar Schritte auf der Stelle, bis der Stoff sich gelockert hatte. Dann setzte er sich wieder und sagte: »Ich wusste, was er mir sagen wollte, auch wenn er nichts ausgesprochen hat.«

»Hat er Ihnen erzählt, wo das stattgefunden hat?«, fragte Brunetti.

»Hier und da. Bei anderen Leuten zu Hause.«

»Nicht bei ihm?«

Fontana sah ihn scharf an und fragte: »Haben Sie seine Mutter kennengelernt?«

»Selbstverständlich«, sagte Brunetti und senkte kurz den Blick.

Als wolle er seine heftige Bemerkung wiedergutmachen, erklärte Fontana in sachlichem Ton: »Als ich die beiden einmal besuchen wollte, funktionierte die Klingel nicht und ich musste Araldo erst auf meinem *telefonino* anrufen, damit er runterkam und mich reinließ. Während wir über den Hof gingen, blieb er stehen und sah sich um. Und dann sagte er, das sei sein kleines Liebesnest.«

»Wie haben Sie darauf reagiert?«, unterbrach ihn Vianello.

»Mir war das peinlich, also bin ich darüber hinweggegangen.« Er überlegte. »Ich wusste nicht, was ich dazu sagen sollte. Als Kinder waren wir so eng befreundet, und dann sagt er plötzlich so was. Ich konnte nichts damit anfangen.«

»Vielleicht war es ihm auch peinlich«, meinte Brunetti. Dann kam er zur Sache: »Hat er einmal Namen genannt oder irgendeine Bemerkung gemacht, aus der Sie auf die Identität eines seiner…« Brunetti suchte nach dem richtigen Wort: »Liebhaber« schien nach dem, was Fontana ihnen erzählt hatte, vollkommen daneben. »… Partner schließen könnten?«

Fontana schüttelte den Kopf. »Nein. Nichts. Das hätte Araldo nicht für richtig gehalten.« Er wartete auf die Aufforderung, das genauer zu erklären, und als die nicht kam, fuhr er fort: »Er hatte nichts dagegen, von sich selbst zu erzählen, aber von anderen hat er nie ein Wort gesagt: keine Namen, nicht einmal, wie alt sie waren. Nichts.«

»Nur, dass er sie nicht lieben konnte?«, fragte Vianello mit trauriger Stimme.

Fontana nickte, er flüsterte: »Oder nicht durfte.«

Was dann noch von Fontana kam, war Routine. Außer Schulfreunden oder Arbeitskollegen hatte ihm sein Cousin niemals irgendwen vorgestellt, und niemals hatte er von irgendwem mit besonderer Zuneigung gesprochen, von Renato Penzo einmal abgesehen, von dem er als einem guten Freund geschwärmt hatte. Er war immer mit seiner Mutter in Urlaub gefahren und hatte einmal im Scherz bemerkt, das sei anstrengender als arbeiten.

In den letzten Monaten schien er nervös und zerstreut, und als Giorgio etwas dazu bemerkte, hatte sein Cousin auf Schwierigkeiten bei der Arbeit und zu Hause hingewiesen.

»Viele Leute, mit denen ich gesprochen habe«, fing Brunetti an, »haben ihn als guten Menschen geschildert. Sie selbst haben diesen Ausdruck auch verwendet. Könnten Sie mir sagen, was genau Sie damit meinen?«

Fontana reagierte aufrichtig verwirrt. »Aber das weiß doch jeder, was das bedeutet.« Er sah Vianello hilfesuchend an, aber der Inspektor blieb stumm.

Und dann ließ Brunetti die Katze aus dem Sack. »Viele Leute würden ihn nicht mehr für einen guten Menschen halten, wenn sie erfahren, dass er homosexuell war.«

»Aber das ist absurd!«, fauchte Fontana. »Ich sage Ihnen: Er war ein guter Mensch. Voriges Jahr hat er Kleider für diese Frau gesammelt – dieses Hausmädchen – wie heißt sie noch?«

»Zinka?«, schlug Brunetti vor.

»Ja, richtig. Er hat Kleider für ihre Familie in Rumänien gesammelt und dorthin geschickt. Und ich weiß, dass sein Freund Penzo sich bemüht, ihr einen *permesso di soggiorno* zu besorgen. Und er hatte eine Engelsgeduld mit seiner Mutter. Er hätte alles getan, um sie bei Laune zu halten. Und er war zu keinerlei Unehrlichkeit fähig.« Dann fiel ihm noch etwas ein. »Ah, das habe ich noch vergessen. Vor etwa zwei Monaten hat er mir erzählt, er denke daran umzuziehen, könne aber den Gedanken nicht ertragen, wie sehr das seine Mutter aufregen würde.«

»Hat er gesagt, warum er wegwollte?«

Fontana schüttelte den Kopf. »Ja, aber das habe ich nicht verstanden. Es ging um seine Arbeit, und es sei nicht richtig, dass sie in diesem Palazzo wohnen. Aber er hat das nicht näher erklärt.«

»Meinen Sie, er wäre tatsächlich umgezogen?«, fragte Brunetti.

Fontana zog die Brauen hoch und schloss die Augen. Als er sie wieder aufmachte, sah er Brunetti ins Gesicht und sagte: »Wenn es seine Mutter beunruhigt hätte...« Er brachte den Satz nicht zu Ende.

»Ist diese Wohnung denn wirklich ihr Ein und Alles?« Brunetti mochte das immer noch nicht glauben.

»Sie haben mit meiner Tante gesprochen?«

»Ja.«

»Sie haben ihre hübschen roten Wangen und ihre schicke Frisur gesehen?«

»Ja.«

Fontana beugte sich auf seinem Stuhl so hastig nach vorn, dass Vianello ihm unwillkürlich auswich. »Meine Tante ist eine Furie«, sagte Fontana mit einer Heftigkeit, die Brunetti und Vianello überraschte. »Wenn sie nicht bekommt, was sie will, müssen andere Leute dafür büßen. Und sie will diese Wohnung. Sie will sie so sehr, wie sie noch nie in ihrem Leben etwas wollte.«

Eine Weile fiel keinem der drei mehr etwas ein, bis Brunetti schließlich fragte: »Und deswegen hat Ihr Cousin seine Pläne aufgegeben?«

»Das weiß ich nicht, aber wenn ich jetzt darüber nachdenke, könnte das der Grund gewesen sein, warum er bei unseren letzten Begegnungen so nervös gewesen ist.«

»Hat Ihr Cousin mal eine Richterin Coltellini erwähnt?«, fragte Brunetti plötzlich.

Fontana konnte seine Überraschung nicht verbergen. »Ja. Allerdings. Seit ein paar Jahren, na ja, vielleicht seit zwei. Er war ganz begeistert von ihr. Sie war immer sehr freundlich zu ihm und schien von seinem Diensteifer sehr angetan.« Fontana dachte kurz nach. »Ab und zu hat Araldo sich mal in eine Frau verknallt, besonders in solche Frauen, mit denen er arbeitete oder die mehr Macht und Verantwortung hatten als er.«

»Und was lief dann mit diesen Frauen?«

»Na ja, früher oder später hat seine Begeisterung sich immer gelegt. Oder sie taten etwas, was er nicht billigen konnte, und dann sanken sie in seiner Achtung und wurden wieder behandelt wie alle anderen.«

»War das bei Richterin Coltellini auch so?« Als Brunetti diese Frage stellte, war er sich bewusst, wie sehr Giorgio Fontana und ihr Umgang mit ihm sich geändert hatten, seit er zu ihnen ins Büro gekommen war. Verschwunden war sein unterwürfiges und zaghaftes Verhalten. Die scheinbare Unsicherheit hatte sich in Klugheit und Feingefühl verwandelt. Demnach ließ sich seine anfängliche Nervosität der Furcht zuschreiben, die jeder normale Bürger empfindet, wenn er es mit der Polizei zu tun bekommt.

Den Anfang von Fontanas Antwort hatte Brunetti nicht mitbekommen. »... auf einmal alles anders. Als er sie nicht mehr erwähnte – mir fiel das auf, weil er vorher immer so begeistert von ihr gewesen war –, fragte ich nach ihr, und er sagte, er habe sich in ihr geirrt. Und das war's. Mehr habe ich nicht in Erfahrung bringen können.«

»Haben Sie Ihre Tante seit seinem Tod gesehen?«

Fontana schüttelte den Kopf. Erst nach längerem Schweigen sagte er: »Morgen ist die Beerdigung. Da werde ich sie sehen. Und das wird hoffentlich das letzte Mal gewesen sein.«

Brunetti und Vianello warteten.

»Sie hat sein Leben zerstört. Er hätte mit Renato zusammenziehen sollen, als er die Möglichkeit dazu hatte.«

»Wann war das?«, fragte Brunetti.

Als Fontana ihn ansah, fand Brunetti seine Augen noch trauriger als vorhin. »Das spielt doch keine Rolle mehr, oder? Er hätte es gekonnt, er hätte es tun sollen, aber er hat es nicht getan, und jetzt ist er tot.«

Fontana stand auf, griff über den Schreibtisch und gab Brunetti die Hand, dann Vianello. Ohne ein weiteres Wort ging er zur Tür und verließ das Büro.

26

Nachdem Fontana gegangen war, blieb im Raum ein Schweigen zurück, in das hinein weder Brunetti noch Vianello etwas sagen wollten. Nach einiger Zeit stand Brunetti von seinem Schreibtisch auf und ging zum Fenster, aber auch dort regte sich kein Lüftchen, das gegen den lastenden Nachhall von Fontanas Worten und die stumpfe Schwüle angekommen wäre. »Meine Familie schläft in Federbetten, und wir müssen morgen zu einer Beerdigung«, sagte er und sah aus dem Fenster.

»Wo Nadia und die Kinder weg sind, habe ich sowieso nichts Besseres vor«, sagte Vianello schwermütig. »Wahrscheinlich fange ich bald an, mit mir selbst zu reden. Oder bei McDonald's zu essen.«

»Da sind Selbstgespräche wohl noch gesünder«, bemerkte Brunetti. Dann wieder ernst: »Du hörst zu, ich rede. In Ordnung?«

Vianello verschränkte die Arme vor der Brust, rutschte auf seinem Stuhl nach unten, streckte die Beine von sich und legte die Füße übereinander.

Brunetti lehnte sich ans Fensterbrett und stützte sich mit beiden Händen ab. »Die DNA-Spuren, die Rizzardi an Fontanas Leiche gefunden hat, nützen uns nichts, solange wir keine Vergleichsprobe haben. Penzo und Fontana waren kein Liebespaar, was auch immer das heißen soll. Die Mutter könnte gewusst haben, dass er schwul war, hat sich aber offenbar mehr dafür interessiert, die Wohnung zu behalten.

Fontana war in Richterin Coltellini verknallt, was sie entzweit hat, haben wir noch zu ermitteln. Fontana stand auf anonymen Sex. Jemand vom Tribunale sagt, er stand auf gefährlichen Sex. Er hatte Streit mit seinen Nachbarn; warum genau, wissen wir nicht. Einige Verfahren, für die Richterin Coltellini zuständig war, haben sich außergewöhnlich lange hingezogen. Fontana wollte nicht über sie reden. Er wollte aus der Wohnung ausziehen, hatte aber offenbar nicht den Mut dazu.«

Vianello sortierte seine Füße um. Brunetti setzte sich wieder hinter seinen Schreibtisch. »Es ist ein Puzzle. Wir haben viele Teile, aber keine Ahnung, wie die zusammenpassen.«

»Vielleicht tun sie das gar nicht«, meinte Vianello.

»Was?«

»Vielleicht passen sie nicht zusammen. Vielleicht hat er irgendwen aufgelesen und ist mit ihm auf den Hof gegangen. Und dann ist die Sache außer Kontrolle geraten.«

Brunetti stützte den Kopf auf eine Hand. »Ich hoffe, diese Hypothese beruht nicht auf der Vorstellung, dass schwuler Sex immer gefährlich sein muss.« Seine Stimme war neutral, seine Absicht nicht.

»Guido«, sagte Vianello leicht gereizt, »nimm mich bitte ernst, ja? Wir haben eine Menge dürftige Tatsachen und noch mehr Vermutungen, aber wir haben auch einen Mann, dessen Kopf dreimal mit voller Wucht gegen einen Marmorlöwen geschlagen wurde, und das passiert einem rechtschaffenen Menschen nicht, es sei denn, er hat etwas sehr Unbesonnenes getan.«

»Oder er gerät an einen, der nicht rechtschaffen ist, dafür aber desto unbesonnener«, fügte Brunetti rasch hinzu.

»Ich denke, wir –«, fing Vianello an, wurde aber von Pucetti unterbrochen, der mit solchem Tempo ins Zimmer stürzte, dass er erst vor Vianellos Stuhl zum Stillstand kam. »Das Krankenhaus …«, platzte er heraus, beugte sich weit vor und holte ein paarmal tief Luft, »… hat angerufen«, keuchte er, und im selben Moment klingelte Brunettis Telefon.

»Commissario«, sagte eine Stimme, die Brunetti nicht erkannte, »das Ospedale hat angerufen. Im Labor ist etwas passiert.«

»Was?«

»Klingt nach einer Geiselnahme.«

»Was?«, fragte Brunetti und dachte, da müsse jemand zu viel ferngesehen haben.

»Anscheinend hat sich jemand im Labor eingeschlossen und stößt Drohungen aus.«

»Wer hat Sie angerufen?«, fragte Brunetti.

»Der *portiere*. Er sagt, ein paar Leute konnten aus dem Labor entkommen. Einer von ihnen hat ihn verständigt.«

»Was soll das heißen? ›Entkommen‹?«, fragte Brunetti. Er hielt den Hörer zu und sagte zu Vianello: »Geh runter, und lass Foa kommen. Ich brauche eine Barkasse.« Vianello nickte und machte sich auf den Weg. Pucetti begleitete ihn.

Brunetti bekam gerade noch die Erklärung mit, die der andere ihm am Telefon gab: »Der *portiere* sagt, das habe der Anrufer ihm gesagt.«

»Was hat der Anrufer sonst noch gesagt?«

»Das weiß ich nicht, Signore. Der *portiere* hat die 113 angerufen, aber da ist niemand rangegangen, also hat er uns alarmiert. Das ist alles.«

»Rufen Sie ihn zurück, und sagen Sie ihm, wir sind unterwegs«, sagte Brunetti.

Als er draußen übers Pflaster zur Barkasse ging, stellte Brunetti fest, dass er sein Jackett im Büro vergessen hatte, und damit auch seine Sonnenbrille. Vom Morgenlicht betäubt, sprang er halb blind auf das Boot. Vianello packte seinen Arm und führte ihn aus dem grellen Licht in die Kabine. Aber selbst bei offenen Türen und den von Vianello zusätzlich aufgeschobenen Fenstern setzte die Hitze ihnen übel zu.

Foa stieß vor und zurück und raste in Richtung Rio di Santa Marina los. Immer wieder ließ er die Sirene aufheulen, um andere Boote zu warnen, dass entgegen der vorgeschriebenen Fahrtrichtung ein Polizeiboot angerast kam. Schließlich bremste er ab, steuerte in den Rio dei Mendicanti zum Bootsanleger des Ospedale. Brunetti und Vianello sprangen an Land, Brunetti drehte sich zu Foa um und sagte, er solle auf sie warten, dann hasteten sie ins Krankenhaus und versuchten dabei wie Männer auszusehen, die es aus medizinischen Gründen eilig haben. Die Fahrt hatte kaum fünf Minuten gedauert.

Brunetti ging voran, durch den Wandelgang, dann nach links und die Treppe zum Labor hinauf. Die Schleuse zum Labor befand sich am Ende eines Korridors, und vor der Tür standen fünf Leute, drei davon in weißen Kitteln und zwei in den blauen Uniformen der Wachmänner. Brunetti erkannte einen von Rizzardis Mitarbeitern, Comei.

»Wie ist die Lage?«, fragte Brunetti ihn.

Der junge Mann starrte ihn an. Seine blauen Augen bildeten einen erschreckenden Kontrast zu seinem braungebrannten Gesicht. Die Ferien waren vorbei.

Er erkannte Brunetti nicht gleich, dann aber wich endlich die Spannung aus seinen Zügen. »Ah, Commissario.« Er krallte sich an Brunettis Arm wie ein Ertrinkender, als könnte nur Brunetti ihn retten.

»Was ist passiert, Comei?« Brunetti hoffte, ihn mit seiner Stimme beruhigen zu können.

»Ich war da drin, und plötzlich fing sie an zu schreien, und dann schmiss sie etwas hin. Und dann hat sie alles von ihrem Tisch runtergefegt: Reagenzgläser und Chemikalien und Blutproben. Überall flogen Scherben herum.« Er starrte seine Füße an, zog Brunetti am Arm und sagte: »*Oddio*. Sehen Sie, was sie getan hat.«

Brunetti folgte seinem Zeigefinger und entdeckte einen roten Fleck auf dem grünen Plastikschuh des Laboranten.

»Sie ist verrückt geworden«, sagte Comei und wurde prompt bestätigt, als ein gellender Schrei bis zu ihnen durchdrang.

»Wer ist das?«, fragte Brunetti.

»Elvira, die Laborantin.«

»Montini?«, fragte Brunetti.

Comei nickte zerstreut, als spiele der Name keine Rolle, und bückte sich. Vorsichtig fasste er sich ans Knie und zog den Hosenaufschlag hoch, bis er den Knöchel und den nackten Fuß freigelegt hatte. Über das Fußgewölbe liefen vier Streifen Blut.

Comei lehnte sich schwer an Brunetti. »*Oddio, oddio*«, flüsterte er. Dann trat er von Brunetti weg, starrte weiter das Blut an und rührte sich nicht.

Brunetti wollte gerade etwas sagen, als Comei sich abwandte und hastig ins Innere des Krankenhauses verschwand.

Das Geräusch von etwas Schwerem, das zu Boden fiel, drang auf den Korridor hinaus.

Eine Frau in einem weißen Kittel kam auf Brunetti zu. »Sie sind von der Polizei?«, fragte sie.

Brunetti nickte. »Können Sie uns sagen, was passiert ist?«

Sie war groß und schlank und machte einen kompetenten Eindruck. »Ich bin Dottoressa Zeno«, sagte sie, ohne ihnen die Hand zu geben. »Ich leite das Labor.«

Wieder nickte Brunetti.

»Ungefähr vor einer halben Stunde habe ich Signorina Montini wegen einer Blutprobe befragt, die sie vorige Woche untersucht hat. Ihre Ergebnisse stimmten nicht mit denen einer Untersuchung derselben Probe überein, die vor drei Tagen in Mestre vorgenommen wurde, und der Arzt des Patienten wollte jetzt wissen, ob der erste Test korrekt durchgeführt wurde, weil er sich diesen Unterschied nicht erklären konnte.«

Sie musste erst einmal Luft holen.

»Aus unserer Liste war ersichtlich, dass der ursprüngliche Test von Signorina Montini durchgeführt wurde.« Ihr Blick wanderte von Brunetti zu Vianello. »Es war nicht das erste Mal, dass so etwas passiert und ich sie deswegen zur Rede stellen musste.«

Brunetti versuchte möglichst verständnisvoll dreinzublicken.

»Also bin ich zu ihr, aber kaum hatte ich angefangen ...« Ihre Stimme war kurz davor, sich zu überschlagen. »Plötzlich zerrt sie mir die Liste mit den neuen Ergebnissen aus der Hand und reißt sie in Stücke, dann fegt sie mehrere Reagenzgläser und ein Mikroskop von ihrem Tisch. Comei arbeitet neben ihr.«

Brunetti fragte: »Und dann, Dottoressa?«

»Hat sie mich weggestoßen und zu schreien angefangen.« Aus irgendeinem Grund glaubte sie, sich korrigieren zu müssen: »Nicht richtig gestoßen, mich nur an den Armen angefasst und von sich weggeschoben. Sie hat mir nicht weh getan.«

»Und dann, Signora?«

»Hat sie eins von den Schneidemessern genommen, die wir zum Öffnen der Kartons brauchen, und damit herumgefuchtelt. Wir sollen alle verschwinden, schreit sie. Alle. Ich wollte mit ihr reden, aber da hat sie das Messer hochgehalten.«

»Hat sie Sie bedroht, Dottoressa?«

»Nein, nein«, sagte sie, und ihre Stimme nahm einen schmerzlichen Ton an. »Sie hat es sich ans Handgelenk gehalten und gesagt, sie würde sich die Pulsadern aufschneiden, wenn wir nicht alle gehen.«

Sie holte Luft, dann noch einmal. »Wir sind dann alle auf den Flur gegangen. Ich habe das Wachpersonal alarmiert, und jemand hat unten dem *portiere* Bescheid gesagt. Dann kam die Nachricht, dass Sie auf dem Weg sind, und da haben wir hier auf Sie gewartet.« Er dachte schon, sie sei fertig, aber es kam noch etwas. »Ich habe Dottor Rizzardi zu Hause angerufen. Mit ihm hat sie immer sehr gut zusammengearbeitet.«

»Kommt er?«

»Ja.«

Brunetti tauschte einen Blick mit Vianello, sagte den fünf Leuten, sie sollten sich nicht von der Stelle rühren, und drückte die Tür auf. Sie fiel leise hinter ihnen zu und schloss sie in die klebrige Hitze der Schleuse ein. Aus dem Labor drang ein gedämpftes Geräusch, wie ein fernes Rauschen oder das Summen einer Maschine.

»Warten wir auf Rizzardi?«, flüsterte Vianello.

Brunetti zeigte auf die Labortür, in deren weißer Fläche sich ein rundes Glasfenster befand. »Vorher will ich einen Blick hineinwerfen und sehen, was sie da macht.«

Sie schlichen sich möglichst leise an, und je näher sie der Labortür kamen, desto lauter übertönte das undefinierbare Rauschen ihre Schritte. Brunetti schob sich langsam an das Bullauge heran, denn ihm war klar, jede plötzliche Bewegung konnte von drinnen bemerkt werden. Ein Schritt, noch einer, und dann endlich hatte er freie Sicht ins Labor.

Er sah das übliche Durcheinander: Reagenzgläser in Holzgestellen; dunkle Apothekenflaschen an einer Wand aufgereiht; Waagen, Papier und Computer auf jeder Arbeitsplatte. Ein Tisch in der Mitte des Raums war leer. Auf dem Boden rundherum wie die Trümmer eines gesunkenen Schiffs ein Computermonitor, Glasscherben und Papierfetzen in kleinen roten Pfützen.

Dann erkannte er die Quelle des Rauschens. Eine Frau in einem weißen Laborkittel stand mit dem Rücken zu ihm über ein Spülbecken gebeugt. Das Geräusch kam von dem Sturzbach dampfenden Wassers, das sie offenbar über etwas in ihren Händen laufen ließ. Er dachte an seine Kinder, die Wasserpolizei, und wie sehr sie diese Verschwendung von heißem Wasser und der zu seiner Erzeugung benötigten Energie missbilligen würden.

Er trat leise beiseite und gab Vianello den Platz frei. Obwohl das Rauschen ihm erlaubt hätte, mit normaler Stimme zu sprechen, flüsterte Vianello: »Warum wäscht sie sich die Hände?«

Wie die edlen Römer, schoss es Brunetti durch den Kopf, während er sich neben Vianello heranschob und die Tür aufstieß. Im Vorbeilaufen schnappte er sich von einem der Tische einen Telefonhörer und riss das Kabel davon ab. Gerade als er bei der Frau ankam, sank sie nach vorn über die Spüle, und er sah die roten – oder eher rosa – Schlieren im Abfluss verschwinden.

Er packte sie, zog sie zurück und legte sie auf den Boden; dann nahm er die Telefonschnur und schlang sie ihr als Aderpresse um den rechten Arm. Vianello kniete neben ihm mit einem zweiten Kabel und band ihr den linken Arm ab.

Das Gesicht der Frau am Boden war bleich, ihre Haare schulterlang und eher weiß als braun. Sie war nicht geschminkt, aber das hätte bei ihren groben Zügen und der unebenen Haut ohnehin nicht viel geholfen.

»Hol Hilfe«, sagte Brunetti, und Vianello rannte los. Er untersuchte ihre Handgelenke: Die Schnitte waren tief, aber eher schräg als senkrecht, was Anlass zur Hoffnung gab. Die Aderpressen taten ihre Wirkung, nur wenig Blut war auf den Boden getropft.

Sie blinzelte. Spärliche Wimpern und Brauen, die Augen von einem staubigen Braun. »Ich wollte das nicht«, sagte sie. Das immer noch rauschende Wasser machte es schwierig, sie zu verstehen.

Brunetti nickte trotzdem. »Wir alle tun manchmal Dinge, die wir später bereuen, Signorina.«

»Aber er hat mich gebeten«, sagte sie. Ihre Augen fielen zu, und Brunetti fürchtete schon, sie sei gestorben. Aber dann schlug sie die Augen wieder auf und sagte: »Und ich hatte Angst, er… er würde mich verlassen, wenn ich das nicht tue.«

»Machen Sie sich deswegen jetzt keine Sorgen, Signorina. Bleiben Sie ruhig liegen. Bald kommt jemand.« Sie befanden sich mitten in einem Krankenhaus: Warum dauerte das so lange?

Er hörte Schritte, blickte auf und sah Rizzardi. Der Arzt kam heran, kniete sich ihm gegenüber neben die Frau und stöhnte hörbar auf. »Elvira«, sagte er, »was tust du nur?« Brunetti registrierte, dass er sie duzte. Er sprach wie ein enttäuschter Vater, dessen Kind etwas angestellt hat.

»Dottore«, sagte sie und machte die Augen auf. Sie lächelte. »Ich wollte keine Schwierigkeiten machen.«

Rizzardi beugte sich über sie und fasste eine ihrer Hände. »Du hast niemals irgendwelche Schwierigkeiten gemacht, Elvira. Ganz im Gegenteil. Dass ich überhaupt noch an dieses Labor glaube, liegt einzig und allein an dir.«

Sie schloss die Augen wieder, und Tränen rannen ihr über die Schläfen. Rizzardi sagte bewegt: »Nicht weinen, Elvira. Dir geschieht nichts. Alles wird gut.«

»Er wird mich verlassen«, sagte sie, ohne die Augen aufzumachen. Die Tränen liefen ihr in die Ohren.

»Nein. Wenn er erfährt, was du getan hast, wird er dir helfen wollen«, sagte Rizzardi und sah Brunetti fragend an, als wolle er wissen, ob er den richtigen Text aufgesagt hatte.

»Er kann die Laborergebnisse jetzt nicht mehr verwenden«, sagte sie. »Die Leute werden nicht glauben, dass er ihnen helfen will.« Sie schloss kurz die Augen und sah dann zu Rizzardi auf. »Aber das tut er, Dottore. Er hilft ihnen wirklich.« Sie lächelte, und etwas wie Schönheit leuchtete in ihren Zügen auf. »Mir hat er geholfen.«

Hinter ihnen erhob sich mächtiges Getöse. Brunetti sah auf und erblickte drei Pfleger in grünen Kitteln, die mit einer Rolltrage die Tür blockierten. Mit lautem Gepolter krachten sie mehrmals an die Türpfosten, bis einer von ihnen nach vorne kam und die Bahre hindurchbugsierte. Dann eilten zwei zu der Frau am Boden und drängten die neben ihr knienden Männer ruppig zur Seite.

Brunetti und Rizzardi standen auf. Schon halb wahnsinnig vom Rauschen des Wassers sprang Brunetti zur Spüle und drehte den Hahn zu. Vianello, der mit den Helfern gekommen war, gesellte sich zu Rizzardi. Der dritte Pfleger schob die Trage heran, verstellte einen Hebel, und die Liegefläche senkte sich fast bis zum Boden. Dann hob er gemeinsam mit seinen Kollegen die Frau darauf. Wieder wurde der Hebel betätigt, und sie schwebte langsam bis in Hüfthöhe empor. Der Erste nahm einen Schlauch, der aus einer Flasche mit einer klaren Flüssigkeit über der Trage hing, suchte eine Vene an ihrem Arm und führte die Nadel ein.

Rizzardi kam heran, er schlang seine Finger um ihr Handgelenk und hielt es eine ganze Weile fest, entweder um ihren Puls zu messen oder um ihr irgendwie Trost zu spenden. »Bringt sie in die Notaufnahme«, sagte er.

Einer der Helfer wollte etwas sagen, aber der erste, der anscheinend die Leitung hatte, unterbrach ihn: »Er ist Arzt.«

Als Rizzardi seine Finger von ihrem Handgelenk nahm, schlug sie die Augen wieder auf und sagte: »Begleiten Sie mich, Dottore?«

Rizzardi lächelte sie an, und Brunetti wurde bewusst, wie

selten er den Arzt in all den Jahren ihrer Bekanntschaft hatte lächeln sehen. »Selbstverständlich«, sagte er und ging neben den Pflegern her zur Tür.

27

Brunettis erster Gedanke galt der Contessa. Noch wusste er zwar nicht, in welcher Weise sich die von Signorina Montini manipulierten Labortests für Gorini ausgezahlt hatten, doch war ihm klar, sie hatte das zu seinem Vorteil und aus Liebe getan, aus Angst, dass er sie sonst verlassen würde. Wenn Gorini zu so etwas fähig war, wollte Brunetti seine Schwiegermutter von ihm fernhalten.

»Ich darf Paolas Mutter nicht zu ihm lassen.« Vianello, der von Brunettis Gespräch mit ihr wusste, verstand das nur zu gut. Brunetti nahm sein *telefonino*, wählte die Nummer des Palazzo Falier und wurde zu ihr durchgestellt.

»Ah, Guido, wie schön, deine Stimme zu hören. Wie geht es Paola und den Kindern?«, fragte sie, als ob sie nicht mindestens zweimal täglich mit ihrer Tochter telefonieren würde.

»Gut, sehr gut. Aber ich möchte dich wegen dieser anderen Sache sprechen.«

Nach einer winzigen Pause fragte sie: »Ach, du meinst diesen Gorini?«

»Ja. Hast du schon versucht, Kontakt mit ihm aufzunehmen?«

»Nur indirekt. Zufällig geht eine Freundin von mir, Nuria Santo, seit Monaten zu ihm, und sie sagt, sie würde mich gern mit ihm bekannt machen. Sie glaubt fest daran, dass er ihrem Mann das Leben gerettet hat.«

»Ach, wie denn?«, erkundigte sich Brunetti in einem Ton, der einen Anflug von Neugier erkennen ließ.

»Irgendwas mit seinen Cholesterinwerten. Sie sagt, damit stimme etwas nicht: Piero isst wie ein Spatz, Käse ist für ihn tabu, Fleisch mag er nicht, aber sein schlechtes Cholesterin – ich glaube, es gibt ein schlechtes und ein gutes...« Die Contessa dachte nach. »Ist es nicht seltsam, dass die Natur so manichäisch sein kann?« Brunetti ignorierte die Bemerkung und nahm sich vor, ihr weiter geduldig zuzuhören. »Ich weiß nicht«, sagte sie, »was da gemessen wird, jedenfalls war das Ergebnis viel zu hoch, und von dem Guten war kaum etwas da. Nuria hat mir erzählt, Gorini habe ihrem Mann einen Kräutertee empfohlen – unglaublich teuer –, der das schlechte Cholesterin garantiert nach unten bringen würde, und so war es dann auch, und jetzt hält sie ihn für einen Heiligen und singt in unserem ganzen Freundeskreis ein Loblied auf ihn.«

»Hast du schon einen Termin bei ihm?«, fragte Brunetti so beiläufig wie möglich.

»Nächsten Dienstag«, sagte sie und lachte. »Ist er nicht clever? Lässt die Leute eine Woche warten, bevor er sie bei sich empfängt.«

»Donatella, geh da besser nicht hin.«

Alarmiert von dieser Bitte und auch von dem Tonfall, in dem sie vorgetragen wurde, fragte die Contessa: »Soll ich das Nuria auch sagen?«

Wie konnte er diese andere Frau warnen, ohne das Wild aufzuscheuchen? »Vielleicht kannst du ihr empfehlen, den Termin zu verschieben.«

Die Contessa schwieg eine Weile und fragte dann: »Kannst du mir davon erzählen?«

»Jetzt nicht. Aber bald.« Ihm wurde bewusst, wie hastig er sprach, um sie loszuwerden.

»Gut. Ich richte es ihr aus. Danke, Guido«, sagte sie und legte auf.

Brunetti sah Vianello an und sagte: »Du hast sie vorhin nicht gehört, oder?«

Der Inspektor musste erst einmal kurz nachdenken, worauf Brunetti das bezog. Aber dann verstand er. »Nein, kein Wort. Ich bin zu spät dazugekommen.«

»Sie hat es aus Liebe zu ihm getan«, erklärte Brunetti bedrückt.

»Was hat sie getan?«, fragte Vianello ungeduldig.

»Sie sagt, er – also Gorini – hat die Laborergebnisse – darauf läuft das wohl alles hinaus – dazu benutzt, den Leuten weiszumachen, dass er sie heilen könne. Sie sagt, ohne die Ergebnisse würden ihm die Leute nicht mehr glauben, dass er ihnen helfen kann. Und dann würde er sie verlassen.« Brunetti machte eine Handbewegung, die Verständnislosigkeit oder Resignation bekunden mochte. »Also hat sie die Ergebnisse gefälscht.« Vianello hatte nicht mitbekommen, wie sie zu Rizzardi gesagt hatte, sie habe keine Schwierigkeiten machen wollen, aber Brunetti fehlte der Mut, das jetzt zu wiederholen.

Vianello sah sich in dem Labor um: die Holzgestelle, in denen Reagenzgläser mit verschiedenenfarbigen Flüssigkeiten standen, die schweren Apparate, die Signorina Montinis Zerstörungswut widerstanden hatten, die Gefäße und Flaschen, mit denen nur Fachleute etwas anzufangen wussten. Brunetti glaubte zu verstehen, was in dem Inspektor vorging, und kam seinen Fragen zuvor: »Er brauchte bloß einen Einzigen davon zu überzeugen, dass er ein Wundermittel erfunden habe. Der Rest war Mundpropaganda.« Er klopfte auf die Tasche, in die er sein *telefonino* gesteckt hatte, und sagte: »Meine Schwiegermutter hat mir von einer Freundin erzählt, die fest daran glaubt, dass er ihrem Mann das Leben gerettet hat – mit irgendeinem Kräutertee, der die Cholesterinwerte senkt.«

»Wenn die Leute einen gefunden haben, von dem sie glauben, dass er ihnen hilft, wollen sie sich offenbar gegenseitig übertrumpfen«, meinte Vianello.

»Genau«, sagte Brunetti. »Mein Arzt ist besser als deiner. Eine Wunderheilung genügt: Wenn derjenige seinen Freunden davon erzählt, rennen einem die Leute bald die Bude ein.«

»Aber die Tests?«, wandte Vianello ein. »Wie konnte er sicher sein, dass ausgerechnet Montini die machen würde?« Bevor Brunetti dazu etwas sagen konnte, wurden sie von einem Geräusch an der Tür unterbrochen. Dottoressa Zeno setzte zaghaft einen Fuß über die Schwelle und fragte: »Können wir wieder zurück?«

»Ja, ja, natürlich«, sagte Brunetti und ging auf sie zu. »Ich würde gern mit Ihnen reden, Dottoressa.«

Bald gewannen sie eine klare Vorstellung davon, wie Signorina Montini vorgegangen war. Alle im Labor arbeiteten schon so lange zusammen, dass die Entscheidung, wer welche Tests durchführte, mehr oder weniger dem Zufall überlassen blieb: Wer als Erster morgens am Arbeitsplatz erschien, nahm sich die erste Probe vor, die im Labor abgeliefert worden war, manchmal auch irgendeine andere, und die anderen arbeiteten dann ab, was übrig war. Da Signorina Montini gewöhnlich als Erste kam, hatte sie freie Wahl.

Dottoressa Zeno begriff die Überlegungen der beiden Polizisten sehr schnell und erklärte, sie könne leicht nachprüfen, ob Signorina Montini Tests durchgeführt habe, bei denen sich sehr schlechte Ergebnisse in kurzer Zeit deutlich verbessert hätten.

Nach wenigen Minuten hatte sie die Daten im Computer ermittelt und druckte sie für Brunetti aus. Der konnte nur staunen: Bei mehr als dreißig Patienten – alle waren weit über sechzig –, deren Proben Signorina Montini in den letzten zwei Jahren untersucht hatte, war der Cholesterinspiegel plötzlich in die Höhe geschossen und dann im Lauf der nächsten zwei Monate nach und nach wieder auf normales Niveau zurückgegangen. Das gleiche Muster zeigte sich in zahlreichen Fällen von Altersdiabetes, wo die Blutzuckerwerte plötzlich angestiegen und in den Monaten darauf langsam wieder gesunken waren.

»Was für ein raffinierter Hund!«, rief Vianello, als sie es schwarz auf weiß hatten. »Warum ist das keinem aufgefallen?«

Signora Zenos Finger huschten über die Tastatur, und auf dem Bildschirm erschien die Zahl 73461.

»Was ist das?«, fragte Vianello.

»Die Anzahl der Tests, die wir im vergangenen Monat durchgeführt haben«, antwortete sie kühl. Und als sei das noch nicht beeindruckend genug: »Aber das sind nur die von Krankenhauspatienten; die Proben, die uns von Ärzten eingeschickt werden, sind hier nicht dabei.« Lächelnd fragte sie den Inspektor: »Möchten Sie die Zahl auch noch sehen?«

Vianello hob kapitulierend die Hände. »Sie haben gewonnen, Dottoressa. Ich hatte ja keine Ahnung.«

Signora Zeno zeigte sich als gnädige Siegerin. »Geht den meisten so, sogar denen, die im Krankenhaus arbeiten.«

Brunetti hörte ein Geräusch und sah zwei Laboranten nach der Tür schielen. Rizzardi war eingetreten. Brunetti konnte sich diesen plötzlichen Wandel nicht erklären, aber der sonst so elegante Pathologe sah so mitgenommen und zerknittert aus, als habe er in Kleidern geschlafen. Er kam ein paar Schritte auf sie zu, hob hilflos die rechte Hand und hielt sie mit ausgestreckten Fingern, Handfläche nach unten, von sich weg: aus, vorbei.

»Man hat ihr die Handgelenke verbunden und sie an den Tropf gehängt, aber dann wurde die Schwester in ein anderes Zimmer gerufen«, fing er an. Er sah zu Brunetti hinüber, zog sein Taschentuch heraus und wischte sich Gesicht und Stirn und Hände ab. »Sie hat die Verbände abgemacht und den Schlauch herausgerissen, während die Schwester draußen war.« Er schüttelte den Kopf.

Brunettis Gedanken flohen zu Cato, jenem edelsten der römischen Republikaner. Als das Leben ihm unerträglich wurde, schlitzte er sich den Bauch auf, und als seine Freunde ihn zu retten versuchten, riss er sich mit eigenen Händen die Eingeweide heraus, weil der Tod einem Leben ohne Ehre vorzuziehen war.

»Ich gehe nach Hause«, sagte Rizzardi. »Ich mache das nicht.« Und dann war er verschwunden.

Dottoressa Zeno ging rüber und besprach sich mit ihren Mitarbeitern. »Was macht er nicht?«, fragte Vianello.

»Die Autopsie, nehme ich an«, sagte Brunetti und wünschte, Vianello hätte ihn das nicht gefragt.

Vianello sah ihn entsetzt an.

»Das heißt, die Sache ist…«, fing Brunetti an, brachte aber das Wort »gestorben« nicht über die Lippen. »Es ist vorbei«, sagte er. Ohne die Aussage von Signorina Montini – und wer garantierte ihnen, dass sie jemals ausgesagt hätte – hatten sie gegen Gorini nichts in der Hand. Irren ist menschlich, in Krankenhäusern werden ständig Fehler gemacht, die Leiden und Sterben zur Folge haben.

»Wir wissen nicht, ob sie nur die Cholesterin- und Blutzuckertests manipuliert hat.«

»Glaubst du, sie wäre imstande gewesen, Patienten bewusst in Gefahr zu bringen?«

Nein, das glaubte Brunetti nicht, aber das würde die Leute, an deren Proben sie herumgepfuscht hatte, ganz bestimmt nicht trösten. »Man wird alle Tests, die sie durchgeführt hat, wiederholen müssen«, sagte Brunetti; die entsprechende Anweisung, dachte er, könnte wohl nur von Patta oder dem Krankenhausdirektor kommen. Aber ein weiteres Vorgehen gegen Gorini war ausgeschlossen. Signorina Montinis Tod hatte jede Gefahr für ihn beseitigt. Dass sie irgendwelche schriftlichen Aufzeichnungen über ihre Manipulationen hinterlassen hatte, war nicht zu erwarten. In ihrer gemeinsamen Wohnung mit Gorini hatte sie sie jedenfalls ganz bestimmt nicht aufbewahrt, und auch nicht an ihrem Arbeitsplatz, dem Ort, an dem sie ihre Ehre verraten hatte.

»Wir können nur die Polizei in Aversa und Neapel verständigen.«

28

Wie Brunetti geahnt und befürchtet hatte, erwies es sich als unmöglich, Vice-Questore Patta von der Notwendigkeit zu überzeugen, dass alle von Signorina Montini durchgeführten Laboruntersuchungen wiederholt werden mussten. Sein Vorgesetzter hatte es bereits abgelehnt, weiter gegen Signor Gorini und dessen Geschäfte zu ermitteln. Immerhin hatte der Mann – wie Patta aus zuverlässiger Quelle wusste – bei der Behandlung der Frau eines Stadtrats großen Erfolg gehabt, und daher kam es – zumal keinerlei Beweise gegen ihn vorlagen – gar nicht in Frage, ihm Schwierigkeiten zu machen.

Als Brunetti auf einer Wiederholung der Labortests bestand, fuhr Patta ihn an: »Haben Sie eine Vorstellung davon, wie viel Defizit das Gesundheitsamt jedes Jahr macht?« Brunetti schwieg. »Und das soll noch größer werden, nur wegen Ihrer wilden Spekulationen, dass irgendein Gesundbeter diese Frau dazu bewegt haben könnte, nichtexistente Krankheiten vorzutäuschen?«

»Ein Gesundbeter mit einem ellenlangen Vorstrafenregister, Dottore«, sagte Brunetti.

»Mit einem langen Register eingestellter Strafverfahren«, korrigierte ihn Patta. »Ich hoffe doch, dass ausgerechnet Sie, Commissario, nicht darauf hingewiesen werden müssen, dass das zwei verschiedene Dinge sind.« Patta setzte ein gewinnendes Lächeln auf, als scherze er mit einem alten Freund, der den Unterschied noch nie begriffen hatte.

Brunetti ließ das nicht gelten. »Wenn diese Frau Testergebnisse manipuliert hat, Vice-Questore, müssen die Tests wiederholt werden.«

Wieder lächelte Patta, aber diesmal völlig humorlos. »Mangels jeglicher Beweise, dass die Frau vorsätzlich eine Straftat begangen hat – von Ihren aus der Luft gegriffenen Vermutungen einmal abgesehen, Commissario –, halte ich es für unverantwortlich, die Leute, deren Proben sie untersucht hat, unnötig in Angst zu versetzen.« Er dachte nach und fügte dann hinzu: »Oder das Vertrauen der Öffentlichkeit in die Institutionen der Regierung zu untergraben.«

Wie so oft, wenn Brunetti mit Patta zu tun hatte, musste er die Geschicklichkeit bewundern, mit der sein Vorgesetzter seine schlimmsten Fehler – in diesem Fall blinden Ehrgeiz und die entschlossene Weigerung, irgendetwas zu unternehmen, das keinen direkten Nutzen für ihn abwarf – in den Anschein von Rechtschaffenheit umzumünzen wusste.

Brunetti verzichtete auf weitere Erklärungen und wechselte das Thema. »Ich gehe morgen Vormittag zu Fontanas Beerdigung, Signore«, sagte er.

Patta konnte der Versuchung nicht widerstehen. »In der Hoffnung, dort den Mörder zu sehen?«, fragte er mit jovialem Lächeln, damit Brunetti den Scherz auch ja verstand.

»Nein, Signore«, antwortete Brunetti sachlich. »Damit sein Tod nicht als etwas Belangloses abgetan wird.« Vernunft und Überlebensinstinkt hielten ihn davon ab, den Satz mit »wie alles andere« zu beenden. Er stand auf, verabschiedete sich höflich, ging nach unten und führte zwei frustrierende Telefonate mit seinen Kollegen in Aversa und Neapel; dann ging er nach Hause und verbrachte den Rest des Tages und den Abend mit der Lektüre von Marc Aurels *Selbstbetrachtungen* – ein Vergnügen, das er sich seit Jahren nicht mehr gegönnt hatte.

Die Trauerfeier fand in der Kirche Madonna dell'Orto statt, der Gemeinde, aus der Fontanas Mutter stammte und die sie immer als geistliches Zentrum ihres Lebens betrachtet hatte. Brunetti und Vianello trafen zehn Minuten vor Beginn der Messe ein und setzten sich in die zwölfte Reihe. Vianello trug einen dunkelblauen Anzug, Brunetti einen dunkelgrauen. Er war froh über sein Jackett, denn die Kirche war der erste kühle Ort seit der Wohnung, in der er mit Lucia und Zinka gesprochen hatte.

Die Hitze draußen hatte Schaulustige und die Dauergäste der Totenmessen ferngehalten, und so saßen da traurig auf die Bänke vor ihnen verteilt nur etwa fünfzig Personen. Als er mit seiner Zählung fertig war, stellte Brunetti fest, dass für jedes Lebensjahr Fontanas nur ein einziger Trauergast gekommen war.

Brunetti und Vianello waren zu weit hinten, um erkennen zu können, wer in den ersten Reihen saß, die für Angehörige und nahe Freunde reserviert waren, aber die würden sich bald zeigen, wenn sie hinter dem Sarg aus der Kirche zogen.

Die Musik begann, irgendein ödes Orgelthema, das als Fahrstuhlmusik in einer sehr soliden, wenn auch nicht unbedingt reichen Wohngegend getaugt hätte. Von hinten schob sich ein Geräusch über das Geleier; Brunetti und Vianello standen auf und drehten sich danach um.

Ein blumengeschmückter Sarg wurde von vier Männern in schwarzen Anzügen hereinbefördert, denen der traurige

Anlass offenbar vollkommen gleichgültig war. Brunetti fragte sich, ob die Mutter wohl am liebsten auch noch Totenkläger angeheuert hätte. Als der Sarg vor dem Altar zum Stillstand kam, setzten alle in der Kirche sich hin, und die Messe fing an. In den ersten Minuten hörte Brunetti noch zu, aber heutzutage war die Zeremonie viel langweiliger als die, die er als Kind bei der Beerdigung seiner Großeltern und Tanten und Onkel erlebt hatte. Die Messe wurde auf Italienisch gehalten. Die lateinischen Zauberformeln waren ihm lieber gewesen. Und er fragte sich, ob man bei dieser modernen – und banalen – Zeremonie mit Absicht nicht mehr während der Messe die Totenglocken läuten ließ, deren Bimmeln so viele Mitglieder seiner Familie zu ihrer letzten Ruhestätte begleitet hatte, als Letzte seine Mutter.

Während er abwechselnd stand, saß und kniete und sich seinen Erinnerungen hingab, dachte Brunetti noch einmal gründlich über diesen seltsamen Todesfall nach. Signorina Elettra hatte sich »Zugang« zu den Gerichtsakten verschafft und Auskunft über Signor Punteras frühere Verfahren erhalten. Sowohl die Sache mit den umstrittenen Lagerhäusern als auch die mit dem verletzten Arbeiter waren Richterin Coltellini zugeteilt worden, und in beiden Fällen war es zu langwierigen Verzögerungen gekommen, weil wichtige Akten und Dokumente zeitweilig nicht aufzufinden gewesen waren. Darüber hinaus hatte es bei anderen Verfahren der Richterin ähnliche Verzögerungen gegeben. Und jedes Mal, das stand nach Signorina Elettras Recherchen fest, hatte eine Prozesspartei von diesen Verzögerungen profitiert. Allerdings wohnte die Richterin in ihrem eigenen Haus, das sie vor drei Jahren gekauft hatte, und zwar nicht von Signor Puntera.

Puntera, so hatten weitere Ermittlungen ergeben, hatte von Signor Fulgonis Bank ein äußerst günstiges Darlehen erhalten, und Signor Marsano war Anwalt in einer Kanzlei, die einmal einen Klienten in einem Prozess vertreten hatte, den jemand gegen Puntera anstrengte und verlor. In Signor Punteras Steuererklärung waren die Mieteinnahmen aus den drei Wohnungen an der Misericordia, darunter auch die der Fontanas, mit jeweils vierhundertfünfzig Euro pro Monat angegeben, was etwa 20 Prozent der ortsüblichen Miete entsprach.

Der Priester schritt um den Sarg herum und besprengte ihn, wiederholt den Weihwedel eintauchend, mit Weihwasser. Brunetti bemerkte, wie perfekt die Rituale des vorchristlichen Rom – Priester, die Beschwörungen murmelten, mit denen böse Geister vertrieben werden sollten; die Zukunft aus den Organen geschlachteter Opfertiere herauslesen – mit denen des modernen Italien übereinstimmten: böse Geister mit Zaubertee in Schach halten, mit Hilfe von Karten in die Zukunft schauen. Wir bringen Jahrhunderte hinter uns und lernen nichts.

Puntera war nur mit der Zeit gegangen: Nichts, was er getan hatte, war in irgendeiner Weise unüblich, auch würden sich Richterin Coltellinis Gefälligkeiten zu seinem Vorteil wohl kaum nachweisen lassen. Mit bitterem Zynismus musste Brunetti sich eingestehen, dass den beiden auch dann kaum etwas passiert wäre, wenn Fontana irgendwann einmal tatsächlich ausgepackt hätte. Allenfalls hätte es für Puntera und Coltellini eine Zeitlang etwas peinlich werden können, aber wenn Peinlichkeit gesellschaftliche Entfaltung verhindern würde, gäbe es weder eine Regierung noch die Kirche.

Orgeldröhnen unterbrach Brunettis Grübeleien und signalisierte das Ende der Messe; Brunetti und Vianello standen auf und wandten sich dem Gang zu.

Die vier Männer schoben den Sarg langsam Richtung Kirchenportal; als Erste folgte ihm Signora Fontana, in Trauerschleier und einem schwarzen Kleid, das ihre Arme ganz bedeckte. Ein Mann, den Brunetti nicht kannte, ging dicht neben ihr und stützte ihren rechten Arm. Zwei Schritte dahinter kam ihr Neffe, der Brunetti im Vorbeigehen zunickte. Brunetti erkannte ein paar Gesichter, Leute, die beim Tribunale arbeiteten; zu seiner Überraschung war auch Richterin Coltellini darunter. Alle blickten starr geradeaus oder auf den Boden vor sich.

Dann kam Arm in Arm ein jüngeres Paar, und dicht dahinter Signora Zinka, korpulent und schwitzend in einem schwarzen Kleid, das zu lang und zu eng war. Ihr Gesicht war feucht und aufgedunsen, aber nicht von der Hitze, dachte Brunetti. Einen halben Meter rechts von ihr ging Penzo, der den Eindruck machte, als sei er ganz woanders oder als wünsche er sich das jedenfalls.

Beim Anblick des nächsten Pärchens erkannte Brunetti, dass entgegen seiner Annahme die Hitze doch nicht alle notorischen Beerdigungsbesucher ferngehalten hatte. Maresciallo Derutti und seine Frau waren in der ganzen Stadt als eifrige Trauerfeierbesucher bekannt, wobei er stets die Ausgehuniform der Carabinieri trug, aus deren Reihen er bereits vor über zwei Jahrzehnten ausgeschieden war. Als der Maresciallo ihn passiert hatte, erklärte Brunetti den offiziellen Teil für beendet und trat endlich auch selbst in den Gang, dicht gefolgt von Vianello.

Langsam voranschreitend, wie der ernste Anlass es erforderte, erreichten sie schließlich den Ausgang. Noch aus dem Inneren der Kirche heraus beobachtete Brunetti, wie der Sarg ohne Glockengeläut zu einem an der *riva* vertäuten Boot geschoben wurde. Jetzt gelangten er und Vianello ins Freie; die gleißende Sonne auf dem Marmorpflaster blendete ihn so sehr, dass er sich wieder zur Kirche umdrehte; geschützt von seinem eigenen Schatten, tastete er nach der Sonnenbrille in seinem Jackett. Sie war in der rechten Tasche, hatte sich aber so in seinem Taschentuch verhakt, dass er sie nicht herausbekam. Er blinzelte durch halbgeschlossene Augen, um nachzusehen, was da nicht stimmte, und in diesem Moment trat Signora Fulgoni am Arm einer anderen, noch größeren, aber nicht so schlanken Frau aus der Kirche ins grelle Tageslicht. Beide trugen breitschultrige Hosenanzüge, und beide blieben kurz stehen, um ihre Sonnenbrillen aufzusetzen.

Nach einem weiteren Versuch hatte er die Brille aus der Tasche befreit. Er setzte sie auf, und jetzt erkannte er, dass die Person an Signora Fulgonis Arm in Wirklichkeit ein Mann war; er trug genau die gleiche Sonnenbrille wie sie, hatte aber trotz seiner Größe und der akkuraten Kurzhaarfrisur eine ausgesprochen weibliche Ausstrahlung. Sie schritten die Kirchenstufen hinunter und folgten den anderen ans Wasser.

»Und alsobald fiel es von seinen Augen wie Schuppen«, flüsterte Brunetti, selbst erstaunt, dass ihm der passende Spruch einfiel.

»Was?«, fragte Vianello.

»Patta hat herumgewitzelt, der Mörder käme immer zur Beerdigung«, antwortete Brunetti.

Im Schutz seiner Sonnenbrille und leicht verwirrt schaute

Vianello über den Vorplatz der Kirche zu den Leuten hinüber, die sich vor dem Boot versammelt hatten, das Fontanas Sarg nach San Michele bringen würde. Er sah, was auch Brunetti sah: die Mutter des Toten, die gerade das Boot bestieg, das ihren Sohn fortbringen sollte; Penzo stocksteif neben einer stämmigen dicken Frau, Zinka; der Maresciallo, die Hand zum Salut erhoben, und die zwei großen schmalen Gestalten links neben ihm.

Brunetti, dem Vianellos Verblüffung nicht entging, sagte nur: »Warte, bis die beiden sich umdrehen.«

Brunetti und Vianello warteten so gespannt, dass sie die Hitze plötzlich nicht mehr wahrnahmen. Der Mann, der Signora Fontana begleitet hatte, half ihr aufs Boot und folgte ihr dann an Bord und in die Kabine. Jemand an Land machte die Leine los, und das Boot entfernte sich langsam von der *riva*. Die anderen blieben reglos stehen, bis das Geräusch des Motors nicht mehr zu hören war. Erst dann wandten die Zurückgebliebenen sich wie auf Kommando nach links oder rechts und verließen den Ort der Trauer.

Brunetti fiel auf, dass Penzo in eine andere Richtung ging als Signora Zinka, die sich den beiden jungen Leuten anschloss. Sie bewegten sich in Richtung Misericordia, und Zinka ging hinter ihnen her.

Signora Fulgoni schien das Paar im Auge behalten zu wollen, sie blieb stehen und hielt den Arm ihres Begleiters umklammert, bis die beiden über die Brücke und in der *calle* gegenüber verschwunden waren. Dann hob sie den Kopf und sagte etwas zu der Person neben sich, worauf sie in derselben Richtung wie das Pärchen aufbrachen. Jetzt war Signora Fulgonis Begleiter deutlich im Profil zu sehen.

Es war eindeutig ein Mann, der da an Signora Fulgonis Seite ging. Nichts Ungewöhnliches. Sie sagte etwas zu ihm, und er blieb stehen und drehte sich zu ihr um. Es kam zu einem offenbar nicht sehr freundlichen Wortwechsel, dann nahm der Mann seinen Arm aus ihrem und fuchtelte mit der Hand, als wolle er sie fortscheuchen. War da etwas in der Art, wie er das Handgelenk nach unten knickte und mit den Fingern auf den Boden zeigte, was Vianello plötzlich die Augen öffnete? Oder war es das Rucken seines Kopfs, eine Bewegung, die sich in ihrer Theatralik gar nicht bewusst war, dass sie nur wie eine Parodie von Zorn daherkam?

»›Mein Mann ist Bankdirektor‹«, sagte Vianello.

Die Sonne brannte vom Scheitelpunkt ihrer Bahn auf sie nieder, die Hitze lastete schwer wie Blei. Brunetti sah auf seine Uhr, als die Glocken irgendeiner Kirche in der Ferne zu läuten begannen. Erstaunt sah er zum Glockenturm von Madonna dell'Orto empor: Nichts rührte sich. »Die Glocken läuten nicht«, sagte er verwundert.

29

Auch was Signor und Signora Fulgoni anbelangte, blieb Patta, wie Brunetti bereits geahnt und befürchtet hatte, hartnäckig bei seiner Weigerung, sie getrennt voneinander nach ihren Aktivitäten in der Nacht von Fontanas Tod befragen zu lassen. Des Weiteren wies Patta darauf hin, dass man niemanden zwingen könne, »zu Ausschlusszwecken« eine DNA-Probe abzugeben. Oder mit irgendeiner anderen Begründung.

Brunetti gab es noch immer einen Stich, wenn er an Pattas Reaktion auf seine Erklärung dachte, warum er die Fulgonis vernehmen wollte. »Sie wollen, dass *ich* mein Amt aufs Spiel setze, weil Sie *meinen*, er könnte schwul sein?« Der Vice-Questore, eigentlich nicht gerade ein Freund der Homosexuellen, hatte sich zornig von seinem Stuhl erhoben und weit über seinen Schreibtisch vorgebeugt. »Der Mann ist Bankdirektor. Haben Sie auch nur die leiseste Ahnung, was uns das für Ärger einbringen würde?«

Nicht weniger seltsam als Pattas Argumentation war die Tatsache, dass die Glocken von Madonna dell'Orto seit zwei Wochen nicht mehr läuteten. Als Brunetti den *parocco* danach fragte, bekam er die Auskunft, während der langen Urlaubszeit sei es unmöglich, jemanden zu finden, der sie reparierte, und so schlugen sie weder die Stunde noch zum letzten Geleit.

Die Frage, warum Signora Fulgoni lügen sollte, brachte Brunetti dazu, auch über ihren Mann nachzudenken. Banken waren Firmen wie alle anderen, überlegte er, nur mit dem Unterschied, dass sie nicht Bleistifte oder Gartenwerkzeug produzierten, sondern Geld. Wie in allen Firmen würden die Angestellten auch dort Klatsch und Tratsch austauschen, was für das Ansehen der Leute in den oberen Etagen nicht folgenlos blieb. Jeder in der Questura wusste, dass Signorina Elettra – warum, hatte sie nie vollständig erklärt und war von niemandem je ergründet worden – ihren Job bei der Banca d'Italia aufgegeben hatte, um in der Questura zu arbeiten, also bat Brunetti sie, sich unter ihren Freunden aus der Bankenwelt einmal umzuhören, was so an Gerüchten über Lucio Fulgoni im Umlauf sei.

Wenige Stunden nachdem er diese Bitte an sie gerichtet hatte, kam sie zu ihm ins Büro. Er bot ihr einen Stuhl an. »Sie haben etwas herausgefunden, Signorina?«

»Leider nicht viel, und nichts Eindeutiges«, sagte sie.

»Will heißen?«

»Dass es einiges Gerede über ihn gibt.«

Er fragte gar nicht erst nach: Auch wenn der Mann Bankdirektor war, ging es höchstwahrscheinlich um sein Sexleben.

»Es gibt Spekulationen – zumindest habe ich das von zwei Leuten gehört – über seine sexuelle Ausrichtung.« Bevor Brunetti etwas dazu bemerken konnte, fuhr sie fort: »Beide Quellen versichern, sie hätten von anderen gehört, er sei schwul, aber keiner scheint irgendeinen handfesten Beweis dafür zu haben.« Das Übliche, deutete sie mit einem Schulterzucken an.

»Und warum gibt es dann Gerede?«, fragte Brunetti.

»Gerede gibt es immer«, antwortete sie sofort. »Ein Mann

braucht sich nur irgendwie weich zu verhalten, etwas Eigentümliches zu sagen, und schon fängt jemand über ihn zu reden an. Und wenn das einmal angefangen hat, gibt es kein Halten mehr.« Sie sah ihn an. »Als Beweis wird sogar angeführt, dass er keine Kinder hat.«

Brunetti schloss die Augen. »Hat er sich mal an einen in der Bank herangemacht?«

»Nein. Niemals, jedenfalls haben meine Freunde nichts dergleichen gehört.« Sie überlegte kurz. »Wenn da wirklich etwas gewesen wäre, würden alle davon wissen. Sie ahnen ja nicht, wie konservativ diese Bankmenschen sind.«

Brunetti legte die Fingerspitzen zusammen und presste sie an seine Lippen. »Und seine Frau?«, fragte er.

»Reich, gesellschaftlich ambitioniert, allgemein unbeliebt.«

Dass diese Beschreibung auf die Frauen vieler Männer zutraf, mit denen er zu tun hatte, behielt Brunetti lieber für sich.

»Was die Leute reden, spricht eine deutliche Sprache, selbst wenn die ersten beiden Urteile nicht zutreffen sollten«, gestattete sie sich zu bemerken.

»Haben Sie mal mit ihr gesprochen?«, fragte er.

Sie schüttelte den Kopf. »Nein. Aber Sie.«

»Richtig«, sagte Brunetti. »Und ich kann verstehen, warum die Leute sie nicht mögen.«

Signorina Elettra machte sich nicht die Mühe, nach einer Erklärung zu fragen.

»Vielleicht erkundigen wir uns bei den falschen Leuten nach ihm«, gab Brunetti schließlich der Versuchung nach, die ihn seit dem Gespräch mit Patta quälte.

»Sie meinen, wir sollten uns eher bei Strichjungen umhören als bei Bankangestellten?«

»Nein. Wir sollten die Fulgonis direkt befragen.« Er hatte es satt, Informationen aus dritter Hand reichten ihm nicht, mit Gerüchten konnte er sich nicht zufriedengeben. Er wollte die beiden direkt ansprechen und den Fall endlich abschließen.

Als würde er sich im Voraus dafür bestrafen, dass er Pattas ausdrückliche Ermahnung missachtete, die Fulgonis nicht mit Fragen zu behelligen, setzte sich Brunetti den Peitschenhieben der Sonne aus und ging zu Fuß zu ihrer Wohnung. Als er an dem Wandrelief mit dem Kamelführer vorbeikam, hätte er gern mit dem alten Mauren besprochen, wie er sich den Fulgonis gegenüber verhalten sollte, aber da der Mann seit Jahrhunderten nichts anderes im Sinn hatte, als sein schwer beladenes Tier von der venezianischen Palazzomauer weg in seine Heimat im Orient zu führen, ließ Brunetti es bleiben.

Er nannte Signora Fulgoni seinen Namen, und sie öffnete ihm ohne weitere Fragen mit dem Summer das Tor. Bevor er die Treppe hinaufging, schritt Brunetti noch einmal den Hof ab; der Kreideumriss von Fontanas Leiche war längst beseitigt worden, nur noch ein paar dünne graue Streifen liefen zu den kleinen Abflusslöchern in der Mitte des Hofs. Das Absperrband war verschwunden, aber die schweren Ketten hingen immer noch vor den Lagerräumen.

Wie beim vorigen Mal erwartete ihn Signora Fulgoni an der Wohnungstür, und wieder ließ sie seine ausgestreckte Hand unbeachtet. Bei ihrem Anblick – mit ihrer strengen

Frisur glich sie einer Karyatide, allerdings mit rosa Lippenstift – fragte er sich, wie sie es schaffte, tagelang völlig unverändert auszusehen: etwa mit Vakuumverpackung? Er folgte ihr durch den Flur in dasselbe Zimmer wie beim letzten Mal, das immer noch den Eindruck machte, als sei es ein Ausstellungsraum und kein Wohnzimmer.

»Signora«, sagte er, als sie einander gegenübersaßen, »ich habe noch einige Fragen zum Abend von Signor Fontanas Tod. Es kann sein, dass wir nicht alles, was Sie uns erzählt haben, richtig verstanden haben.« Brunetti verzichtete darauf, die Frage mit einem Lächeln zu begleiten.

Sie schien überrascht, fast gekränkt. Wie konnte ein Polizist falsch verstanden haben, was sie gesagt hatte? Und wie konnte es überhaupt jemand wagen, die Genauigkeit ihrer Angaben anzuzweifeln? Doch sie stellte keine Fragen – sie wartete ab.

»Sie sagten, Sie und Ihr Mann hätten an diesem Abend einen Spaziergang gemacht, um sich ein wenig abzukühlen, und als Sie von der Strada Nuova abbogen, hätten die Glocken von Madonna dell'Orto Mitternacht geschlagen. Sind Sie sicher, dass es Mitternacht war, Signora, und nicht etwa das Läuten zur halben Stunde oder vielleicht sogar eine ganze Stunde später?« Sein Lächeln war noch unschuldiger als seine Frage.

Fassungslos wie die Hausherrin einer Datscha, deren Leibeigener sich ihrem Hinweis zu widersetzen wagt, welche Löffel er zum Tee zu reichen habe, starrte Signora Fulgoni ihn lange an. »Diese Glocken läuten seit Generationen«, erklärte sie mit einer Entrüstung, die sie nur aus Höflichkeit nicht in deutlichere Worte fasste. »Wollen Sie andeuten, ich würde die nicht erkennen oder nicht wissen, welche Stunde sie schlagen?«

»Gewiss nicht, Signora«, sagte er mit zurückhaltendem Lächeln. »Aber könnte es nicht doch sein, dass Sie sie mit den Glocken einer anderen Kirche verwechselt haben, die weniger genau die Stunden schlagen?«

In der Mauer ihrer Geduld taten sich die ersten Risse auf. »Ich bin Mitglied dieser Gemeinde, Commissario. Sie werden mir ja wohl noch zubilligen, dass ich die Glocken meiner eigenen Kirche erkenne.«

»Natürlich, natürlich«, sagte Brunetti gleichmütig, statt vor Ehrfurcht vom Stuhl zu fallen und eilig zur Tür zu kriechen. »Signora, Sie sagten, Sie und Ihr Mann seien mit dem Toten nicht näher bekannt gewesen.«

»Das ist korrekt«, sagte sie spröde und legte zur Bekräftigung die gefalteten Hände in den Schoß.

»Wie kann es dann sein«, fragte er, um sie endlich aus der Reserve zu locken, »dass wir sowohl von Signor Fontana als auch von Ihrem Mann an derselben Stelle im Hof Spuren gefunden haben?«

Das hatte gesessen. Brunetti hätte sie nicht empfindlicher treffen können. Ihr Mund klappte auf, hastig hielt sie eine Hand davor. Sie starrte ihn an, als sehe sie ihn zum ersten Mal und als gefalle ihr der Anblick ganz und gar nicht. Dann aber hatte sie sich wieder unter Kontrolle und alle Anzeichen von Überraschung beseitigt.

»Ich habe keine Ahnung, wie das möglich sein könnte, Commissario.« Sie widmete diesem Rätsel einige Sekunden und bot schließlich als Lösung an: »Es kann natürlich sein, dass mein Mann Signor Fontana auf dem Hof getroffen und es nicht für wichtig genug gehalten hat, mir davon zu erzählen. Vielleicht hat er ihm geholfen, irgendetwas zu tragen.«

Es gehörte nicht zu Brunettis Erfahrungsschatz, dass Bankdirektoren irgendwem beim Tragen schwerer Gegenstände halfen, aber er ließ das mit einem freundlichen Nicken durchgehen.

»Und Ihr Mann hat die Wohnung an diesem Abend nicht ohne Sie verlassen, Signora? Vielleicht, um mal Luft zu schnappen? Oder um Wein aus Ihrem Vorratsraum zu holen?«

Sie richtete sich auf und fragte schroff: »Wollen Sie andeuten, dass mein Mann etwas mit dem Tod dieses Mannes zu tun haben könnte?«

»Selbstverständlich nicht, Signora«, log Brunetti kühl. »Aber er könnte doch irgendetwas Ungewöhnliches oder Auffälliges bemerkt und Ihnen davon erzählt haben, und dann hat er es vielleicht gleich wieder vergessen: Das Gedächtnis spielt einem ja manchmal seltsame Streiche.« Er beobachtete, wie sie diese Idee verarbeitete.

Sie richtete den Blick auf eins der Bilder an der Wand gegenüber und betrachtete es so lange, bis sie sich seine streng horizontale Ausrichtung eingeprägt hatte; dann sah sie Brunetti an, presste die Lippen zusammen, schlug die Augen nieder, sah ihn wieder an und sagte mit betretener Miene: »Da war tatsächlich etwas …«

»Ja, Signora?«

»Der Pullover«, sagte sie, als müsse Brunetti wissen, wovon sie redete.

»Was für ein Pullover, Signora?«, fragte er.

»Ach«, sagte sie, als sei sie in Gedanken weit weg gewesen. »Natürlich. Der leichte grüne Pullover. Von Jaeger, mit V-Ausschnitt. Den hat er sich vor Jahren gekauft, im Urlaub, in London. Und dann hat er ihn sich draußen immer über die Schultern gehängt.« Und bevor Brunetti fragen konnte: »Ja, auch im Sommer.« Plötzlich wurde ihre Stimme weicher. »Der Pullover war so etwas wie ein Talisman für ihn, oder eher für uns beide, auf unseren abendlichen Spaziergängen.«

»Und was ist nun mit diesem Pullover, Signora?«

»Als wir an diesem Abend nach Hause kamen, entdeckte mein Mann, dass der Pullover nicht mehr über seinen Schultern hing.« Sie kreuzte die Arme vor der Brust, tastete ihre eigenen Schultern ab und fand dort keinen Pullover. »Also ging er sofort nach unten, um ihn zu suchen. Es waren nicht viele Leute auf der Straße gewesen, wenn er ihn verloren hatte, konnte er ihn vielleicht noch finden.«

»Verstehe«, sagte Brunetti. »Hat er ihn gefunden?«

»Ja. Ja. Als er zurückkam, erzählte er, er habe am Fuß der Ponte Santa Caterina gelegen. Fast bei den Gesuiti.«

»Er ist also die Route Ihres Spaziergangs zurückgegangen, Signora?«, fragte Brunetti und überschlug innerlich die Entfernung zwischen ihrem Haus und der Brücke.

»Offensichtlich. Ich lag inzwischen im Bett und habe nur noch gefragt, ob er den Pullover gefunden habe, und kaum hatte er das bestätigt, bin ich gleich eingeschlafen.«

»Verstehe, verstehe«, sagte Brunetti. »Erstaunlich, dass er das in seiner Aussage gegenüber Tenente Scarpa nicht erwähnt hat.«

»Wie Sie selbst sagten, Commissario, das Gedächtnis spielt

einem manchmal seltsame Streiche.« Er wollte es schon selbst sagen, aber sie kam ihm zuvor: »Seltsam ist aber auch, dass mir das erst jetzt wieder eingefallen ist.« Um das Merkwürdige dieser Sache noch hervorzuheben, legte sie eine Hand an ihre Stirn und schaute ihn wie unsicher an.

»Was meinen Sie, wie lange war er weg, Signora?«, fragte Brunetti.

Sie starrte wie jeder Venezianer ins Leere, während sie die Entfernung kalkulierte. »Bis zur Brücke hat er bestimmt fünfzehn Minuten gebraucht, denn er wird ja langsam gegangen sein. Also das Doppelte«, sagte sie, und als zweifelte sie an seiner Fähigkeit, die Addition ohne Hilfe zu bewerkstelligen, nannte sie ihm die Summe: »Eine halbe Stunde, höchstens.«

»Ich danke Ihnen, Signora.« Brunetti erhob sich.

Als Brunetti Signor Fulgonis Bank erreicht hatte, klebte ihm das Jackett am Rücken, und seine Hose scheuerte ihm bei jedem Schritt an den Schenkeln. Er betrat die klimatisierte Vorhalle, blieb erst einmal stehen und fuhr sich mit seinem Taschentuch über Gesicht und Nacken. Die künstliche Temperatur war zum Glück nur mild, nicht direkt arktisch, und Brunetti hatte sich bald darauf eingestellt. Er überquerte die weite Marmorfläche und näherte sich einem Schalter, der mit einer jungen Frau besetzt war. Ihr Kostüm sah aus wie neu. Als sie den derangierten Mann im zerknitterten Jackett erblickte, fragte sie mit schlecht verhohlener Geringschätzung: »Kann ich Ihnen helfen, Signore?« Sie sprach Italienisch, doch am Tonfall war ihre venezianische Herkunft durchzuhören.

Brunetti zückte seine Brieftasche und zeigte seinen Dienstausweis. »Ich möchte Signor Fulgoni sprechen«, sagte er bewusst auf Venezianisch. Dann imitierte er den starken Akzent der Männer, mit denen sein Vater in den *osterie* von Brunettis Jugend Karten gespielt hatte: »Es geht um eine Mordsache.«

Die junge Frau erhob sich mit einer Geschwindigkeit, bei der ihr in einer nicht klimatisierten Umgebung der Schweiß auf die Stirn getreten wäre. Sie sah Brunetti an, wandte den Blick ab, griff zum Telefon und wählte eine Nummer.

»Hier möchte jemand Dottor Fulgoni sprechen«, sagte sie; sie hörte kurz zu und erklärte dann: »Ein Polizist.« Sie lächelte Brunetti verbindlich zu, sagte *»Sì«*, wiederholte es und legte auf.

»Ich bringe Sie hin«, sagte sie, achtete darauf, ihm nicht zu nahe zu kommen, und ging ihm voraus in den hinteren Teil der Bank.

Brunetti hatte einmal in irgendeiner Zeitschrift einen Artikel gelesen, in dem erklärt wurde, dass die Lage der einzelnen Zimmer innerhalb eines Hauses mit unserer instinktiven Urangst vor Gefahr zu tun hat. Die Zimmer, in denen Menschen am wehrlosesten waren, lagen ausnahmslos – so jedenfalls stand es in dem Artikel – möglichst weit vom Eingang entfernt, also der Stelle, an der jemand ins Haus eindringen konnte. Schlafzimmer befanden sich demnach im oberen Stock oder im hinteren Teil des Hauses, so dass der Eindringling mit seinem Schwert oder seiner Keule sich erst einmal durch weniger gut geschützte Stellungen durchschlagen musste, was dem Hausherrn ausreichend Zeit gab, sich auf Flucht oder Verteidigung einzustellen.

Dementsprechend würde Signora Fulgoni inzwischen ihren Mann angerufen haben, in der Hoffnung, er möge durch ein Hinterzimmer entweichen oder wenigstens seine Kriegsaxt schärfen.

Im Innersten der Bank gelangten sie schließlich vor eine Tür, die links und rechts von je einem Schreibtisch flankiert war – Brunetti fühlte sich an Bücherstützen erinnert, die eine kostbare Inkunabel umrahmten. Vor einem der Tische stand eine junge Frau; der andere war unbesetzt.

Seine Führerin blieb stehen, wies auf Brunetti und sagte: »Das ist der Polizist.«

Am liebsten hätte sich Brunetti laut knurrend mit seinen Pranken auf den Braten gestürzt, aber er lebte in einem Land, das Geld vergötterte und Polizisten nur höchst widerwillig Zutritt zu seinen Heiligtümern gestattete. Also lächelte er der zweiten jungen Frau liebenswürdig zu, und die drehte sich um und öffnete, ohne anzuklopfen, die Tür. Dottor Fulgoni wusste Bescheid.

Der Mann kam Brunetti bereits entgegen. Er trug einen nüchternen dunkelgrauen Anzug, eine kastanienbraune Krawatte mit feinem Linienmuster und in der Brusttasche ein kastanienbraunes Tüchlein. Nach irgendwelchen Anzeichen für die weibliche Ausstrahlung, die ihm bei der Beerdigung aufgefallen war, suchte Brunetti vergebens.

Seine Haltung war aufrecht, sein Haar gut geschnitten, seine Züge klar, die Augenbrauen spitz. »Verzeihen Sie, Commissario, man hat mir Ihren Namen nicht genannt«, sagte Fulgoni mit wohltönend tiefer Stimme. Er gab Brunetti die Hand und führte ihn zu einem Sofa an einer Wand des Büros.

Brunetti stellte sich vor und nahm in dem Ledersessel vor dem Sofa Platz; Fulgoni ließ sich auf dem Sofa nieder. Er hatte stark hervortretende Wangenknochen und eine lange Nase. »Darf ich Ihnen etwas anbieten, Commissario?«, fragte er. Seine Stimme war angenehm, sehr melodisch, und er sprach reines Italienisch ohne irgendeinen regionalen Akzent oder Tonfall.

»Vielen Dank, Dottore«, sagte Brunetti. »Vielleicht später.«

Fulgoni lächelte und bedeutete der jungen Frau, dass sie gehen konnte.

»Meine Frau hat mich angerufen und mir von Ihrem Besuch erzählt«, sagte Fulgoni. »Sie sagte etwas von Unstimmigkeiten bezüglich der Zeit, zu der wir in der Nacht von Signor Fontanas Ermordung nach Hause gekommen sind.«

»Ja«, sagte Brunetti, »unter anderem.«

Fulgoni heuchelte keine Überraschung. »Ich nehme an, meine Frau hat klargestellt, wann wir nach Hause gekommen sind.«

»Das hat sie, und sie hat mir von Ihrem Pullover erzählt und dass Sie danach suchen gegangen sind«, sagte Brunetti.

Fulgoni antwortete nicht sofort; er sah Brunetti, der ihn beobachtete, forschend ins Gesicht. Schließlich sagte er: »Ach ja. Der Pullover.« An der Art, wie Fulgoni das letzte Wort betonte, erkannte Brunetti, dass dieser Pullover für ihn von enormer Bedeutung war, aber worin die bestehen könnte, blieb ihm verborgen.

»Sie sagte etwas von einem grünen Pullover. Als Sie von Ihrem Spaziergang zurückkamen, hätten Sie bemerkt, dass Sie ihn unterwegs verloren hatten. Sie meinte, der Pullover sei

Ihnen wichtig – als ›Talisman‹, so hat sie sich ausgedrückt – und Sie seien noch einmal losgegangen, um ihn zu suchen.«

»Hat sie Ihnen erzählt, dass ich ihn gefunden habe?«

»Ja, und dass Sie ihr das bei Ihrer Rückkehr erzählt haben.«

»Und dann?«

»Und dann, sagt sie, sei sie eingeschlafen.«

»Hat sie Ihnen zufällig auch gesagt, wie lange ich fort war? Um den Pullover zu suchen?«

»Sie war sich nicht sicher, meinte aber, etwa eine halbe Stunde.«

»Verstehe«, sagte Fulgoni. Er rückte auf dem Sofa nach hinten und richtete sich etwas höher auf. Ihre Blicke trafen sich kurz, aber dann schaute er weg und starrte die Wand gegenüber an. Brunetti störte ihn nicht in seinen Überlegungen.

Fulgoni schwieg mindestens eine Minute; schließlich sagte er: »Meine Frau hat mir erzählt, Sie – die Polizei – hätten auf dem Hof Spuren von mir und Signor Fontana gefunden. An derselben Stelle des Hofs, um genau zu sein.«

»Das stimmt.«

»Was für Spuren?«, fragte er. Er räusperte sich. »Und wo?«

Gefangen in seiner Lüge, ließ Brunetti sich mit der Antwort Zeit. Fulgoni sah ihn an, sah wieder weg, und Brunetti riskierte die Bemerkung: »Ich denke, die Antwort auf diese beiden Fragen wissen Sie selbst, Dottore.«

Nur jemand, der entweder von Grund auf ehrlich ist oder hinreichend naiv, sich von Brunettis sicherem Auftreten täuschen zu lassen, hätte dies für eine befriedigende Antwort auf seine Fragen gehalten.

Fulgoni stieß ein langgezogenes »Ah« aus, wie ein Schwimmer, der sich am Ende des Wettkampfs aus dem Becken stemmt. »Könnten Sie bitte wiederholen, was meine Frau gesagt hat?«, bat er, krampfhaft um einen ruhigen Ton bemüht.

»Dass Sie, um der Hitze in Ihrer Wohnung zu entgehen, mit ihr einen Spaziergang gemacht haben; bei der Rückkehr hätten Sie festgestellt, dass Sie Ihren Pullover verloren hatten, worauf Sie ihn suchen gegangen und nach ungefähr einer halben Stunde damit zurückgekommen sind.«

»Verstehe«, sagte Fulgoni. Er sah Brunetti in die Augen. »Und Sie meinen, ich hätte also genug Zeit gehabt, nach unten zu gehen und Fontana zu töten? Seinen Kopf an diesem Marmorlöwen zu zerschmettern?«

Brunetti sagte, ohne zu zögern: »Ja. Die Zeit hätte ausgereicht.«

»Aber das heißt nicht, dass ich es getan habe?«, fragte Fulgoni.

»Solange kein Motiv erkennbar ist, zählen Sie nicht zu den Verdächtigen«, antwortete Brunetti.

»Natürlich«, sagte Fulgoni. »Überaus fair von Ihnen, mir das mitzuteilen.«

Brunetti registrierte verwundert den wehmütigen Ton, in dem Fulgoni das sagte.

»Und diese Spuren, die Sie angeblich gefunden haben, liefern Ihnen ein Motiv?«, fragte Fulgoni.

»Ja, das tun sie«, antwortete Brunetti, alarmiert von dem Wort »angeblich«.

Zu Brunettis Verblüffung stand Fulgoni plötzlich auf. »Ich möchte jetzt lieber nicht mehr in der Bank bleiben, Commissario.«

Brunetti erhob sich ebenfalls, sagte aber nichts.

»Wie wär's, wenn wir uns dann mal in meiner Wohnung umsehen würden?«, schlug Fulgoni vor.

»Wenn Sie meinen, dass uns das weiterhilft«, sagte Brunetti, der selbst kaum wusste, was er damit meinte.

Fulgoni griff nach seinem Telefon und bat, ihm ein Taxi zu holen.

Die zwei Männer standen schweigend nebeneinander auf dem Deck des Taxiboots; sie fuhren den Canal Grande hinauf und unter der Rialto-Brücke hindurch. Der Himmel war wolkenlos, aber Fahrtwind und Wasser ließen sie die Hitze nicht spüren. Nach Brunettis Erfahrung brachte innere Anspannung die meisten Leute zum Reden, und wie angespannt Fulgoni war, war mühelos an den weißen Knöcheln der Hand zu erkennen, mit der er sich an die Reling klammerte. Andererseits brachte Wut sie ebenso oft zum Schweigen, während sie ihr Gedächtnis fieberhaft nach dem Zeitpunkt durchwühlten, wo etwas schiefgelaufen oder außer Kontrolle geraten war.

Das Taxi hielt an derselben Anlegestelle, die Foa am Tag des Leichenfundes benutzt hatte. Fulgoni bezahlte den Fahrer und gab ein üppiges Trinkgeld dazu, dann stieg er an Land. Als er sich umdrehte, um Brunetti hinauszuhelfen, stand der bereits neben ihm.

Immer noch schweigend gingen sie über die Brücke. Vor dem *portone* blieben sie stehen, und Brunetti wartete, während Fulgoni seinen Schlüsselbund nahm und das Tor öffnete.

Fulgoni ging voran zu dem Lagerraum mit den Vogelkäfigen und blieb vor der mit einem Vorhängeschloss gesicherten Kette stehen. »Ich nehme an, da drin haben Sie die Spuren gefunden?«, sagte er und zeigte hinein.

Brunetti hatte daran gedacht, sich die Schlüssel aus der Asservatenkammer zu besorgen, und zog sie aus der Tasche. Er probierte einige aus, bis er den richtigen gefunden hatte, entfernte das Schloss und öffnete die Tür. Es war kurz vor Mittag, die Sonne brannte senkrecht auf sie nieder, so dass kaum Licht in den Lagerraum fiel. Fulgoni griff hinein und knipste das Licht an.

Er ging an den Vogelkäfigen vorbei direkt zu den daneben gestapelten Kartons. Brunetti beobachtete, wie er die Aufschriften las, konnte sie aber selbst nicht lesen, weil Fulgoni ihm die Sicht versperrte. Schließlich zog er einen aus dem Stapel heraus, worauf die darüber in die Lücke stürzten. Er stellte ihn auf einen kleinen runden Tisch mit zerkratzter Oberfläche, den Brunetti bisher übersehen hatte. Fulgoni löste das vertrocknete alte Klebeband, mit dem der Karton verschlossen war, dann drehte er sich zu Brunetti um und sagte: »Vielleicht möchten Sie das selbst aufmachen, Commissario.«

Er schob sich an Fulgoni vorbei, schlug die ersten beiden Klappen zurück, dann die anderen zwei. Ganz oben lag ein grauer Rollkragenpullover.

»Ich finde, Sie sollten etwas tiefer graben, Commissario«, sagte Fulgoni mit einem trockenen Lachen, das vollkommen humorlos war.

Brunetti hob den Pullover an; darunter lag ein dicker blauer Pullover mit Reißverschluss. Und darunter ein leichter grüner Pullover mit V-Ausschnitt. »Nun, sehen Sie sich das Label an«, sagte Fulgoni, und im selben Augenblick erkannte Brunetti das Jaeger-Etikett.

Er legte die anderen Pullover zurück, klappte den Karton wieder zu und drehte sich zu Fulgoni um. »Soll das heißen, dass Sie nicht noch einmal losgegangen sind, um diesen Pullover zu suchen?«

»Dieser Karton wurde am Ende des Winters gepackt, Commissario«, sagte Fulgoni. »Folglich kann ich den Pullover an diesem Abend weder getragen noch verloren haben. Und folglich bin ich ihn auch nicht suchen gegangen.« Er warf den Pullover nachlässig auf den Kartonstapel, bückte sich und hob das trockene Klebeband vom Boden auf.

Er wickelte sich das braune Band um zwei Finger und sagte, ohne den Blick zu heben: »Meine Frau mag keine Unordnung. Alles muss an seinem Platz sein.« Er schob sich das zusammengerollte Band in die Tasche und sah Brunetti an. »Ich habe mich immer bemüht, ihre Wünsche zu respektieren.« Er wies auf die Vogelkäfige. »Die sind ein Beweis dafür. Wir haben keine Kinder bekommen, und so fing sie eines Tages an, sich Vögel anzuschaffen. Am Ende hatten wir das ganze Haus voll.« Er umspannte mit einer theatralischen Geste die leeren Käfige. »Aber dann starben sie oder wurden krank, und wir gaben sie weg. Na ja, nur die gesunden, natürlich.«

»Und die kranken?«, fragte Brunetti, der annahm, dass diese Frage von ihm erwartet wurde.

»Meine Frau hat sie beseitigt, wenn sie gestorben waren«, sagte Fulgoni und drehte sich zu Brunetti um. »Ich bin immer viel sentimentaler gewesen als meine Frau. Wenn es nach mir gegangen wäre, hätten wir sie in den Topfpalmen auf dem Hof begraben.« Er machte eine vage Geste in Richtung der Tür. »Aber sie hat sie einfach in eine Plastiktüte gesteckt und in die Mülltonne getan.«

»Aber die Käfige haben Sie behalten?«, sagte Brunetti.

Fulgoni warf einen Blick in die Runde, er schien sich selbst zu wundern, dass es so viele waren. »Ja, die haben wir behalten. Ich weiß eigentlich gar nicht, warum?«

Brunetti wusste auf diese Frage auch keine Antwort.

»Vielleicht hat meine Frau Vogelkäfige gern«, sagte Fulgoni und lächelte bekümmert. »So habe ich das noch nie betrachtet.« Er ging zu der Gittertür des Lagerraums, zog sie zu, klammerte sich an die senkrechten Stäbe und starrte auf den Hof hinaus. Schließlich wandte er sich zu Brunetti um und fragte: »Aber welche Seite ist der Käfig, was meinen Sie, Commissario? Hier drin oder da draußen?«

Brunetti verfügte über unendliche Geduld, und so schwieg er nur und wartete, dass Fulgoni weitersprach. Er hatte diesen Moment schon oft erlebt, es war der Moment, in dem sich etwas entwirrte oder kippte, der Moment, in dem ein Mensch zu dem Schluss kommt, dass er etwas klarstellen muss, und sei es nur sich selbst gegenüber.

Fulgoni legte die Fingerspitzen der rechten Hand an seine Lippen, wie zum Beweis dafür, wie tief er in Gedanken versunken sei. Als er die Finger wieder wegnahm, waren seine Lippen und das Kinn dunkelbraun verschmiert; Brunetti sah nach Fulgonis Händen, aber daran klebte nicht Fontanas Blut, sondern nur Rost von den Gitterstäben.

Brunetti schloss die Augen, plötzlich spürte er die Hitze in diesem Käfig, in dem sie beide gefangen waren.

»Ich möchte Ihnen etwas zeigen, Commissario«, sagte Fulgoni mit ganz normaler Stimme. Brunetti sah zu, wie der Bankdirektor sich an dem Tuch aus seiner Brusttasche die Hände abwischte, und registrierte verwundert, wie die

Hände sauberer wurden, ohne dass sich das Tuch dunkler färbte.

Fulgoni ging an Brunetti vorbei nach hinten zu den Vogelkäfigen. Er betrachtete sie kurz, offenbar hatte er es auf einen in der unteren Reihe abgesehen, denn jetzt bückte er sich, fasste ihn mit beiden Händen und ruckelte ihn vorsichtig aus dem Stapel heraus.

Als er ihn freibekommen hatte, stürzten die Käfige darüber wie vorhin die Kartons in die entstandene Lücke und verkeilten sich.

Fulgoni trug den Käfig zum Tisch und stellte ihn neben den Karton. »Sehen Sie sich das an, Commissario«, sagte er und trat beiseite, um dem Licht der Lampe nicht im Weg zu stehen.

Brunetti beugte sich darüber: ein Vogelkäfig aus Holz, aus dünnen Bambusstäben, die klassische »Made in China«-Konstruktion. Der Boden war nicht mit Zeitungspapier, sondern mit einem roten Wollstoff ausgelegt; dahinter lag noch etwas: vielleicht ein Ärmel? Ja, das war ein Ärmel, und daneben der Kragen. Also ein Pullover, ein roter Sommerpullover. Da Fulgoni reglos und schweigend neben ihm stand, konzentrierte sich Brunetti weiter auf dieses Kleidungsstück; noch war ihm nicht klar, warum er sich das ansehen sollte. Unterhalb des Kragens trat etwas hervor, ein Umriss, eine andere Farbe. Dunkler als der Rest, formlos: vielleicht ein Blumenmuster? Aber ein ziemlich großes. So etwas wie Pfingstrosen? Anemonen?

Am Ansatz des Ärmels zeichnete sich ein zweites Muster ab, kleiner und dunkler. Trockener.

Brunetti griff nach dem Türchen des Käfigs, doch bevor

er ihn öffnen konnte, legte Fulgoni ihm eine Hand auf den Arm und sagte: »Nicht anfassen, Commissario. Sie wollen doch nicht etwa das Beweisstück verunreinigen.« Keine Spur von Sarkasmus in seiner Stimme, keine Unruhe.

Brunetti sah den Pullover lange an, bevor er fragte: »Sie selbst haben gut aufgepasst, als Sie ihn da reingelegt haben?«

»Ich habe ihn mit meinem Taschentuch aufgehoben, nachdem sie in die Wohnung vorausgegangen war. Ich wusste nicht, was passieren würde, wollte aber etwas haben ...«

»Ja?«, fragte Brunetti.

»Etwas, das bezeugen konnte, was passiert war.«

»Wollen Sie mir davon erzählen?«

Fulgoni näherte sich der Tür, vielleicht weil dort die Luft etwas frischer war. Beide Männer schwitzten stark, und der abscheuliche, muffige Gestank der Vogelkäfige war ohnehin kaum auszuhalten.

»Araldo und ich haben uns gegenseitig benutzt. So kann man das wohl nennen. Er hatte es gern schnell und anonym, und mir blieb nichts anderes übrig, ich musste mich damit begnügen.« Fulgoni stöhnte, und dabei geriet ihm anscheinend der von den Käfigen aufgewirbelte Staub in den Hals, denn er begann heftig zu husten. Er krümmte sich nach vorn, nahm eine Hand vor den Mund und verschmierte die Rostflecken noch mehr.

Als er sich ausgehustet hatte, richtete er sich auf und fuhr fort: »Wir trafen uns immer hier. Araldo nannte das«, sagte er und wies mit melodramatischer Geste auf die staubigen Balken der niedrigen Decke, »unser kleines Liebesnest.« Er wischte sich mit seinem Taschentuch das Gesicht ab und verteilte so den Rost auch noch auf seiner Stirn. »Ich vermute, meine Frau hat davon gewusst. Mein Fehler war nur, anzunehmen, es mache ihr nichts aus.«

Danach schwieg er so lange, dass Brunetti schließlich fragte: »Und an diesem Abend?«

»War fast alles so, wie meine Frau Ihnen erzählt hat, außer dass es ihr Pullover war, der unterwegs verlorenging. Ein roter Baumwollpullover. Ich bin ihn suchen gegangen. Aber nicht bis Santa Caterina, nur über die nächste Brücke. Ich hatte unten gesehen, dass Fontanas Briefkasten offen stand: Das war unser Zeichen. Immer wenn ich mit meiner Frau nach Hause kam und das sah, ging ich unter irgendeinem Vorwand noch einmal los und läutete draußen am *portone* bei ihm, damit er einen Vorwand hatte, nach unten zu kommen. Und dann zogen wir uns in unsere Liebeslaube zurück.«

»Und so war es an diesem Abend auch?«

»Ja. Ich hatte kaum den Pullover aufs Treppengeländer gelegt, da kam Araldo auch schon runter. Es hat nie lange gedauert. Araldo wollte keine Zeit mit Reden und dergleichen verschwenden. Wenn wir fertig waren, ging er immer als Erster raus: Wir waren immer sehr vorsichtig.«

»Aber nicht immer vorsichtig genug?«, fragte Brunetti.

»Sie meinen Signor Marsano?«

»Ja.«

Fulgoni schüttelte den Kopf bei der Erinnerung. »Einmal standen wir auf dem Hof, als er herauskam. Nicht dass wir irgendetwas getan hätten, aber ihm muss die Sache klar gewesen sein.« Fulgoni hob die Schultern. »Das war ein weiterer Grund, vorsichtig zu sein. Danach, meine ich.«

»Und an diesem Abend?«

»Araldo ging als Erster und überquerte gerade den Hof, als ich ihre Stimme hörte. Hier drin war kein Licht, also dachte ich, wenn ich mich einfach still verhielt, würde sie nichts merken. Und dann würde ich damit aufhören. Das wollte ich jedes Mal«, sagte er bedrückt. »Aber ich wusste, ich konnte nicht.«

Wieder fuhr sich Fulgoni mit dem Taschentuch übers Gesicht, und Brunetti wollte schon vorschlagen, dass sie auf den Hof gehen sollten, als der andere fortfuhr: »Also blieb ich hier drin, in der Falle, und konnte mit anhören, wie die beiden sich stritten. So hatte ich meine Frau noch nie reden hören, sie war völlig außer sich.« Fulgoni drehte sich um und begann die Käfige zurechtzurücken, wobei er aufs Neue Staub aufwirbelte und husten musste.

Schließlich konnte er wieder sprechen. »Dann hörte ich ein Geräusch. Keine Stimme, sondern ein Geräusch, dann noch mehr Geräusche, dann eine Stimme, aber nur ganz kurz, und noch mehr Geräusche. Und plötzlich gar nichts mehr.«

Fulgoni zeigte auf das Sofa. »Da lag ich, die Hose hing mir noch um die Füße, und es dauerte eine Weile, bis ich nachsehen konnte, was passiert war.« Er riss sich zusammen und korrigierte sich: »Nein, das war nicht der Grund. Ich hatte Angst vor dem, was ich zu sehen bekommen könnte.

Jemand ging die Treppe hinauf, das konnte ich hören, aber ich wartete lieber noch. Als ich schließlich zur Tür kam… da«, er zeigte auf die Gittertür zwischen ihnen und dem Hof, »war das Licht an, und ich sah ihn am Boden liegen. Aber das Licht wird über eine Zeitschaltuhr gesteuert, und plötzlich ging es aus. Um es wieder anzumachen, musste ich mich im Dunkeln zum Schalter tasten, immer mit dem Gedanken, er liegt da auf dem Hof.« Er brauchte lange, ehe er weitersprechen konnte.

»Als ich zurückkam, sah ich, was sie getan hatte. Sie muss den Pullover auf dem Geländer gesehen haben, als sie nach unten kam, und wusste also, dass ich wieder da war. Und dann sah sie ihn herauskommen, und…«

»Und der Pullover?«

»Lag neben ihm. Sie muss ihn in der Hand gehabt haben, als sie…« Fulgoni machte ein Gesicht, als müsse er sich übergeben, fing sich aber bald wieder. »Ich nahm mein Taschentuch. Mir war sofort klar, wie man das alles deuten würde oder könnte. Ich wollte nicht, dass ihr etwas geschieht.« Und wie jemand, der plötzlich Ehrlichkeit oder Mut entdeckt, fügte er hinzu: »Und mir auch nicht.«

Er holte zweimal tief Luft. »Also habe ich mir das Taschentuch um die Hand gewickelt, den Pullover hierhergebracht und in den Käfig gesteckt. Und ihn möglichst flach ausgebreitet.«

»Was haben Sie dann getan, Signore?«, fragte Brunetti.

»Ich habe diesen Raum abgeschlossen, bin nach oben gegangen und habe mich schlafen gelegt.«

30

Paola, die zwar keine Berechtigung zum Führen eines Kraftfahrzeugs besaß, dafür aber mit einem Commissario der Polizei verheiratet war, setzte nicht nur ihr eigenes Leben, sondern auch das ihrer Kinder aufs Spiel, als sie höchstpersönlich zum Bahnhof in Mals fuhr, um Brunetti abzuholen. Von dort ging es gleich weiter nach Glurns, wo die Kinder im Restaurant des Hotels La Posta den Beweis dafür ablegten, dass sie fast den ganzen Tag in den Bergen gewandert waren, indem sie einen Riesenteller Speck sowie Tagliatelle mit frischen Pfifferlingen und dann noch Aprikosenstrudel mit Vanillecreme verschlangen.

Auf der Fahrt zum Bauernhaus fielen Raffi und Chiara in Tiefschlaf und mussten regelrecht aus dem Auto und ins Haus geschoben werden, wo sie sofort in ihre Zimmer verschwanden; immerhin schaffte Chiara es vorher noch, ihn kurz in die Arme zu nehmen und etwas davon zu murmeln, wie sehr sie sich freue, dass ihr Vater nun endlich da sei.

Später, lang ausgestreckt auf dem Sofa vor dem offenen Kamin, nippte Brunetti an einem winzigen Glas Marillenbrand. Paola holte Pullover für sie beide und legte ihm seinen über die Schultern, aber er ließ es sich nicht nehmen, ihn im Stehen anzuziehen.

»Erzähl«, sagte sie und setzte sich neben ihn.

Und das tat er. Er rührte sein Glas nicht an, während er die Ereignisse dieses Vormittags schilderte, die Beerdigung von Signorina Montini, an der außer ihm selbst noch Vianello und Doktor Rizzardi sowie zwei, drei Kollegen aus ihrem Labor teilgenommen hatten.

Paola stellte keine Fragen, damit der Schwung seiner Erzählung nicht verlorenging.

»Die Trauerfeier war in San Polo, obwohl sie eigentlich zur Gemeinde Frari gehörte. Aber der Pastor dort wollte ihr nicht die Messe lesen.« Er lehnte sich an die Armlehne des Sofas, um sie besser sehen zu können. »Eine traurige Veranstaltung. Wir hatten Blumen geschickt, ansonsten aber war alles kahl. Der Priester sah während der Messe zweimal auf die Uhr und sprach danach jedes Mal etwas schneller.« Und Brunetti, schwitzend und erschöpft nach einer schlaflosen Nacht, saß in der Kirchenbank und kam nicht los von der Erinnerung an die Szene keine zwei Wochen zuvor, als er auf dem *campo* nicht weit von dieser Kirche darauf gewartet hatte, dass Vianellos Tante aus dem Haus dieser Frau herauskam.

Er sah den schlichten Sarg, die drei Kränze, Weihrauch hing in der Luft. »Aber wenigstens ging es schnell«, erzählte er Paola. »Dann wurde sie nach San Michele gebracht.«

»Und du bist hierhergekommen?«, fragte sie.

Brunetti antwortete erst nach einigem Zögern: »Vorher habe ich Vianello noch einen Gefallen getan.«

»Was denn?«

»Ich habe mit seiner Tante gesprochen.«

Paola konnte ihre Überraschung nicht verbergen. »War die nicht für zwei Wochen mit ihrem Sohn verreist?«

Brunetti stand auf und warf ein Scheit ins Feuer, rückte es mit einem anderen zurecht und kehrte aufs Sofa zurück. »Warum haben wir Feuer so gern?«, fragte er.

»Steinzeitlich. Wir können nicht anders. Höhlen. Mammuts. – Erzähl mir von Vianellos Tante«, sagte Paola. Den Drink in ihrer Hand hatte sie längst vergessen.

»Sein Cousin hatte ihn am Vorabend angerufen und ihm gesagt, sie sei nach Venedig zurückgekommen. Also sind wir nach der Beerdigung bei ihr vorbeigegangen.«

»Als ob die Beerdigung noch nicht genug gewesen wäre, wie?«, sagte sie und tätschelte sein Knie.

»Es war besser so«, sagte er. »Lorenzo hatte ihr von mir erzählt, also wusste sie ungefähr, wer ich bin. Und ich glaube, sie vertraut mir. Egal, wie wütend sie auf ihren Sohn oder auf ihn sein mochte, mir hat sie immerhin zugehört.«

»Was hast du ihr erzählt?«

»Alles, was wir über Gorini herausgefunden haben. Und ich habe ihr die Polizeiberichte zu lesen gegeben.«

»Und damit gegen die Geheimhaltungsvorschriften verstoßen?«, fragte sie.

»Schon möglich.«

»Gut. Was hat sie dazu gesagt?«

»Nachdem sie alles gelesen hatte, stellte sie mir ein paar Fragen; was die verschiedenen Abteilungen der Polizei unternommen haben und ob die Dokumente glaubwürdig seien.«

»Du hast es ihr gesagt?«

»Ja.«

»Und wo war Vianello?«

»Der hat neben uns auf einem Stuhl gesessen und sich unsichtbar gemacht.«

»Und? Hat sie dir geglaubt?«

»Am Ende blieb ihr nichts anderes übrig«, sagte Brunetti. Die energische Frau, der er noch vor kurzem durch die Via

Garibaldi gefolgt war, hatte mit Tränen in den Augen, schweigend und angespannt zwischen ihm und Vianello gesessen, ihre runzlige Hand um die Papiere gekrallt, als könne sie die Wahrheit aus ihnen herauspressen.

»Was dann?«

»Sie brauchte eine Weile, aber dann hat sie uns alles erzählt«, sagte Brunetti; er übersprang, dass die alte Frau die Papiere zu Boden fallen ließ und nach einem Taschentuch kramte, um sich die Tränen zu trocknen. »Sie hatte einen besonderen Kräutertee für ihren Mann gekauft, nachdem seine Labortests ergeben hatten, dass er Diabetes im Anfangsstadium hatte.« Er entkorkte die Flasche, schenkte sich etwas Obstler nach und schlug den Korken mit der Handfläche wieder rein.

»Dann sagte sie zu Vianello, sie habe sich wie eine Idiotin benommen«, erzählte Brunetti, und es schien ihn zu erheitern, »und dass sie ihren Sohn anrufen und ihn um Verzeihung bitten wolle.«

»Was hat Vianello getan?«

»Er sagte ihr, sie solle keine Umstände machen, er werde sie auf der Stelle wieder zu ihrer Familie bringen, die ja noch in den Ferien ist.«

»Und du?«, fragte sie.

»Ich bin mit dem Zug hierhergekommen«, sagte er, ohne seine Verärgerung über das theatralische Getue von Vianellos Tante zu erwähnen. Brunetti hatte in seinem Beruf so viele falsche Tränen gesehen, dass er Tränen kaum mehr Glauben schenkte.

»Und was ist mit Gorini?«, fragte Paola.

Er zuckte die Schultern. »Keine Ahnung. Der ist verschwunden. Wir haben Signorina Montinis Wohnung nach ihrem Tod durchsucht, aber da war keine Spur von ihm. Nichts.« Er ließ den Obstler in seinem Glas kreisen, trank aber nicht.

»Und jetzt?«, fragte Paola.

»Was wir unternehmen? Nichts, wie es aussieht. Er wird woanders hinziehen und eine andere leichtgläubige Frau finden, und leichtgläubige Opfer findet er sowieso überall.«

»Wie Vianellos Tante?«

»Anzunehmen«, sagte er. »Leute wie sie.«

Paola wechselte das Thema; von ihr aus konnten Vianellos Tante und Leute wie sie glauben, was sie wollten. »Und die Fulgonis?«, fragte sie.

Brunetti schnaufte und nahm einen kleinen Schluck Obstler. »Sie behauptet, sie sei auf den Hof gekommen, habe Fontana dort liegen sehen und sofort ihren Pullover ausgezogen, um damit die Blutung zu stoppen. Dann sei ihr Mann aus dem Lagerraum gekommen, und plötzlich habe sie begriffen, was sich da abgespielt habe. Darauf habe sie sich wieder in ihre Wohnung zurückgezogen, es aber nicht über sich gebracht, die Polizei zu rufen.«

»Und ihr Märchen von den Kirchenglocken? Das kann sie doch nur erzählt haben, um den Eindruck zu erwecken, dass er erst später in dieser Nacht ermordet wurde.«

»Sie sagt, das habe sich ihr Mann ausgedacht. Damit es so aussieht, als sei Fontana erst ermordet worden, nachdem sie beide längst nach oben gegangen waren. Wenn bei ihrer Rückkehr keine Leiche auf dem Hof lag und wenn es da schon nach Mitternacht war, blieb nur der Schluss übrig, dass Fontana erst später ermordet wurde.«

»Und warum hat sie dir dann überhaupt von dem Pullover erzählt?«

Darüber hatte Brunetti während der langen Zugfahrt nachgedacht. »Wer weiß? Vielleicht dachte sie, jemand könnte ihren Mann draußen gesehen haben, und hielt es für das Beste, der Polizei zu erzählen, er sei noch einmal losgegangen. Dann würde alles andere noch glaubwürdiger.«

»Du meinst, sie hat versucht, ihn zu schützen?«, fragte sie.

»Möglich. Zunächst jedenfalls«, sagte Brunetti.

»Und warum dann die Lüge, dass es sein Pullover gewesen sei?«

Brunetti zuckte die Schultern. »Auf dem falschen Fuß erwischt? Vielleicht wollte sie sich instinktiv von dem Verbrechen distanzieren, oder den Verdacht auf ihn lenken. Oder sie ist einfach eine schlechte Lügnerin.«

»Und was geschieht jetzt?«, fragte sie.

Brunetti stellte sein leeres Glas auf den Tisch, lehnte sich zurück und versank noch tiefer in dem Sofa. »Solange keiner von ihnen gesteht, wird gar nichts geschehen.«

»Und wenn es dabei bleibt?«

»Dann schleppt sich die Sache ewig hin, und die Anwälte reiben sich die Hände.«

»Habt ihr denn nichts, womit ihr einen der beiden überführen könnt?«, fragte Paola ebenso verwirrt wie aufgebracht.

Brunetti stand auf und ging wieder zum Kamin, er wollte noch nicht einschlafen, und er wollte die Wärme spüren. Wie seltsam, und doch wie wunderbar, fühlte sich die Hitze an seinen Beinen an. Er sah aus dem Fenster, das nach Norden ging, und zeigte auf einen vom Mond weiß beschienenen Hang. Unmöglich, die Entfernung abzuschätzen: Der Berg war weit weg und schien doch so nah. »Ist das der Ortler?«, fragte er.

»Ja.«

Er wandte sich von der Hitze ab und kam auf ihre Frage zurück. »Wir haben genügend Material, das auf beide zutrifft, um Anklage zu erheben, und genau das ist das Problem: dass es auf beide zutrifft.« Er stellte sich angewidert das unvermeidliche Medienspektakel vor: Blut und Tod und skandalöser Sex zwischen Vogelkäfigen. Der Fall bot alles und mehr, war ein gefundenes Fressen. »Aber so weit wird es nicht kommen.«

»Glaubst du ihm?«, fragte Paola.

Brunetti musste erst nachdenken. »Ich würde gern«, sagte er schließlich und fügte nach einer längeren Pause hinzu: »Und gleichzeitig macht es mir Angst.«

Paola wartete, bis sie sicher sein konnte, dass er fertig war, und sagte dann: »Gehen wir ins Bett.«

Später lag Brunetti wach und sah nach dem Ortler, der von ihrem Bett aus zu sehen war: Wie hell der Berg strahlte, rein und menschenleer.

»Mein Talisman«, sagte Brunetti, nahm seine Frau in die Arme und schlief ein.

Donna Leon im Diogenes Verlag

»Ich kann nicht behaupten, daß Brunetti eine Erfindung von mir ist, es kommt der Wahrheit viel näher zu sagen, daß ich ihn eines Tages entdeckte, während er hinter dem Opernhaus ›La Fenice‹ in vollendeter Gestalt aus dem Polizeiboot stieg.« *Donna Leon*

»Donna Leons Krimis mit dem attraktiven Commissario Brunetti haben eine ähnliche Sogwirkung wie die Stadt, in der sie spielen.«
Franziska Wolffheim / Brigitte, Hamburg

»Commissario Brunetti ist einzigartig.«
Publishers Weekly, New York

Die Fälle für Commissario Brunetti:

Venezianisches Finale
Roman. Aus dem Amerikanischen von Monika Elwenspoek

Endstation Venedig
Roman. Deutsch von Monika Elwenspoek

Venezianische Scharade
Roman. Deutsch von Monika Elwenspoek

Vendetta
Roman. Deutsch von Monika Elwenspoek

Acqua alta
Roman. Deutsch von Monika Elwenspoek

Sanft entschlafen
Roman. Deutsch von Monika Elwenspoek

Nobiltà
Roman. Deutsch von Monika Elwenspoek

In Sachen Signora Brunetti
Roman. Deutsch von Monika Elwenspoek

Feine Freunde
Roman. Deutsch von Monika Elwenspoek

Das Gesetz der Lagune
Roman. Deutsch von Monika Elwenspoek

Die dunkle Stunde der Serenissima
Roman. Deutsch von Christa E. Seibicke

Verschwiegene Kanäle
Roman. Deutsch von Christa E. Seibicke

Beweise, daß es böse ist
Roman. Deutsch von Christa E. Seibicke

Blutige Steine
Roman. Deutsch von Christa E. Seibicke
Auch als Diogenes Hörbuch erschienen, gelesen von Achim Höppner

Wie durch ein dunkles Glas
Roman. Deutsch von Christa E. Seibicke
Auch als Diogenes Hörbuch erschienen, gelesen von Jochen Striebeck

Lasset die Kinder zu mir kommen
Roman. Deutsch von Christa E. Seibicke
Auch als Diogenes Hörbuch erschienen, gelesen von Jochen Striebeck

Das Mädchen seiner Träume
Roman. Deutsch von Christa E Seibicke
Auch als Diogenes Hörbuch erschienen, gelesen von Jochen Striebeck

Schöner Schein
Roman. Deutsch von Werner Schmitz
Auch als Diogenes Hörbuch erschienen, gelesen von Jochen Striebeck

Außerdem erschienen:

Über Venedig, Musik, Menschen und Bücher
Deutsch von Thomas Bodmer, Christiane Buchner, Monika Elwenspoek, Reinhard Kaiser und Christa E. Seibicke
Ausgewählte Geschichten auch als Diogenes Hörbuch erschienen: *Latin Lover*, gelesen von Hannelore Hoger

Mein Venedig
Deutsch von Monika Elwenspoek und Christa E. Seibicke
Auch als Diogenes Hörbuch erschienen, gelesen von Hannelore Hoger

Toni Sepeda
Mit Brunetti durch Venedig
Vorwort von Donna Leon. Deutsch von Christa E. Seibicke

Bei den Brunettis zu Gast
Rezepte von Roberta Pianaro und kulinarische Geschichten von Donna Leon. Vignetten von Tatjana Hauptmann. Deutsch von Christa E. Seibicke und Petra Kaiser

Tiere und Töne
Auf Spurensuche mit Händels Opern. Deutsch von Werner Schmitz. Mit Bildern von Michael Sowa sowie einer CD des Complesso Barocco, dirigiert von Alan Curtis